BASTEI
LÜBBE
TASCHENBUCH

Lara Hill

DIE PROFESSORIN

Erotischer Roman

BASTEI LÜBBE TASCHENBUCH

BASTEI LÜBBE TASCHENBUCH
Band 17 332

Dieser Titel ist auch als E-Book erschienen

FSC
www.fsc.org
MIX
Papier aus verantwortungsvollen Quellen
FSC® C014496

Originalausgabe

Titelillustration: © shutterstock/Fine art Studio; shutterstock/daniana; shutterstock/bart 78; shutterstock/donatas 1205
Umschlaggestaltung: Nele Schütz Design, München
Satz: Urban SatzKonzept, Düsseldorf
Gesetzt aus der Palatino
Druck und Verarbeitung: GGP Media GmbH, Pößneck
Printed in Germany
ISBN 978-3-404-17332-7

2 4 5 3 1

Erster Teil

Er trug eine schwarze Maske. Das schwarze Haar fiel bis auf seine breiten Schultern. Sein Oberkörper war nackt, die goldbraune Haut glänzte in der Sonne. Er ging auf den Swimmingpool zu. Aufreizend langsam öffnete er den Verschluss der sandfarbenen Leinenhose, ließ sie über die muskulösen Oberschenkel gleiten und bot sich ihrem Blick mit dem athletischen Körper eines jungen Gottes dar. Sein Schwanz, stark und hart, mit einer prallen purpurfarbenen Spitze, nahm ihr den Atem. Mit einem eleganten Kopfsprung tauchte er in das Becken. Voller Faszination beobachtete sie, wie er durch das grünlich schimmernde Wasser glitt. Bei seinem Anblick strömte eine heiße Welle durch ihren Leib. Ihr Schoß begann zu glühen.

Wie von einem Magneten angezogen stand sie auf, ging die Steintreppe hinunter zum Pool und trat auf die erste Stufe, wo das warme Wasser ihre Knöchel sanft umspülte. Gleißend heiß brannte die Sonne auf sie herunter. Die Luft war getränkt von dem betörend süßen Duft der weißen Lilien, die in großen Terracottakübeln rund um den Pool standen. Stille lag über der Villa. Sie wurde nur durch die leisen rhythmischen Bewegungen des schönen Schwimmers unterbrochen.

Stufe für Stufe ging sie weiter ins Wasser hinein. Es verwandelte ihren hauchdünnen Seidenkaftan in eine zweite durchsichtige Haut. Der Mann mit der Maske bewegte sich in kraftvollen Stößen von der gegenüberliegenden Seite des Beckens auf sie zu. Jetzt hatte er sie erreicht. Schwarze Augen schauten sie geheimnisvoll und fragend an.

Ja, dachte sie sehnsuchtsvoll. Ja, ich will.

Sie nickte leicht.

Zärtlich berührte er ihre Wange und fuhr mit seinen Händen langsam tiefer. Er begann mit seinen Daumen sanft ihre Brustwarzen zu umkreisen, die sich unter der nassen Seide aufrichteten wie kleine Phalli. Sie unterdrückte das lustvolle Stöhnen, das ihr aus der Kehle rinnen wollte. Noch wollte sie ihm nicht zeigen, wie sehr sie schon allein das Liebkosen ihrer Brustspitzen erregte. Sie wollte mehr, viel mehr.

Sie legte den Kopf in den Nacken, schloss die Augen. Genussvoll spürte sie diesem süßen Gefühl nach, das sich von ihren Nippeln bis in ihre Schamlippen ausbreitete. Sie begannen zu pochen, schwollen an. Als nach einer quälenden Ewigkeit seine Hände endlich den Weg zu ihrer feuchten Spalte fanden, hörte sie einen Schrei. Von weit her, aus einer anderen Welt, drang er in ihr Bewusstsein.

»Hilfe!«

Esther Winkler sah sich um, brauchte zwei, drei Sekunden lang, um sich im Hier und Jetzt zurechtzufinden.

Sie saß in der Werkstatt der Kunsthandlung vor der Staffelei, in der rechten Hand einen Pinsel, in der linken einen Lappen. Ihr Herz hämmerte, ihr Puls raste, sie spürte die Feuchtigkeit in ihrem Schritt. Dann hörte sie den Schrei klar und deutlich noch einmal.

»Hilfe!«

Er kam aus dem Kellergewölbe.

Sollte ihr Chef etwa gestürzt sein?

Ein paar Lidschläge lang lähmte sie das Schamgefühl, das sie nach solchen Fantasien immer überfiel. Dann jedoch sprang sie auf. Schwindel erfasste sie, sodass sie fast den Kanister mit Terpentin umgeworfen hätte.

»Hilfe!« Der Ruf klang dieses Mal weniger alarmierend als mehr kläglich.

Jetzt war sie sich sicher, dass die Stimme eindeutig Maximilian Aschenbach gehörte. Sie warf den Pinsel auf den Arbeitstisch.

Ihre Brille. Wo war sie? Dort, zwischen den Flaschen.

Mit einer einzigen Bewegung riss sie ihre Kurzsichtbrille mit der Lupe, die sie bei der Arbeit brauchte, von der Nase und setzte die andere auf. Danach eilte sie durch den langen Flur des Jugendstilhauses zur Kellertür. Hier blieb sie mit angehaltenem Atem stehen.

»Herr Aschenbach?«

»Hier unten. Ich bin gestolpert und hingefallen«, kam die Antwort stoßweise zu ihr hinauf.

»Ich komme. Bleiben Sie ganz ruhig.«

Sie zwang sich, ihre Panik zu unterdrücken. Ihr Chef war nicht mehr der Jüngste, und sie sah ihn schon mit einem Oberschenkelhalsbruch im Krankenhaus liegen.

Rasch lief sie die unregelmäßig gehauenen Steinstufen hinunter. Eine Glühbirne verbreitete in dem engen Gang ein trübes Licht. Hier befanden sich die Abstellräume der Kunsthandlung.

»Herr Aschenbach?« Esther blieb stehen und horchte.

»Hier«, erhielt sie die leise Antwort. Ihr folgte ein lautes Stöhnen.

Sie betrat den ersten Raum zu ihrer Rechten, wo Maximilian Aschenbach gekrümmt auf dem Steinboden lag. Die rote Brille war ihm von der Nase gefallen, die Fliege im Schottenmuster verrutscht, sein Bein in unnatürlicher Haltung abgewinkelt.

»Mein Gott«, flüsterte sie entsetzt. »Wie ist das denn passiert?«

»Die Metallschiene an der Tür«, stieß ihr Chef kaum hörbar hervor.

Esther kniete sich neben ihn. »Ist Ihnen übel?«

Der Galerist nickte mit schmerzverzerrtem Gesicht.

»Wahrscheinlich ein Bruch.« Sie schob seine Anzughose ein Stück in Richtung Knie und betrachtete das Bein.

Kein Blut, kein herausragender Knochen. Vielleicht hatte er Glück gehabt, und es war zumindest kein offener Bruch.

Mit großer Behutsamkeit gelang es ihr schließlich, den älteren Mann so aufzurichten, dass er sich mit dem Rücken gegen eines der Regale lehnen konnte. Dafür musste sie all ihre Kraft aufwenden. Maximilian Aschenbach war zwar zwei Köpfe kleiner als sie, dafür aber mehrfach so breit.

»Ich rufe den Krankenwagen«, sagte sie entschlossen, stand auf und rannte die Treppe hinauf zum Telefon.

»Galerie und Kunsthandlung Aschenbach, Maximilianstraße zwanzig, weißes Jugendstilhaus«, nannte sie dem Rettungsdienst die Adresse und eilte danach zurück in den Keller.

Maximilian Aschenbach stand der Schweiß auf der kahlen Stirn.

»Der Krankenwagen wird gleich hier sein«, tröstete sie ihn.

»Sie müssen morgen für mich in die Toskana.«

Gleichermaßen erstaunt wie entsetzt sah sie ihn an.

»Sie wissen doch ...« Sein ungeduldiger Blick traf sie.

Ja, sie wusste. Ihr Chef wollte am nächsten Tag nach Florenz fliegen, um eine private Kunstsammlung zu begutachten und um an ihr präventive Konservierungsmaßnahmen so wie kleine Reparaturen vorzunehmen.

»Nein, das kann ich nicht«, erwiderte sie hastig.

»Sie müssen. Graf d'Albertis ist einer meiner besten Kunden. Er wäre mit Sicherheit verstimmt, wenn ich seinen Auftrag auf unbestimmte Zeit hinausschieben würde. Den wäre ich dann sogar wahrscheinlich los. Außerdem sprechen Sie fließend Italienisch.«

»Nicht fließend«, korrigierte sie ihn.

»Sie schaffen das.« Seine Stimme gewann an Kraft. »Als Restauratorin sind Sie sogar noch besser als ich.«

Sie wusste, dass er ihr nur schmeicheln wollte. Sie war jung, hatte bisher kaum praktische Erfahrung gesammelt. Ihre Ausbildung zur Restauratorin hatte sie außerdem neben ihrem Kunstwissenschaftsstudium absolviert, dem sie sich bedeutend mehr gewidmet hatte. Bisher hatte er sie nicht an die wertvollen Gemälde herangelassen. Und jetzt hielt er sie für fähig, eine so große Aufgabe bewältigen zu können? Nein, in Wirklichkeit war er vielmehr von Ihrem Ehrgeiz überzeugt; davon, dass sie das Vertrauen, das er in sie setzte, nicht enttäuschen würde.

»Sie fliegen morgen«, bestimmte er mit strenger Miene. »Sie werden dieser Aufgabe gewachsen sein, da bin ich mir sicher.« Sein Vertrauensbeweis sowie das warmherzige Lächeln, das diesen begleitete, trafen sie mitten ins Herz.

»Und wer wird dann hier im Geschäft sein?«, brachte sie ihren letzten Einwand vor.

»Meine Schwester.«

»Wenn Sie meinen«, murmelte sie, obwohl sich alles in ihr gegen diesen Auftrag sträubte. Außerdem hasste sie das Fliegen.

»Waren Sie schon einmal in der Toskana?«

Sie schüttelte den Kopf.

»Das ist eine ganz besonders schöne Ecke von Italien. Allein Florenz, die Stadt der Künste, ist schon ein Traum. Und dann werden Sie auch noch in diesem wunderbaren Palazzo wohnen.« Mit schmerzverzerrter Miene tätschelte er ihre Hand. »Ich bin sicher, dass Sie dort viele neue Eindrücke bekommen werden.«

Damit sollte Maximilian Aschenbach recht behalten. Und das sogar in vielfacher Hinsicht.

Auf den ersten Blick verliebte sich Esther in die eigenwillige Schönheit der Toskana. Der Landsitz des Grafen, oder Palazzo, wie ihr Chef gesagt hatte, der jedoch gern übertrieb, lag außerhalb von Florenz im Hinterland.

Schnurrend glitt die Limousine des Grafen, dessen Chauffeur sie am Flughafen abgeholt hatte, durch die Landschaft. Sie fuhren einen dieser vielen sanft geformten Hügel hinauf, die sich bis zum Horizont erstreckten. Weizenfelder, die in der untergehenden Sonne golden leuchteten, breiteten sich am Fuße des Hügels aus, über ihnen grüne Weingärten. Auf der Mitte der Anhöhe bog der Fahrer in einen geraden langen Weg ein, den hohe dunkle Zypressen flankierten. Die unbefestigte Straße führte auf ein Anwesen zu, das die Bezeichnung »Palazzo« tatsächlich verdiente. Es stammte aus dem siebzehnten Jahrhundert, wie Esther als Kunsthistorikerin sofort erkannte. Der Besitz badete in der Abendsonne. Hinter dem Gebäude zog sich in einiger Entfernung ein Wald weiter den Hang hinauf.

Esther stieg vor dem Rondell aus und blieb fasziniert stehen.

Dieser Ort hier oben, dem Himmel näher als dem Land, hatte etwas an sich, was sie nicht hätte benennen können. Er löste eine eigenartige Erregung in ihr aus. Azaleen, Rosen, Hibiskus ... Blüten in den Farben des Feuers und der Leidenschaft, eine Luft, die wie Champagner prickelte, und der warme seidige Wind, der eine unbestimmte Ahnung zu ihr herüberwehte.

»Dottoressa?« Der Chauffeur hatte ihren Arbeitskoffer sowie ihr Handgepäck bereits ins Haus gebracht, während sie sich umgesehen hatte.

Sie schrak zusammen, als er wieder vor ihr stand, und fand jäh zurück ins Hier und Jetzt.

»Si.« Sie nickte und folgte ihm zum Eingang.

Die kunstvoll geschnitzte Doppeltür des Palazzos stand einladend offen. Esther betrat eine mit weißem Marmor ausgelegte Halle. Sie sah sich in dem hohen Raum um, durch dessen Glasdach das Abendlicht fiel.

Deckenhohe Gemälde orientalischer Maler im Stil des Fotorealismus, sparsam verteilte Antiquitäten, eine Sitzecke in marokkanischem Stil und in der Luft der süßliche Duft aufgeblühter weißer Lilien, die überall in hohen Vasen standen. Von irgendwoher klang Musik zu ihr herüber. Der Bolero von Ravel. Sie liebte dieses klassische Stück, das sich langsam und leise dem Ohr des Zuhörers näherte, ihn neugierig machte, ihn unter Spannung setzte, um dann immer drängender auf einen Höhepunkt zuzusteuern, der sich schließlich mit Paukenschlägen orgastisch entlud. Doch noch war es nicht so weit. Noch konnte sie das Plätschern vernehmen, das sich unter die zurückhaltenden Töne mischte.

Woher kam es?

Sie drehte sich um.

Am anderen Ende der Halle stand ein Brunnen, eine fast mannshohe Säule aus Bronze, an der das Wasser wie Seide hinunterglitt, um sich in zwei nebeneinanderliegenden Halbkugeln zu sammeln.

Esther rückte ihr schwarzes Brillengestell gerade.

Sah sie richtig?

Zögerlich ging sie auf das Wasserspiel zu.

Nein, sie irrte sich nicht. Die Säule war einem Penis naturgetreu nachempfunden. Aus seiner Eichel sprudelte das Wasser und rann an dem geäderten Schaft hinunter. Langsam, gleitend, geradezu lasziv.

Esther schluckte. Ihr geschultes Auge erkannte die kunstvolle Arbeit. Die Plastik musste ein Vermögen wert sein.

Einem unwiderstehlichen Drang folgend wollte sie gerade die Hand nach ihr ausstrecken, um sie zu berühren, als sie eine samtig-rauchige Stimme in ihrem Rücken hörte.

»Gefällt er Ihnen?«

Peinlich berührt zuckte sie zusammen, drehte sich um und sah sich einem Mann gegenüber, den sie auf Mitte dreißig schätzte. Er war mehr als einen Kopf größer als sie, trug eine sandfarbene Leinenhose und ein weites weißes Hemd, dessen Ausschnitt den Blick auf eine unbehaarte, gebräunte Brust lenkte. Das lange schwarze Haar hatte er streng zurückgebunden, was seine ebenmäßig geschnittenen Züge betonte. Seine Augen funkelten sie an wie polierte schwarze Onyxe. Das Auffälligste an diesem Männergesicht waren jedoch die Lippen; weich, wundervoll geformt und geschwungen. Sie milderten die Härte des Kinns ab. Nur eine längliche Narbe an dem gebräunten Hals, neben der Halsschlagader, störte die Perfektion dieses Gesichts. Sie gab dem Mann etwas Verletzliches, das Esther zu ihrer Überraschung tief im Innern berührte.

Was war denn mit ihr los?, fragte sie sich vollkommen irritiert.

Sie rang um Fassung, hob das Kinn und straffte sich. Als wenn das noch nicht genug gewesen wäre, schob sie mit spitzem Zeigefinger ihr Brillengestell auf die Nasenwurzel und sagte mit hoch erhobenem Kopf sowie distanziertem Lächeln auf Italienisch: »Mein Name ist Dr. Esther Winkler. Herr Aschenbach, mein Chef, hat mich angemeldet. Ich möchte den Conte d'Albertis sprechen.«

Ein sichtlich amüsiertes Lächeln legte sich um die Lippen des Schwarzhaarigen, bevor er sich in übertriebener Manier vor ihr verbeugte.

»Ich bin Conte Roberto d'Albertis«, erwiderte er auf Deutsch.

Seine Antwort verschlug ihr erst einmal die Sprache. Ungläubig starrte sie ihn an.

Noch auf dem Flug hierher hatte sie sich den Grafen als alten weißhaarigen Mann vorgestellt. Von wegen. Dieser junge Typ sollte so unglaublich reich sein und eine der größten Kunstsammlungen Italiens besitzen? Das konnte nicht sein.

Sie räusperte sich energisch. Ihre klammen Handflächen strichen dabei den grauen Rock glatt, der unterm Knie endete und zu dem sie flache schwarze Schuhe trug.

»Ihren Vater«, stellte sie nun auch auf Deutsch richtig.

Seine Miene verhärtete sich, sah zwei, drei Herzschläge lang aus wie aus Stein gemeißelt.

»Mein Vater ist seit vierzehn Jahren tot.«

Die dunkle Männerstimme mit dem italienischen Akzent jagte ihr einen Schauer über den Rücken. Oder war es nur der Inhalt der Antwort, der so viel Tragik in sich barg?

Er muss noch sehr jung gewesen sein, als er seinen Vater verloren hat, schoss ihr durch den Kopf.

Wie auch immer, das ging sie nichts an, rief sie sich innerlich zur Ordnung. Sie war schließlich nicht hier, um seine Familiengeschichte aufzuschreiben. Und auch nicht, um sich aus ihrem inneren Gleichgewicht bringen zu lassen, trotz des intensiven Blickes.

Während ihre Gedanken Purzelbäume schlugen, wurde ihr Blick von seinem ein paar Herzschläge lang gefangen gehalten, und selbst, wenn sie gewollt hätte, hätte sie diesen Bann nicht durchbrechen können. Währenddessen schwoll die Musik im Hintergrund an. Der Bolero wurde leidenschaftlicher. Ihr Herzschlag schlug mit ihm im gleichen Takt. Ihr Atem ging schwerer.

Schluss jetzt, befahl sie sich, und zwang sich zu einem kühlen Lächeln, während sie Roberto d'Albertis herausfordernd in die Augen sah.

»Wie dem auch sei«, sagte sie knapp. »Herr Aschenbach erzählte mir, dass sich meine Unterkunft hier im Haus befindet.«

Der Conte trat einen Schritt zurück, lächelte ebenso distanziert.

»Meine Haushälterin hat für Sie, beziehungsweise für Herrn Aschenbach, ein Zimmer gerichtet. Paolo wird Sie dorthin führen. Er wird in den kommenden Tagen für Sie da sein. Wir beide sehen uns morgen nach dem Frühstück um neun Uhr hier in der Halle. Dann zeige ich Ihnen meine Sammlung und wir besprechen alles Weitere.« Er deutete eine Verbeugung an, die sie als pure Ironie empfand. »Ich entschuldige mich. Ich habe eine Verabredung.«

Genauso geräuschlos wie er gekommen war, entfernte er sich wieder. Barfuß.

Paolo, ein rundlicher, väterlich wirkender Mann mit weißem Haar, führte sie durch mehrere Gänge in den Gästetrakt.

»Der Conte hat für Herrn Aschenbach das schönste Zimmer herrichten lassen«, erzählte er ihr, während sie ihm mit klopfendem Herzen folgte. »Das bekommen Sie jetzt.«

»Warum sprechen Sie so gut Deutsch?«, erkundigte sie sich.

»Die Gräfin war Deutsche. Die zweite Frau von unserem verstorbenen Conte.«

War Deutsche?

»Ist sie auch tot?«

»Ja.« Die Antwort klang so, als wollte der Diener nicht mehr dazu sagen.

Roberto d'Albertis stand also allein da. Ein reicher Erbe. Ob er verheiratet war? Sie wagte nicht, auch noch diese Frage zu stellen. Außerdem, was ging es sie an? Sie würde hier ihre Arbeit erledigen und so schnell wie möglich wieder nach München zurückfliegen.

»Hier sind wir.« Paolo blieb vor einer Tür mit goldenem Knauf stehen. »Bitte …«

Er öffnete, und Esther fand sich nach ein paar Schritten in einem Zimmer wieder, dessen lange hohe Fensterfront den Blick auf eine tiefer liegende Poollandschaft inmitten von scharlachrot blühendem Oleander freigab. Auf den Natursteinen standen Deckchairs mit Beistelltischen. Weiße Voilevorhänge tanzten vor den geöffneten Fenstern anmutig im Abendwind. Durch den hohen Raum, den ein prunkvolles Himmelbett dominierte, schwebte der Duft von Sandelholz, der sich mit dem süßlichen der Blumen draußen mischte.

»Soll ich Ihnen das Abendessen auf Ihrer Terrasse servieren, oder möchten Sie im Atrium speisen?«

Sie räusperte sich.

»Ich habe keinen Hunger«, brachte sie schließlich mit belegter Stimme hervor.

Die vielen neuen Eindrücke allein machten sie schon satt.

»Aber Sie wollen doch bestimmt von unserem herrlichen toskanischen Rotwein kosten?« Paolo zwinkerte ihr aufmunternd zu. »Der Conte besitzt ein Weingut, das den besten Chianti der Gegend produziert.«

Sie lächelte.

»Ja, Rotwein ist gut«, erwiderte sie.

»Ich komme gleich wieder«, versprach Paolo väterlich lächelnd, was ihr gut tat.

Es wirkte beruhigend und so normal auf sie in dieser Umgebung, deren Atmosphäre eine höchst beunruhigende Wirkung auf sie hatte.

Nachdem der ältere Mann die Tür hinter sich geschlossen hatte, ging Esther in dem riesigen Zimmer auf Entdeckungsreise. Sie war zwar noch nie in einem Luxushotel gewesen, aber mehr Komfort als hier konnte ein solches bestimmt auch nicht bieten.

Auf dem Glastisch vor der cremefarbenen Sitzlandschaft standen ein riesiger Strauß Lilien und eine Schale mit frischen Früchten. Im Kleiderschrank warteten ein blütenweißer kuscheliger Bademantel, Badeschuhe sowie Handtücher auf sie. Es gab eine Bar mit alkoholischen und nichtalkoholischen Getränken, eine Espressomaschine und ein Badezimmer, das vielmehr die Bezeichnung »Badesaal« verdiente.

Goldene Wasserhähne, ein Bidet, eine in den Mosaikboden eingelassene Wanne, an deren vier Ecken dorische Säulen bis zur Decke ragten. Das WC befand sich hinter einer Trennwand aus kunstvoll gelegten Mosaiken. Über dem Waschbecken hing ein breiter Spiegelschrank.

Neugierig öffnete sie dessen Türen.

Hier war alles vorhanden, was man für die tägliche Pflege brauchte. Und noch mehr.

Esther machte große Augen, als sie die beiden, in Folie eingeschweißten Dildos entdeckte; in unterschiedlichen Größen, einer mit und einer ohne Noppen.

Das konnte doch nicht wahr sein.

In ihrer Kehle kitzelte ein Lachen, als sie daran dachte, dass dieses Zimmer ursprünglich für ihren Chef hergerichtet worden war. Wie sollte sie denn diese Zugabe verstehen? Ob sich ein solches Spielzeug in jedem der Gästezimmer befand?

Sie räusperte sich und schloss die Schranktür. Peinlich berührt. Dann sah sie die Frau an, die ihr aus dem Spiegel entgegenblickte.

»Ein Grund dafür, dass ich Sie einstelle, ist neben Ihrem hervorragenden Universitätsabschluss Ihr Aussehen«, hatte Maximilian Aschenbach vor einem halben Jahr zu ihr im Vorstellungsgespräch wenig schmeichelnd gesagt. »Bei einer schönen, attraktiven Frau vermutet man selten Sachverstand. Sie jedoch wirken befähigt, solide und bodenständig, was in unserer Branche sehr wichtig ist.«

Hätte er doch gleich »graue Maus«, sagen können, hatte sie damals pikiert gedacht. So war sie früher in der Schule genannt worden, trotz ihrer dunkelroten widerspenstigen Locken, die sie von ihrer schottischen Großmutter geerbt hatte. Bei ihr war sie nach dem frühen Unfalltod ihrer Eltern aufgewachsen. Ihre Oma hatte wenig Sinn für Mode gezeigt. Zweckmäßig hatte es sein müssen, wasch- und haltbar. Und nicht zu provokativ. Letztendlich war sie bei diesem Kleidungsstil geblieben. Konservativ, unauffällig, nur dass sie ihre Stoffhosen und Blazer in die Reinigung bringen musste.

Esther schaute in ihr ungeschminktes Gesicht. Es wurde

von einem großen schwarzen Brillengestell beherrscht, das von ihren Augen ablenkte. Obwohl ... Der intensive Blick des Conte hatte den Weg zu ihnen gefunden.

Bei dem Gedanken an die Begegnung mit ihm in der Eingangshalle neben dem sprudelnden Penis breitete sich eine Gänsehaut auf ihrer Haut aus. Ein paar Herzschläge lang war ihr zumute gewesen, als wäre der Blick aus den schwarzen Männeraugen durch den Stoff ihres grauen Kostüms bis auf ihre Haut gedrungen und hätte sie verbrannt.

Energisch schob sie mit dem Zeigefinger die Brille auf dem Nasenrücken hoch. Dabei schüttelte sie den Kopf, als könnte sie sich dadurch von dieser Vorstellung befreien.

Als Esther auf die Terrasse trat, wartete der Rotwein bereits auf dem Tisch. Paolo musste ihn während ihres Aufenthaltes im Bad gebracht haben. Er konnte nur durch den Garten gekommen sein, denn ihre Zimmertür hatte sie abgeschlossen. Neben dem Wein standen ein langstieliges bauchiges Glas und ein silberner Teller mit einer Haube.

Neugierig hob sie diese hoch. Unter ihr fand sie große fleischige Oliven, hauchdünn geschnittene Salami mit Fenchelsamen, ein Stück Pecorino und ein paar Scheiben knuspriges Brot. Bei diesem appetitlichen Anblick meldete sich dann doch der Hunger in ihr.

Sie streifte die Kostümjacke ab, hing sie über einen Stuhl, krempelte die Ärmel ihrer weißen Bluse hoch und zog die Schuhe aus. Bevor sie die Beine auf den gegenüberstehenden Stuhl legte, schenkte sie sich Wein ein. Der Chianti schmeckte herrlich und zwischendurch genoss sie immer wieder die köstlich schmeckenden Antipasti. Sie entspannte sich mehr und mehr und fühlte sich schließlich wie im Urlaub.

Die Sonne war längst untergegangen. Sie hatte den Himmel in ein flammendes Rot getaucht. Beinahe andächtig verfolgte Esther den Wechsel der Farben, das leuchtende Purpur, das sich ganz langsam in zarte Töne auflöste. Schwarze Zypressen ragten wie ein Scherenschnitt in den noch brennenden Himmel, eine Luft wie Seide, Zikadengesang, das Wasser des Pools unterhalb ihrer Terrasse glänzte wie ein Tablett aus Silber. Plötzlich mischte sich ein anderes Geräusch unter das Abendkonzert der Vögel, ein leises Wimmern, ein Stöhnen.

Sie setzte sich aufrecht hin, das Rotweinglas in der Hand. Mit angehaltenem Atem horchte sie in die Dämmerung.

Da war es wieder. Dieses Mal lauter und eindeutiger. Doch das, was ihre Ohren vernahmen, wollte noch nicht so richtig in ihren Verstand dringen.

Sie stellte das Glas auf den Tisch, stand auf. Wie von einer unsichtbaren Macht getrieben, ging sie langsam die Steintreppe hinunter, die von Oleanderbüschen gesäumt war. Auf der letzten Stufe blieb sie stehen und duckte sich.

Das, was sie durch das Blätterwerk sah, schnürte ihr schlichtweg die Luft ab.

Auf einem der Deckchairs lag eine schlanke Frau auf dem Rücken. Nackt. Ihre dunklen Haare fielen wie Schleier zu beiden Seiten auf den Steinboden. Sie hatte die Arme über dem Kopf verschränkt, sodass Esther ihre aufgerichteten Brustwarzen sehen konnte. Ihre Füße hatte sie zu beiden Seiten der Liege auf die Fliesen gestellt. Zwischen ihren geöffneten Schenkeln kniete ein Mann. Sein schwarzes Haar war im Nacken zusammengebunden. Er trug eine sandfarbene Hose. Sein Oberkörper war nackt.

Der Mann aus meinen erotischen Fantasien, schoss es Esther durch den Kopf. Nur die Maske fehlte.

Sie schluckte schwer. Sie erkannte ihn natürlich auf Anhieb, denn er war fast zum Greifen nah: Roberto d'Albertis. Er leckte die Scham der jungen Schönen. Voller Hingabe, sichtlich mit Genuss. Seine Zunge fuhr die Falten ihrer Spalte entlang. Aufreizend langsam. Dabei zeichnete sich unter dem Stoff seiner Hose ein beachtlich großer Penis ab. Jetzt bewegte sich seine Zunge schneller, sie umkreiste die Klitoris der Frau, seine Lippen umschlossen sie, saugten an ihr. Damit brachte er ihren Körper zum Beben. Sie richtete sich halb auf, grub ihre roten Fingernägel in seine breiten gebräunten Schultern, warf den Kopf in den Nacken und stöhnte laut auf. Er umfasste ihre Hüften, schob ihre Vulva noch näher an seinen Mund heran.

Esther fühlte die Trockenheit unter ihrem Gaumen, schluckte krampfhaft. Sie ballte ihre Hände zu Fäusten und spürte, wie sie zwischen den Beinen feucht wurde. Ihre Schamlippen begannen zu pulsieren. Ihr Schritt brannte sehnsüchtig. Wie angewurzelt blieb sie stehen, war unfähig, sich zu bewegen. Ihr Blick saugte sich an dieser Szene fest.

Jetzt wanderten die Hände der Frau von Robertos Schultern in sein Haar. Sie zog seinen Kopf noch tiefer zwischen ihre Schenkel, presste ihre hungrigen Schamlippen noch dichter an seinen Mund. Ihre Hüften bewegten sich im Takt seiner Zunge, die ihr lustvolle Schreie entlockte. Ekstase beherrschte ihren Körper. Sie hob den Po an, spreizte die Beine noch weiter, um Robertos Zunge noch tiefer in sich aufnehmen zu können. Sie keuchte, stöhnte, wimmerte, flüsterte dazwischen immer wieder etwas, das Esther nicht verstehen konnte. Jetzt hielt sie sich mit den Händen an der Liege fest, gab unterdrückte Schreie von sich und warf den Kopf hin und her, während ihr Liebhaber weiter unerbittlich an ihrer Klitoris saugte. Dann durchfuhren Zuckungen ihren Körper, als würde sie ein Blitz nach dem anderen treffen. Ihre Lustschreie gingen in ein Jammern über und ihr Körper fiel in sich zusammen, erschlaffte.

Roberto küsste ihre nasse Haut und streichelte dabei ihren flachen Bauch, der sich heftig hob und senkte. Auf seinen Wangen, auf denen ein dunkler Bartschatten lag, glänzte ihr Saft im Licht des Mondes.

Dann richtete sich die Frau auf, warf das Haar zurück, das ihr über den Rücken bis zur Taille floss. Sie lachte, sagte etwas zu Roberto, woraufhin er ebenfalls lachte, und zog ihn am Hosenbund über sich. Er hockte über ihr, die Knie zu beiden Seiten ihrer schmalen Taille aufgestützt. Mit einer routinierten Bewegung, die zeigte, dass sie dies nicht zum ersten Mal machte, öffnete sie seinen Hosenschlitz und holte seinen harten Schwanz heraus, der genauso perfekt geformt war wie der Phallus in der Eingangshalle.

Gebannt starrte Esther auf das Paar. Robertos Gespielin rutschte auf der Liege etwas tiefer, nahm seine Erektion in beide Hände und sagte wieder etwas zu Roberto, woraufhin er leise lachte. Dann leckte sie mit ihrer Zungenspitze seine Eichel, drängte sie in die kleine Öffnung, was dem Grafen ein Stöhnen entlockte. Er bewegte sich nicht, hatte nur den Kopf in den Nacken gelegt, die Augen geschlossen. Seine muskulösen Arme hingen an seinem Körper herab. Ihre Lippen wanderten nun an dem geäderten Schaft auf und ab, saugten an seiner Spitze. Sie nahm ihn wieder im Mund auf, umfasste seine Hüften und bewegte ihren Kopf nach vorn und zurück. Hungrig zog sie Robertos Penis immer wieder in ihren Mund. Sein Brustkorb hob und senkte sich, immer schneller. Ein leises Stöhnen kam über seine Lippen. Seine

Hände griffen in ihr Haar, um ihre Bewegungen zu steuern. Dann hielt er ihren Kopf fest. Er sprach zu ihr, woraufhin sie seinen Schaft aufreizend langsam aus ihrem Mund gleiten ließ.

Sie legte sich flach auf den Rücken, Roberto rutschte tiefer und drang in sie ein, was ihr erneut ein leises Stöhnen entlockte. Ein paar Lidschläge lang verharrte er. Als sich ihr Leib ihm dann gierig entgegenbog, sich ihre Beine um seine Hüften schlangen, als würde sie ihn noch tiefer in sich aufnehmen wollen, begann er, sich in ihr zu bewegen. Zuerst langsam, dann schneller.

Esther konnte hören, wie seine Hoden an den Po der Frau klatschten. Stoß um Stoß, immer heftiger. Dann warf er den Kopf in den Nacken, ein kehliger Laut kam aus seinem Mund, ein Beben lief durch seinen Körper. Da wusste sie, dass er gerade gekommen war.

Ihr Herz raste, ihr schwindelte, ihr ganzer Kreislauf spielte verrückt. Nur weg von hier, befahl sie sich. Am liebsten wäre sie vor sich selbst weggelaufen, so sehr schämte sie sich in diesem Augenblick. Sie bemerkte erst jetzt, dass sich ihre rechte Hand in ihre Bluse geschlichen hatte und auf ihrer nackten Brust lag, auf deren steifen Nippel. Bevor sie sich umdrehen konnte, hob Roberto d'Albertis den Kopf. Er lag immer noch auf der Frau, sein Schwanz war immer noch in ihr. Mit ausgestreckten Armen stützte er sich von der Liege ab. Wie im Zeitlupentempo bewegte er langsam den Kopf in ihre Richtung, als hätte er ein Geräusch vernommen.

Hatte sie etwa auch gestöhnt?

Sein Blick blieb auf dem Oleanderbusch haften, hinter dem sie stand.

Meine Bluse, fiel ihr plötzlich ein.

Sie erschrak. Das Mondlicht, das die Poollandschaft inzwischen wie eine Bühne beleuchtete, musste auch das Weiß ihrer Bluse verraten. Vielleicht sogar ihre Brillengläser.

Ohne länger nachzudenken, drehte sie sich um und floh hastig die Treppe hinauf. Da sie keine Schuhe trug und sich dadurch lautlos bewegte, konnte sie nur hoffen, Roberto in der Unsicherheit zurückzulassen, nicht genau zu wissen, ob da tatsächlich ein nächtlicher Beobachter gewesen war. Der Gedanke, dass er ihr, der intellektuellen und unscheinbar wirkenden Dr. Esther Winkler, ein solches Verhalten gar nicht erst zutrauen würde, beruhigte sie nur halbwegs. Sie gehörte nicht zu den Frauentypen, denen die Männer Lust am Sex oder Sinnlichkeit bescheinigten. Das wusste sie nur zu genau. Und außerdem, vielleicht hatte sie ja Glück und der Conte beherbergte in dieser Nacht noch andere, ebenso neugierige Gäste wie sie.

Mit hämmerndem Herzen schlüpfte Esther ins Zimmer und blieb schwer atmend stehen. Sie fühlte sich ertappt, bloßgestellt, nackt und schmutzig. Wie hatte sie nur so wenig Verstand besitzen können? Normalerweise passte ein solches Verhalten nur zu Spannern, aber doch nicht zu einer Frau wie ihr. Die Vorstellung, dass der Conte sie tatsächlich entdeckt haben könnte, ließ ihr das Blut in den Adern gefrieren.

Tapsend fand sie im Dunklen den Weg zum Bett und schaltete die Nachttischlampe an. Bei jedem Schritt erinnerte sie die klebrige Feuchtigkeit zwischen ihren Beinen daran, was geschehen war.

Eine Dusche. Eine eiskalte Dusche, die die Eindrücke der vergangenen Minuten von ihr abspülen, ihren heißen Schoß kühlen und ihr wieder ihren klaren Kopf zurückgeben würde. Die brauchte sie jetzt.

Mit zittrigen Händen schlüpfte sie aus Rock, Bluse und Unterwäsche. Zuerst drehte sie das warme Wasser auf, ließ es an sich hinunterrinnen und versuchte dabei, zur Ruhe zu kommen.

Dass sie hin und wieder sexuelle Fantasien hatte, akzeptierte sie ja. Auch, dass sie sich ab und zu selbst befriedigte, aber dass sie jetzt zur Spannerin geworden war, entsetzte sie geradezu.

Wieder sah sie die Szene unten am Pool leibhaftig vor sich. Und ohne sich dagegen wehren zu können, schlich sich die Frage in ihren Kopf, wie es sich anfühlen mochte, an dem kräftigen prallen Schwanz des Conte zu lutschen, die Wölbung der Eichel zwischen ihren Lippen zu spüren, mit der Zungenspitze spielerisch die Adern seines Schaftes nachzuzeichnen. So etwas hatte sie noch nie gemacht, aber dieser Mann rief in ihr den Wunsch nach Sex hervor. Nach fantasievollem und befriedigendem Sex, einem anderen, als den, den ihr ihre bisherigen drei Sexualpartner beschert hatten. Kein unerfahrenes Herumfingern an und in ihr, kein nur viermaliges Rein und Raus in ihrer noch trockenen Vagina, dann sein Orgasmus und danach die stolz klingende Frage: »War es auch schön für dich?«, die sie stets mit einem Ja beantwortet hatte, aus Angst, ihr Freund hätte sie für frigide gehalten. Schluss jetzt, befahl sie sich.

Energisch drehte sie den Kaltwasserhahn bis zum Anschlag auf. Der plötzliche kalte Guss nahm ihr kurz den Atem, aber das musste jetzt sein. Bibbernd hielt sie die Dusche aus, bis sie zu frieren begann. Dann trocknete sie sich schnell ab und schlüpfte in ihr Blümchennachthemd. Sie hatte jetzt nur noch zwei Wünsche: zu vergessen und schlafen zu können. Dafür nahm sie eine Schlaftablette, wie an so manchen Abenden, wenn sich wider alle Vernunft der Hunger nach einem

Mann in ihr meldete und sie nicht noch auf dumme Gedanken kommen wollte.

Silvia rekelte sich unter ihm wie eine Katze.

»Du lächelst«, sagte sie in schnurrendem Ton. »Hat es dir gefallen?«

Roberto glitt von ihr und setzte sich auf den Rand der Liege.

»Mir gefällt es immer mit dir«, antwortete er, behielt jedoch für sich, dass er aus einem ganz anderen Grund lächelte, als sie annahm.

»Holst du mir ein Glas Champagner, tesoro?« Silvias Hand streichelte zärtlich über seinen Rücken.

»Klar.« Er stand auf, froh darüber, ein paar Augenblicke mit sich und seinen Gedanken allein sein zu können.

Das Mondlicht hatte sie verraten. So wie Silvias Lustschreie, die ihn von Mal zu Mal mehr störten, Dr. Esther Winkler verraten hatten, dass auf seinem Anwesen irgendetwas im Gange gewesen war. Da hatte »Frau Professor« wohl einmal nachsehen wollen.

Er musste schmunzeln, während er die Steinstufen zu seinem Wohntrakt hinaufging.

Sie hatte Gefallen an ihrer Entdeckung gehabt. Ohne Zweifel. Die rechte Hand in der weißen Bluse, die vom Mondlicht reflektiert wurde, auf dem Gesicht der Ausdruck von Erregung, ja geradezu von Hingerissenheit. Ihre schönen Lippen waren halb geöffnet gewesen, die Brustwarzen hatten sich unter dem Stoff deutlich abgezeichnet.

Wieder musste er lächeln.

Er war schon gespannt darauf, wie sie ihm morgen früh begegnen würde. Sie musste mitbekommen haben, dass er sie entdeckt hatte. Wahrscheinlich würde sie wieder die Kühle, die unnahbare Intellektuelle mimen.

Roberto ging durch die Wohnräume in die Küche, holte den Champagner aus dem Kühlschrank und öffnete ihn.

Sein erster Eindruck hatte ihn also doch nicht getäuscht, sinnierte er amüsiert weiter. Die tizianroten Locken, die sie schmucklos in einem Knoten bändigte, die Augen von einem schillernden Smaragdgrün, welche sie hinter dieser schrecklichen Brille versteckte, ein Körper, der perfekt zu sein schien, obwohl das schlecht sitzende, mausgraue Kostüm viel zu viel von ihm verbarg ... Selbst die flachen Treter konnten der Schönheit ihrer Beine keinen Abbruch tun. Auf den ersten Blick schon war sie ihm wie ein Rohdiamant erschienen, der durch den richtigen Schliff in vollem Glanz erstrahlen würde.

Er schenkte sich ein und trank das Glas in einem Zug aus.

Ja, diese Frau machte ihn neugierig. Sie war anders. Nach all den Models und Möchtegernschauspielerinnen, die er ständig irgendwo kennenlernte, erschien sie ihm als neue Herausforderung, die vielleicht frischen Wind in sein Liebesleben bringen würde.

Um fünf vor neun verließ Esther am nächsten Morgen ihr Zimmer – in dem Kostüm vom Vortag, allerdings mit frischer weißer Bluse und Laptoptasche unterm Arm. Abgesehen davon, dass sie außer ihrer Berufskleidung gar keine legere mitgenommen hatte, gab ihr das offizielle Outfit Sicherheit, wie eine Uniform, die Distanz schaffte.

Sollte dieser Conte ruhig wieder barfuß und im Freizeitlook auftauchen. Sie war zum Arbeiten hier.

Mit hämmerndem Herzen, aber aufrecht und strammen

Schrittes ging sie durch den langen Gang des Gästetraktes in Richtung Eingangshalle. In dem Moment, als sie den Wasser sprudelnden Bronzepenis erreicht hatte, betrat ihr Gastgeber aus dem gegenüberliegenden Wohntrakt die Halle.

Sie kniff die Augen zusammen. Sah sie richtig? Entgegen ihrer Annahme trug er einen hellgrauen Anzug, ein weißes Hemd und eine locker gebundene Krawatte, die die blaue Farbe des Himmels über der Glaskuppel einfing. Ganz Geschäftsmann von Kopf bis zu den Füßen, die in polierten Slipper steckten. Mit einem zu diesem Outfit passenden, freundlich-geschäftlichen Lächeln kam er auf sie zu, deutete eine Verbeugung an. »Guten Morgen«, sagte er hörbar reserviert.

»Guten Morgen«, erwiderte sie rein mechanisch.

Jetzt stand für sie fest, dass er sie in der Nacht entdeckt hatte. Sie konnte sich fast denken, wie es nun weitergehen würde. Er würde sie rauswerfen, ihren Chef anrufen, der ihr dann kündigen würde.

»Gut, dann wollen wir mal«, fuhr er nicht weniger reserviert fort. »Wenn Sie mir bitte folgen würden. Zuerst zeige ich Ihnen mein Museum.«

Sie folgte ihm mit zitternden Knien.

Sein Gang war kraftvoll und elegant zugleich, seine Haltung gerade und lässig.

Und wieder sah sie ihn nackt vor sich. Das Bild am Pool drängte sich einfach vor ihr inneres Auge, ohne dass sie es verhindern konnte, und ließ eine heiße Welle durch ihren Unterleib schwappen.

Verdammt, was war bloß mit ihr los?

Hastig öffnete sie den obersten Knopf ihrer gestärkten Bluse.

Sie hatte die Türen nicht gezählt, an denen sie vorbeigegangen waren – ihr kam es vor, als wären es endlos viele gewesen. Vor einer blieb Roberto d'Albertis jedoch nun endlich stehen.

»Hier sind wir.« Er öffnete und deutete ihr mit einer Geste an einzutreten.

Sie straffte sich, hob das Kinn und lächelte gekünstelt.

Der Raum war quadratisch geschnitten, besaß eine geschnitzte Kassettendecke, glänzendes Parkett und eine ähnlich beachtliche Größe wie die Eingangshalle, nur dass es ihm an Höhe fehlte. An seinen Wänden hing ein Kunstwerk neben dem nächsten. Ölgemälde in geschnitzten und vergoldeten Rahmen aus unterschiedlichsten Epochen, Aquarelle, Radierungen und ein Acrylbild aus den fünfziger Jahren von dem bekannten Acrylmaler Jackson Pollock. Das Themenspektrum der Gemälde war breit gefächert. Porträts, Landschaften, Stillleben, Abstraktes.

Merkwürdig, kein einziger Akt, dachte sie und unterdrückte ein Lächeln. Nach den vielen Phalli im Haus und dieser Nacht hatte sie fast ein Erotikmuseum erwartet.

»Sehr beeindruckend«, sagte sie steif. »Herr Aschenbach hat nicht übertrieben, als er meinte, Sie würden eine der größten Privatsammlungen Italiens besitzen.«

Dass sie jetzt ein konkretes Thema mit ihm hatte, nahm ihr ein wenig von der Nervosität, die seine Gegenwart in ihr hervorrief. Ihr Herzschlag fand fast zu seinem normalen Rhythmus zurück.

Sie sah sich um.

Die Türen zum Garten standen weit offen. Die durchsichtigen weißen Stores blähten sich in der Morgenbrise. Sonnenlicht fiel in das Museum, malte Muster auf das Parkett, ohne die Kunstwerke zu erreichen. Der perfekte Raum, um Gemälde aufzubewahren. Was sie jedoch überraschte, war, dass sie nirgendwo Kameras entdeckte, die diese Schätze überwachten.

Roberto d'Albertis schien zu ahnen, was ihr durch den Kopf ging.

»Die Überwachungskameras sind sehr geschickt angebracht, sodass mögliche Diebe sie nicht so schnell lahmlegen können. Und bei Anbruch der Dunkelheit lasse ich meine beiden Hunde auf dem Anwesen frei laufen. Jeden Fremden beißen sie sofort«, fügte er hinzu, als eindeutige Warnung für sie, sich nachts nicht mehr am Pool herumzutreiben.

So konnte sie seine Worte nur auffassen. Nur, wo waren die Hunde vergangene Nacht gewesen? Ob er sie eingesperrt hatte, um sich ungestört vergnügen zu können?

Sie hob das Kinn, zwang sich zu einem leichten Lächeln und sah ihm tapfer, ja herausfordernd ins Gesicht.

»Wenn Sie keine Zuschauer wünschen, hätten Sie Ihrer Gespielin den Mund zuhalten müssen«, hätte sie am liebsten gesagt. Natürlich tat sie das nicht. Sie sagte gar nichts. Die schwarzen Männeraugen fixierten sie mit einer Eindringlichkeit, die ihr die Kehle zuschnürte. Die sinnliche Ausstrahlung dieses Mannes traf sie wie ein Schlag. Dennoch hielt sie seinem Blick stand. Dann wich der eindringliche Ausdruck in Robertos Augen einem wissenden, belustigten Funkeln. Sie rang nach Luft, wandte sich hastig ab und täuschte vor, sich interessiert in eines der Gemälde zu vertiefen.

»Die Alarmanlage ist mit der nächstliegenden Polizeistation geschaltet«, erzählte er in sachlichem Ton weiter. »Natürlich habe ich sie eben ausgeschaltet, da ich zwei Bilder abhängen will, die gereinigt werden müssen.«

»Welche?«, erkundigte sie sich, erleichtert darüber, wieder festen Boden unter den Füßen zu haben.

Er zeigte auf zwei Ölgemälde eines deutschen Landschaftsmalers.

»Ich bin mir nicht sicher, ob das rechte vielleicht sogar doubliert werden muss zur Fixierung der Farbschicht am Rand.«

Sie räusperte sich, um ihrer Stimme einen festen Klang zu geben. »Das werde ich prüfen. Herr Aschenbach sagte, dass Sie die entsprechende Presse dafür besitzen.«

»In der Werkstatt werden Sie alles finden, was Sie brauchen.«

»Des Weiteren wollen Sie das Museum um einen Raum erweitern, den ich auf die Bedingungen dafür testen soll.«

»Exakt. Kommen Sie bitte.«

Sie folgte ihm in das dem kleinen Museum gegenüberliegende Zimmer.

»Warten Sie hier, ich muss erst Licht machen«, sagte er, nachdem er die Tür aufgeschlossen hatte.

Sie blieb stehen, ihre Augen versuchten, sich in dem abgedunkelten Raum zu orientieren. Dann zog er die schweren Vorhänge zurück, die eine lange Fensterfront mit Blick auf den Park freigaben. Alberto stieß die Flügeltüren zur Terrasse auf und sie trat hinaus. Von hier führte ein Natursteinweg in den Garten hinab auf einen kleinen Tempel zu.

»Der Flora-Tempel«, erklärte der Conte. »Flora, auch Flora mater genannt, war in der römischen Antike die Göttin der Blumen, Gärten und des Frühlings.«

»Ich weiß. Sie hat auch Eingang in die Malerei gefunden. Bei Böcklin, Rembrandt und Tizian zum Beispiel.«

»Verzeihen Sie, ich hatte ganz vergessen, dass Sie über mehr als nur ein profanes Allgemeinwissen verfügen«, erwiderte er voller Ironie.

Blödmann. Ohne sich zu ihm umzudrehen, konterte sie: »Verzeihen Sie mir bitte, dass es so ist.«

Ihr Herz schlug hart gegen die Rippen, während sie die

Marmorstatuen der Blumengöttin und der sie umgebenden steinernen Putten betrachtete, die den Hintergrund für einen Brunnen mit kunstvoll gestaltetem Wasserspiel bildeten. Die Szenerie umgaben üppig blühende rosafarbene Rosenbüsche, deren süßer Duft der laue Wind auf die Terrasse wehte.

»Schauen Sie sich bitte im Zimmer um«, hörte sie die samtig-rauchige Stimme des Conte sagen. »Ich muss gleich zum Weingut.«

Er musste dicht hinter ihr stehen. Sie hatte den Eindruck, seinen warmen Atem in ihrem Nacken zu spüren. Schnell trat sie zwei Schritte nach vorn und drehte sich dann erst um.

Roberto d'Albertis stand tatsächlich zum Greifen nah vor ihr. Er streckte den Arm nach ihr aus, berührte ihren Ellbogen und sagte mit dem verführerischen Lächeln des Teufels:

»Kommen Sie.«

Seine auffordernde Geste elektrisierte sie, obwohl sie ein ganz normales höfliches Zeichen war.

Ich bin völlig durchgedreht, schimpfte sie mit sich, während sie das Zimmer betrat.

Sie drückte den Rücken durch, schob die Schultern nach hinten, als könnte diese äußere Haltung ihr auch innerlich die Stärke geben, die sie in der Nähe dieses Mannes brauchte, um nicht in seinen Bannkreis zu geraten. Dann ging sie mehrmals den Raum ab.

Nicht nur die Aussicht war unglaublich, sondern auch das Zimmer selbst. Auf den ersten Blick erkannte sie, dass es die Handschrift einer Frau trug. Zierliche antike Möbel, pastellfarbene Seidentapeten, eine Chaiselongue und Bücher über Bücher. Trotz des erlesenen Mobiliars und der weichen Farben fehlte dem Raum jedoch etwas. Er wirkte unbewohnt, unbelebt.

»Dies war die Bibliothek meiner Stiefmutter«, unterbrach

Roberto ihre Gedanken. »Was meinen Sie? Bietet der Raum die richtigen Bedingungen, um Kunstwerke zu beherbergen?«

»Welche Art von Kunstwerken? Gemälde?«

»Außer dem Bronzepenis in der Eingangshalle besitze ich keine Plastiken.« Während er das sagte, schaute er Esther direkt in die Augen.

Wollte er sie testen, wie sie auf die Erwähnung der vielen Symbole männlicher Kraft und Fruchtbarkeit in seinem Haus reagierte?

Sie reckte ihr Kinn.

»Keine Gemälde«, erwiderte sie in entschiedenem Ton. »Wir haben hier Südseite. Um eine optimale, gleichmäßige Raumtemperatur, Luftfeuchtigkeit und Beleuchtung zu erreichen, müssten Sie die Fensterfront zumauern lassen, was doch sehr schade wäre. Ich finde dieses Zimmer ganz ...« Sie verstummte, lächelte und wusste, dass ihre Gesichtszüge weicher wurden. »Ich finde es einfach wunderschön«, führte sie den begonnenen Satz zu Ende.

Er suchte ihren Blick, hielt ihn fest und lächelte dann auch. Dieses Mal warm und offen, ja vielleicht sogar mit dem Anflug von Wehmut. »Sie haben vielleicht recht. Okay.« Er seufzte, schaute auf seine Armbanduhr. »Das Thema stellen wir zurück. Ich habe noch ein Bild, das man mir vor zwei Tagen angeboten hat. Es soll ein Monet sein, aus der frühen Phase. Ich möchte wissen, ob es echt ist, und es müsste restauriert werden, bevor ich es kaufe. Sie sehen ...« Sein Lächeln wurde breiter. Fast kam es Esther so vor, als würde der Conte triumphieren. »Sie werden jede Menge hier zu tun haben. Deshalb halte ich die Zeitspanne, die Herr Aschenbach bemessen hat, für viel zu kurz.«

Dem konnte sie nicht widersprechen. Drei Tage sollte sie bleiben. In drei Tagen würde sie dieses Arbeitspensum nicht schaffen. Hatte ihr Chef von dem Auftragsumfang gewusst? Sie bezweifelte es. Kurz kam ihr der Verdacht, der Conte wollte sie länger hierbehalten.

»Roberto?«

Die weibliche Stimme kam aus Richtung Zimmertür. Esther drehte sich gleichzeitig mit dem Conte um.

Im Rahmen stand die schöne Schwarzhaarige, in einem kurzen engen Rock, figurbetonten und tief ausgeschnittenen Shirt und High Heels, die ihr Modelgröße verliehen.

Wahrscheinlich ist sie sogar eines, schoss Esther durch den Kopf. Von der makellosen Figur hatte sie sich ja schon in der Nacht überzeugen können. Und das Gesicht war genauso. Für ihren Geschmack zu austauschbar in seiner Perfektion, die auch das Ergebnis eines Schönheitschirurgen hätte sein können. Aber wahrscheinlich war sie nur neidisch.

»Ich gehe jetzt«, sagte die Frau, die Esther auf gerade einmal zwanzig schätzte, mit kehliger Stimme.

»Ciao.« Roberto hob die Hand, lächelte flüchtig und wandte sich wieder Esther zu.

Seine sichtlich kühle Reaktion verdutzte sie. Seine Ehefrau kann sie nicht sein, ging ihr durch den Sinn. Sonst hätte er sie mir doch vorgestellt.

»Zurück zum Thema«, fuhr er fort. »Paolo wird Sie zur Werkstatt führen. Ich muss mich leider verabschieden. Bitte ...« Ganz kurz nur legte er ihr die Hand auf den Rücken, um ihr anzudeuten, das Zimmer zu verlassen. In diesem Moment wünschte sie sich, er hätte die Hand länger dort liegen lassen. Und dieser Wunsch hatte nichts mit ihren nach Sex gierenden Sinnen zu tun. Der Conte besaß schön geformte Hände, große Hände mit schlanken Fingern. Bestimmt würden sie einer Frau neben allen sonstigen Genüssen auch Geborgenheit und Sicherheit schenken können.

Nebeneinander gingen sie zurück zur Eingangshalle.

»Waren Sie schon einmal in der Toskana?« Wollte Roberto nun Smalltalk halten?

»Nein, noch nie.«

Sichtlich überrascht blieb er stehen. »Noch nicht einmal in Florenz?«

»Nein.«

»Wenn man Kunstwissenschaft studiert, muss man sich doch in den Semesterferien die Uffizien ansehen.«

Sie blickte zu ihm hoch. »Ich musste in den Semesterferien arbeiten, um das Geld fürs Studium zu verdienen«, erwiderte sie sachlich.

Betroffenheit machte sich auf seinem Gesicht breit. »Das tut mir leid. Entschuldigen Sie bitte.«

Sie musste kurz lachen. »Sie müssen sich nicht entschuldigen. Das war okay so. Ich bin stolz darauf, dass ich es geschafft habe.«

Sein Blick lag auf ihrem Gesicht, offen und ernst, ohne dieses amüsierte Funkeln. Ja, sogar mit dem Ausdruck von Anerkennung.

»Das können Sie auch sein«, erwiderte er dann mit einem sympathischen warmen Lächeln. »Herr Aschenbach schwärmt übrigens in den höchsten Tönen von Ihnen«, fügte er zwinkernd hinzu.

Dabei nahm sein Lächeln einen jungenhaften Ausdruck an, was ihr eine ganz neue Seite an ihm zeigte. In diesem Augenblick, in dem sie sich anlächelten, verkörperte der Conte Roberto d'Albertis für sie nicht den reichen verwöhnten Erben, den lässigen Lebemann, den Latin Lover oder den coolen Geschäftsmann, sondern einen total sympathischen, natürlich wirkenden jungen Mann, der sein Gegenüber als Mensch wahrnahm und sich in dessen Situation hineinversetzte.

Plötzlich fühlte sie sich in seiner Gegenwart gar nicht mehr so unwohl. Zum ersten Mal hatte sie das Gefühl, dass sie sich ganz normal miteinander unterhalten konnten. Und sie war sich sicher, dass sie dies auch von Anfang an hätten tun können, wenn sie nicht den Lustschreien seiner Freundin nachgegangen wäre.

Als die beiden die Eingangshalle betraten, goss Paolo gerade die Blumen.

»Zeigen Sie Frau Dr. Winkler bitte die Werkstatt«, bat Roberto seinen Angestellten. »Ich muss zum Weingut.«

Der ältere Mann lächelte Esther an. »Gern.«

»Wir sehen uns«, verabschiedete sich der Conte und lächelte freundlich, aber unverbindlich. Dann legte er seine Hand auf die Schulter Paolos und sagte mit weich klingender Stimme auf Italienisch: »Danke. Wenn etwas sein sollte, rufen Sie mich an.«

Der Italiener nickte nur, sah seinem Chef nach, wie er aus der Halle eilte. Dann wandte er sich ihr zu.

»Kommen Sie mit mir, dottoressa.«

Auf dem Weg zu ihrem Arbeitsplatz bekam Esther einen Eindruck davon, wie riesig der Besitz war. Er bestand nicht nur aus so malerischen Ecken wie dem Tempel, den Hecken oder Blumeninseln auf dem englischen Rasen, sondern ebenso aus weitläufigen Feldern, auf denen Wirtschaftsgebäude standen.

»Die Familie von Signor Conte hat früher Landwirtschaft betrieben. Doch schon Robertos Vater stellte dann komplett auf Weinanbau um«, erzählte der ältere Mann ihr, während sie durch die herrliche Luft gingen, in der sich der Duft mediterraner Kräuter mit dem der Blumen mischte.

Sie befanden sich auf der Rückseite des Palazzos, wo sich über Felder und Wiesen ein Wald aus Steineichen den Hang hinaufzog. Linkerhand sah sie in der Ferne die roten Dächer von Florenz liegen, dahinter verschwammen im hellen Licht der Vormittagssonne die Hügelketten mit dem diffusen Blau des Horizonts.

»Hier ist die Werkstatt.« Paolo blieb vor einem der Gebäude aus Sandstein stehen.

Sie inspizierte die beiden Räume, in denen alles an Gerätschaften vorhanden war, was sie für ihre Arbeit brauchte.

»Hervorragend«, sagte sie begeistert. »Dann werde ich gleich loslegen.«

»Wollen Sie das Mittagessen auf Ihrer Terrasse oder im Atrium serviert bekommen?«, erkundigte sich Paolo auf dem Rückweg.

»Atrium?«

»Dort speist der Conte, wenn er Gäste hat.«

»Lieber auf der Terrasse oder im Zimmer«, erwiderte sie. »Außerdem esse ich mittags kaum. Vielleicht nur eine Suppe oder einen kleinen Salat. Bloß keine Umstände.«

»Umstände?« Paolo lachte wie jemand, der mit sich und der Welt zufrieden war. »Essen ist Leben. Wir Italiener lieben es zu essen. Meine Maria sieht Kochen nicht als lästigen Umstand an. Nichts macht sie lieber.«

»Maria?«, fragte sie neugierig.

»Meine Frau. Maria ist Köchin und Haushälterin im Palazzo. Wir haben uns vor vierzig Jahren hier kennen gelernt. Unsere Kinder sind hier aufgewachsen. Wir wohnen in einem der Nebengebäude. Unsere Kinder sind natürlich längst aus dem Haus. Die Tochter arbeitet in einer Bank in Florenz, ist verheiratet und hat auch schon zwei Kinder, und unser Sohn ist auf einem Kreuzfahrtschiff Chefkoch. Er hat das Talent seiner Mamma geerbt.« Inzwischen hatten sie den Eingang des Palazzos wieder erreicht. »Kommen Sie mit mir«, sagte Paolo, hakte sie unter und zog sie durch die Halle. »Ich stelle Sie Maria vor. Sie wird sich freuen, wenn wir einen Espresso zusammen trinken.«

Signora Maria Franelli war einen Kopf kleiner als ihr Mann und hatte sehr weibliche Kurven. Die ganze Person platzte geradezu vor Lebensfreude und Herzenswärme.

»Setzen Sie sich, dottoressa.« Sie drückte Esther auf einen der Stühle. »Ich habe dolci gebacken, von denen Sie unbedingt kosten müssen, dottoressa.«

Esther lächelte sie an.

»Esther«, verbesserte sie Maria.

Maria hätte ihre Mutter sein können. Es war ihr unangenehm, von dieser so einfachen, natürlichen Frau so formal angesprochen zu werden.

»Verzeihen Sie, Esther, aber ich spreche viel schlechter Deutsch als mein Mann oder Roberto«, sprudelte Maria weiter hervor.

Roberto?, wunderte Esther sich. Das klang sehr vertraut. Paolo sprach seinen Chef mit »Signor Conte« an, zumindest in ihrem Beisein.

»Ich verstehe Sie bestens«, beruhigte sie die ältere Frau mit den blitzenden schwarzen Augen schnell, die durch ihr Temperament einer echten Italienerin alle Ehre machte.

Während die Espressomaschine zischte, sah sich Esther in der Küche um und fühlte sich gleich heimisch. Hier war alles so herrlich normal.

An der Decke hingen getrocknete Kräuter, auf der Arbeitsfläche standen Öl-, Essig- und Weinflaschen. Die Schränke, von denen schon der Lack abblätterte, die beiden alten Gasherde, der lange Holztisch mit dem Sonnenblumenstrauß in der Mitte und den zwölf Stühlen verrieten, dass hier einmal viele Leute gegessen hatten. Und in der Luft lagen köstliche Gerüche, die Esther das Wasser im Mund zusammenlaufen ließen.

»Ihnen steht hier ein kleiner Wagen zur Verfügung«, erzählte Paolo ihr. »Damit Sie sich die Gegend ansehen können. Herr Aschenbach hat gesagt, Sie sollen die gleichen Bedingungen vorfinden wie er.«

»Ich muss arbeiten« widersprach sie ihm. »Aber vielen Dank.«

»Arbeiten ist gut, aber darüber darf man nicht vergessen zu leben. Und zu lieben.« Marias Augen funkelten sie übermütig an.

Dass man in diesem Land die Liebe großschrieb, davon hatte sie sich ja bereits überzeugen können.

»So, hier der Espresso ...« Maria reichte ihr die Tasse und stellte eine Schale herrlich duftender Mandelplätzchen auf den Tisch. »Probieren Sie.« Sie selbst griff auch beherzt zu und fuhr kauend fort, dieses Mal mit ernster Miene: »Sie haben keine Sommerkleidung mitgebracht. Nur Kostüme im Kleiderschrank. Sie sind eine junge Frau. Lassen Sie die Sonne, die Wärme an sich heran. Und Ihr wunderschönes Haar ... Diese Farbe, mamma mia. Wie flüssige Bronze. Sie müssen es offen tragen. Unsere Tochter hat auch solches Haar. Pechschwarz. Ihr Mann liebt es, wenn sie es fließen lässt.« Maria zwinkerte ihr verschwörerisch zu. »Die Männer lieben es.«

Esther sah sie an und lachte. Sie hätte diese kleine quirlige Person am liebsten auf der Stelle umarmt. Zum ersten Mal fühlte sie sich richtig wohl, seit sie italienischen Boden betreten hatte. Diese beiden Menschen, die so herrlich natürlich waren, taten ihr gut.

»Sagen Sie, wo sind eigentlich die Hunde tagsüber?«, erkundigte sie sich. Ganz plötzlich erinnerte sie sich an die Tiere, die sie vergangene Nacht verschont hatten.

»Hunde?« Marias große Augen sahen Paolo an.

»Hunde?«, fragte auch er. »Wir haben keine Hunde. Seit einigen Jahren schon nicht mehr.«

Jetzt war sie sich endgültig sicher, dass Roberto d'Albertis sie gesehen hatte. Es hatte ihm Spaß gemacht, ihr es auf diese Weise zu sagen. Teuflisch, dieser Typ.

Schnell trank sie den Espresso aus, nahm noch ein Mandelplätzchen aus der Schale und stand auf. »Danke, das war sehr nett von Ihnen, aber ich muss jetzt gehen.«

»Was mögen Sie essen heute Mittag?« Maria war auch aufgestanden und sah sie erwartungsvoll an.

Sie zögerte. Im Moment verspürte sie gar keinen Appetit, sondern nur ein schlechtes Gefühl im Bauch. Da sie Maria jedoch nicht enttäuschen wollte, sagte sie: »Am liebsten würde ich heute Abend erst richtig essen, aber wenn ich ein paar Ihrer fantastischen Dolci mit aufs Zimmer nehmen dürfte ...«

Schließlich ging sie mit einer Tüte Mandelgebäck in den Gästetrakt zurück. Und mit dem festen Vorsatz, sich nicht länger dafür zu schämen, dass sie dem Conte und seiner Gespielin zugesehen hatte. Wenn sich jemand zu schämen hatte, dann war er es ja schließlich, weil er sich so öffentlich und laut vergnügt hatte. Er hatte ja gewusst, dass er einen Gast im Haus beherbergte.

Sie warf die Zimmertür hinter sich ins Schloss und legte die Tüte mit dem Gebäck auf den Couchtisch. Dann fiel ihr Blick auf den mannshohen venezianischen Spiegel. Sie betrachtete die Frau, die sie darin sah, als würde sie sie das erste Mal sehen.

Hoch geschlossene, jungfräulich weiße Bluse, grauer langer Rock, solides Schuhwerk. Das widerspenstige Haar schmucklos und streng im Nacken zusammengefasst. Selbst Maria wirkte in ihrem tief ausgeschnittenen Kleid, mit den blitzenden goldenen Kreolen und dem goldenen Kreuz, das zwischen ihren Brüsten baumelte, erotischer als sie.

Vielleicht sollte ich über Marias Worte einmal nachdenken, nahm sich Esther vor, bevor sie zum Handy griff und Maximilian Aschenbach anrief.

»Sie bleiben so lange, wie es die Arbeit erfordert«, lautete die Anweisung von ihrem Chef an diesem Mittag.

Esther hatte ihn angerufen, um ihn auf dem Laufenden zu halten, aber auch, um sich zu erkundigen, wie es ihm ging.

»Ich sitze hier in der Galerie, habe das Bein hochgelegt und meine Schwester macht alles andere. Sie können sich ruhig Zeit lassen. Denken Sie daran, der Conte ist einer unserer besten Kunden. Ich will, dass Sie ihn zufriedenstellen.«

»Sie haben mir gar nicht gesagt, dass er noch so jung ist.«

Schweigen breitete sich in der Leitung aus. Dann sagte ihr Chef in der für ihn so typischen knappen Art, wenn ihm ein Thema missfiel: »Nur an Jahren.«

Was sollte denn das bedeuten? Das klang so, als hätte Roberto d'Albertis ein schweres Schicksal hinter sich, das ihn alt und weise gemacht hatte. Die vergangene Nacht hatte ihr jedoch eine andere Seite von ihm offenbart. Er schien das Leben in vollen Zügen zu genießen. Und an Geld mangelte es ihm auch nicht. War er etwa krank, was man ihm nicht ansehen konnte? Da fiel ihr wieder die Narbe an seinem Hals ein. Ob sie etwas mit Aschenbachs geheimnisvoll klingender Antwort zu tun hatte?

»Okay, ich werde Sie morgen wieder anrufen«, verabschiedete sie sich. »Viele Grüße an Ihre Schwester und gute Besserung.«

Sie schaltete ihr Handy aus.

So, für diesen Tag hatte sie genug Eindrücke gewonnen. Völlig unterschiedliche, die sie verwirrten. Jetzt musste sie sich ihrer Arbeit zuwenden, worauf sie sich schon freute. Dabei konnte sie wenigstens sicher sein, dass ihre Gedanken wieder in geordnete Bahnen kamen. Am Abend würde sie befriedigt durch ihr erbrachtes Tagewerk ins Bett fallen und bestimmt besser schlafen als in der vergangenen Nacht. Ganz gleich, was da unten am Pool vor sich gehen mochte.

Nach getaner Arbeit duschte Esther und rief übers Haustelefon Paolo an.

»Ich bringe Ihnen sofort Ihr Essen«, versprach er ihr.

Im Bademantel, weil sie weder ihre Arbeitskleidung noch das Kostüm anziehen wollte, öffnete sie ihm die Tür.

»Hier. Von Maria.« Er reichte ihr ein Kleid. »Es gehört unserer Tochter. Meine Frau sagt, Marina würde bestimmt nichts dagegen haben, wenn Sie es hier tragen.«

»Das ist ...« Esther lachte verlegen. »Danke. Vielen Dank. Das kommt genau richtig. Ich hatte mich gerade gefragt, was ich anziehen könnte.«

»So, und jetzt lassen Sie es sich schmecken. Ossobuco. Marias Lieblingsgericht, obwohl es nicht typisch für die Toskana ist.«

Paolo strahlte sie an und Esther strahlte zurück. »Grüßen

Sie Ihre Frau ganz herzlich von mir. Sie ist wirklich toll. Und einen schönen Abend.«

»Ihnen auch, Esther. Das Geschirr stellen Sie einfach auf den Gang. Ich hole es irgendwann ab, um Sie nicht mehr zu stören.«

Paolo nahm den Rückweg durch den Park und verschwand nach ein paar Stufen hinter den Oleanderbüschen.

Esther ließ das Kleid durch die Hände gleiten. Es war aus dünner Seide, geschnitten wie ein Negligé, mit Spaghettiträgern und Spitze am tiefen Ausschnitt in der Farbe der Zypressen, die am Rand ihrer Terrasse standen. Die Rottöne der Blüten zwischen den tiefgrünen Blättern auf dem Kleid harmonierten wunderbar mit ihrem Haar. So etwas hatte sie noch nie besessen. Weiblich, verspielt, sexy. Obwohl ihr Magen knurrte, zog sie zuerst das Kleid an. Den BH ließ sie weg. Ihre sportlichen Modelle passten nicht dazu, genauso wenig wie ihre Baumwollslips.

Fantastisch. Es passte wie angegossen. Sie drehte sich ein paar Mal vor dem Spiegel. Dabei tanzte der schwingende Rock, der ihre Knie gerade eben bedeckte, anmutig um ihre Beine. Dass sie unter diesem seidigen Hauch keine Unterwäsche trug, gab ihr ein befreiendes Gefühl. Und ein erregendes.

Und jetzt das Haar, dachte sie entschlossen.

Sie löste die Spange und schon fielen ihr die Locken über die nackten Schultern bis weit in den Rücken. Zum ersten Mal empfand sie ihre Haarpracht nicht als lästig, sondern als sinnlich. Lag das alles nur an dem Kleid? Jetzt passte jedoch die schwarze Brille nicht mehr zu ihrem Outfit. Wofür brauchte sie diese heute Abend noch? Also weg damit.

Sie lachte sich im Spiegel an.

»Hallo«, begrüßte sie die fremde Frau, die ihr zunehmend besser gefiel, je länger sie sie betrachtete.

Dann trat sie auf die Terrasse hinaus. Sie schenkte sich ein Glas Rotwein ein und ließ ihn über die Zunge fließen. Hunger, signalisierte ihr Magen. Das Ossobuco duftete köstlich. Mit großem Appetit aß sie alles auf. Dabei nippte sie immer wieder am Wein und genoss die abendlichen Geräusche, die von dem Steineichenwald zum Palazzo herunterdrangen. Vielfältige Vogelstimmen, das Bellen eines Fuchses, dazu gesellte sich das leise Plätschern des Wasserspiels vor dem Flora-Tempel.

Esther lehnte sich zurück. Sie fühlte völlige Ruhe und Frieden in sich. Ein unwirklicher Augenblick. Dabei ließ sie den Blick über die Landschaft gleiten. Die untergehende Sonne ließ die Höhenzüge brennen. Während sie Schluck für Schluck den Wein trank, verfolgte sie beinahe andächtig das Farbenspiel über den Hügeln, die sich bis zum Horizont hintereinanderstellten. Dann senkte sich die Dämmerung über die Toskana.

Esther schenkte nach. Sie spürte bereits die Wirkung des Weins. Normalerweise machte sie sich nichts aus Alkohol und vertrug ihn nicht. Aber hier gehörte halt ein Glas dazu.

Der schrille Ton ihres Handys riss sie jedoch schon bald völlig unerwartet aus dieser so wohligen Stimmung heraus.

»Anna, wie schön, dass du anrufst.«

»Du meldest dich ja nicht«, erwiderte ihre ältere Kusine, die ihr wie eine Schwester war, in dem für sie so typisch pikierten Ton. »Du hättest ja mal anrufen und Bescheid sagen können, dass du gut angekommen bist.«

Esther lachte, lehnte sich in dem Terrassensessel zurück und legte die Beine auf den Hocker. In der rechten Hand hatte sie das Handy, in der linken das Rotweinglas.

»Stimmt. Entschuldige, bei der nächsten Reise. Versprochen.«

»Wieso nächste Reise?« Annas Stimme klang alarmiert.

»Sollte ein Scherz sein.«

»Mir ist nicht zum Scherzen zumute.«

»Was ist denn passiert?«

»Eben nichts. Das ist es ja gerade.« Anna seufzte laut. »Alles ist wie jeden Abend. Die Kinder liegen im Bett, Rolf ist beim Fußball und ich sitze hier im Regen. Mit Anfang dreißig geht das Leben an mir vorbei.«

»Du wolltest doch heiraten, Kinder haben und die perfekte Ehefrau und Mutter sein. Du hättest in der Agentur genauso Karriere machen können wie Lena.«

»Aber so habe ich es mir nicht vorgestellt«, klang es aus dem Handy verzweifelt an ihr Ohr. »Morgen Abend hat Rolf Stammtisch, übermorgen ist er mit seiner Abteilung auf Betriebsausflug und ich sitze hier und langweile mich.«

»Warum nimmst du dir keinen Babysitter und ziehst mal mit Lena um die Häuser? Rolf verdient doch gut.«

»Weil er es nicht will. Er meint, eine Mutter gehört zu den Kindern, wenn sie noch so klein sind. Ich liebe sie ja, meine beiden Jungs, aber ich würde auch gern noch mal am Leben teilnehmen. Lena ist ständig unterwegs und lernt Männer kennen. Tolle Männer. Und wenn ich dann an meinen Ehemann denke ... Sex ist für mich ein Fremdwort geworden.«

War es für mich auch lange, hätte sie schon fast geantwortet, doch eine solche Erwiderung hätte ihre Kusine sofort hellhörig gemacht.

»Ach, lassen wir das«, sprach Anna weiter. »Ich will dich nicht langweilen. Reicht ja schon, dass mir dieses Schicksal beschieden ist.«

»Du hast, was du willst. So lautet ein buddhistisches Sprichwort. Du könntest deine Situation ändern.«

»Du mit deinen Weisheiten«, tat Anna ihren Einwand hörbar verärgert ab. »Wie geht es dir denn? Wie ist die Toskana?«

»Wunderschön.«

»Und wo bist du untergebracht? Ist das tatsächlich einer dieser Palazzi, die man von Bildern her kennt?«

»Ja, ein richtiger Palazzo. Herrlich gelegen.«

»Und dieser alte Conte?«

»Er ist kein alter Conte.« Esther trank einen Schluck. Sie lächelte versonnen. »Er ist erst Mitte dreißig.«

»Verheiratet?«

»Unverheiratet, vermute ich.«

»Esther-Schatz?« Sie sah Annas warnenden Blick vor sich und musste lachen.

»Keine Sorge, Kusinchen, Conte Roberto d'Albertis ist ... Wie soll ich sagen? Er ist nicht mein Typ. Außerdem bin ich nicht sein Typ. Und im Übrigen hat er eine Freundin.«

»Wieso ist er nicht dein Typ? Im Gegensatz zu mir stehst du doch auf Latin Lover.«

Sie räusperte sich und nippte noch einmal am Wein, der ihr gut tat. Ja, er lockerte sie innerlich.

»Okay, er sieht super aus«, gab sie zu. »Und ja, er hat auch eine umwerfende Ausstrahlung. Na ja, wie halt alle diese Latin-Lover-Typen. Aber ich bin schließlich zum Arbeiten hier und überhaupt. So ein Mann würde sich nicht nach mir umdrehen.«

»Du siehst doch nicht schlecht aus«, erwiderte Anna erstaunt.

»Danke, Anna«, sagte sie trocken. Dann musste sie hellauf lachen, viel lauter als sonst. »Aber du hast recht. Das habe ich heute auch festgestellt.«

Ihre Kusine ließ sich Zeit mit einer Reaktion.

»Sag mal, hast du was getrunken?«

»Nur ein Gläschen«, erwiderte sie belustigt. »Vielleicht auch eineinhalb, aber keine Angst, es geht mir gut.«

Ging es ihr wirklich gut?, fragte Esther sich gleich darauf. War die eine Zypresse neben der Steintreppe vielleicht in den letzten Sekunden gewachsen?

Sie kicherte leise.

Deren Schatten war doch eben noch nicht so lang gewesen.

»Du hörst dich auch so an«, erhielt sie gleich darauf auch schon die ironisch klingende Antwort.

Und jetzt bewegte sich dieser Schatten auch noch, obwohl es vollkommen windstill war. Sie hatte tatsächlich bereits zu tief ins Glas geschaut.

Sie räusperte sich. »Pass auf, Anna, ich ruf dich morgen noch mal an. Grüß die beiden Jungs und Lena. Sag ihr, dass ich mich schon auf unseren nächsten Mädelsabend freue.«

»Und du trink nicht so viel. Unser italienischer Opa darf dir diesbezüglich kein Vorbild sein.«

»Unser italienischer Opa wusste aber zu leben. Essen, trinken und amore ...« Sie begann zu summen. »Das weiß man hier zu schätzen.«

»Esther, jetzt reicht's. Geh ins Bett, damit du morgen fit für deine Arbeit bist. Dein Chef hat dich nicht zum Vergnügen dorthin geschickt.«

»Wer weiß?« Sie lachte.

In diesem Moment fielen ihr die Dildos im Badezimmerschrank ein, und sie konnte gar nicht mehr aufhören zu lachen. Herrlich fühlte sie sich dabei. So unbeschwert, locker und frei. Lag das nur am Wein? Oder an der Atmosphäre, die hier herrschte – die sie schon bei ihrer Ankunft gespürt hatte. Dieser Ort löste eine eigenartige Erregung in ihr aus. Überall üppig blühende Sträucher, weit geöffnete fleischige Blüten, eine berauschende Luft …

»Leg dich lieber mal hin«, sagte Anna genervt. »Sonst fällst du noch und brichst dir was. Damit ist Herrn Aschebach nun wirklich nicht geholfen. Also bis morgen, aber dann bitte nüchtern.«

Es klickte in der Leitung. Esther lachte weiter, jedoch leiser, mit sich und der Welt zufrieden, bis sich zwei, drei Sekunden später der Schatten der Zypresse auf den Fliesen immer mehr auf sie zu bewegte. Und als schließlich Roberto d'Albertis neben ihrem Sessel stand, erstarb ihr das Lachen im Hals.

Er hat zugehört, schoss ihr durch den Kopf. Wieder hatte sie ihm unfreiwillig ihre Gedanken offenbart.

Roberto war erst spät vom Weingut zurückgekommen. In seiner Küche saßen Paolo und Maria, die um diese Uhrzeit meistens schon in ihrem Haus waren.

»Wir haben mit dem Essen auf dich gewartet«, sagte Maria, und er freute sich. Sie kannten ihn seit seiner Geburt. Diese beiden Menschen bedeuteten ihm heute so viel wie die Familie, die er verloren hatte.

Während des Essens wurde Maria nicht müde, von der dottoressa zu schwärmen. Sie sei so sympathisch, warmherzig, natürlich und gar nicht eingebildet, wunderschön, aber einsam. Ihm gegenüber hatte sich Esther Winkler am Morgen allerdings eher kühl und arrogant gezeigt, wobei er den Grund für ihr übertriebenes Verhalten zu kennen glaubte.

Nach dem Essen zog er sich um und machte sich auf den Weg zu der Restauratorin. Schließlich wollte er wissen, wie der erste Arbeitstag für sie gewesen war. Oder schob er dieses Interesse nur vor? Dass sie in ihrem Fach hervorragend war, davon war er überzeugt. Diese Frau zog ihn an. Er konnte sich nicht dagegen wehren. Und er wollte es auch nicht.

Als er ihr leuchtendes Haar auf der Terrasse entdeckte, zögerte er einen kurzen Moment. Dann ging er die Steintreppe zum Gästetrakt hinauf. Schon von Weitem hörte er, dass sie telefonierte. Trotzdem ging er weiter, um auf der vorletzten Stufe verblüfft stehen zu blieben.

Ihr Anblick verschlug ihm den Atem. Welche Veränderung. Dieses Kleid, das ihren sexy Körper zur Geltung brachte. Maria hatte es ausgesprochen: Wunderschön war sie. Esther Winkler besaß eine Schönheit, die man nicht alle Tage sah. Nicht zu vergleichen mit der genormten seiner bisherigen Freundinnen, Affären oder One-Night-Stands. Zu diesem Gesicht passte kein Make-up. Die smaragdgrünen Augen brauchten keinen Lidschatten, um zu wirken, die wundervoll geschwungenen Lippen keine rote Farbe. Das Licht der Terrassenlampe ließ ihr Haar bei jeder Bewegung Funken sprühen. Wie Flammen züngelten die Locken ihren Rücken hinunter. Und ihr herrliches ungebändigtes Lachen, die elegante Linie ihres weißen Halses, wenn sie, wie jetzt, übermütig den Kopf zurückwarf.

Nun sprach sie über ihn. Er lächelte. Siehe da, er gefiel ihr also. Das war an sich keine Offenbarung. Wie er auf Frauen wirkte, wusste er nur zu gut. Was ihn viel mehr verblüffte, war die Tatsache, wie sehr diese Frau ihm gefiel. Nicht nur ihr Äußeres. Sympathisch, warmherzig, natürlich ... Maria hatte recht gehabt und noch untertrieben. Darüber hinaus war

Esther auch humorvoll, geistreich und intelligent. Eine Frau auf Augenhöhe. Nein, ihm wahrscheinlich in einigen Bereichen sogar überlegen.

In diesem Augenblick, in dem ihm all diese Gedanken durch den Kopf jagten, fragte er sich, ob sie nicht viel zu schade war für ein Spiel. Er wusste, dass er ihr nicht mehr geben konnte. »Wunderschön, aber einsam.« Das waren Marias Worte gewesen. Die Herzen einsamer Frauen waren leicht entflammbar. Diese Frauen wollten mehr als nur Sex. Das brachte Probleme für einen Mann wie ihn mit sich.

Geh zurück, riet ihm sein Verstand.

Doch er konnte ihm nicht gehorchen. Jetzt beendete sie das Gespräch und seine Beine bewegten sich wie von selbst. Obwohl er genau wusste, dass er diese Schritte einmal bereuen würde, trat er aus dem Schatten hervor.

Esther sprang auf. Dabei schwappte der Rotwein aus dem Glas über ihre Hand.

»Sie haben mich belauscht«, sagte sie gleichermaßen erschrocken wie empört.

»Ich hatte ein Mal gut«, erwiderte der Conte gelassen.

Sie schnappte nach Luft. Seine Antwort verschlug ihr die Sprache. Aber nicht nur seine Antwort ließ ihr Herz schneller schlagen, es war sein gesamter Auftritt.

Wieder war er barfuß. Dieses Mal jedoch in schwarzer Leinenhose mit einem weiten weißen Hemd. Das Haar hatte er straff zurückgebunden. Wie sehr ähnelte er dem Mann aus ihren erotischen Träumen!

»Ich wollte mich erkundigen, wie Sie arbeitsmäßig vorankommen«, sagte er in sachlichem Ton. »Ist Ihr Arbeitsplatz für Sie in Ordnung?«

»Ja.« Ihre Stimme klang belegt. Das Herz schlug ihr bis zum Hals.

Er zeigte auf die Flasche. »Bieten Sie mir ein Glas an?«

»Es ist doch Ihre.«

»Trotzdem weiß ich, was sich gehört.«

»Das bezweifle ich.«

Er lachte. Es war ein wundervolles Lachen. Rau, kraftvoll und ebenso sexy wie seine Stimme. Sie konnte nicht anders und stimmte ein, was sie, ohne den Wein getrunken zu haben, bestimmt nicht getan hätte.

»Dann haben wir das ja geklärt«, sagte Roberto. »Darf ich ins Badezimmer, um ein Glas zu holen?«

»Natürlich. Immer den Dildos nach«, empfahl sie ihm im Übermut.

Wieder lachte er. »Haben Sie sie gefunden?«

»Aber noch nicht benutzt.«

Sie bemerkte, wie ihr der Rotwein von den Fingern tropfte. Immer noch hielt sie das Glas in der Hand. Sein Blick folgte ihrem. Schließlich nahm er ihr das Glas ab und stellte es auf den Tisch. Dann tat er etwas, womit sie niemals gerechnet hätte.

Er ergriff ihre Hand. Finger für Finger leckte er den Wein von ihnen, aufreizend langsam, sinnlich, mit geschlossenen Augen. Zu sehen, wie seine Zunge um ihren Mittelfinger kreiste, die Spitze ihres Ringfingers neckte und die Stelle zwischen Zeigefinger und Daumen leckte, ließ ihr Blut schneller kreisen.

Sie schloss die Augen.

»Lassen Sie das«, sagte sie. Ihre Stimme kam ihr plötzlich völlig fremd vor.

»Was?« Roberto klang erstaunt. Er ließ langsam ihre Hand los, sie öffnete die Lider. Sie sahen sich an. »Was soll ich lassen?«, flüsterte er. Dabei zog sein Handrücken eine glühende Spur entlang ihres Ausschnittes, dicht an der oberen Wölbung ihrer Brüste vorbei. Sein Blick nagelte ihren fest. »Das soll ich lassen?«, fragte er mit einem amüsierten Funkeln in den schwarzen Augen.

»Alles.« Sie wollte aus seinem Bannkreis treten, konnte sich jedoch nicht bewegen.

»Schließ die Augen«, flüsterte er mit dieser dunklen rauen Stimme, die ihr allein schon ein Kribbeln im Bauch bescherte.

Sie schloss die Augen und spürte, wie seine Finger in ihren Ausschnitt glitten. Als sie begannen, ihren Nippel zu reizen, strömte eine köstliche Hitze durch ihren Körper in das Zentrum der Lust zwischen ihren Beinen. Keuchend atmete sie ein und merkte im selben Moment, dass sie die ganze Zeit die Luft angehalten hatte.

Sie öffnete die Lider und sah in diese faszinierenden Männeraugen.

»Du willst es doch«, sagte Roberto ernst. »Wem willst du etwas vormachen?«

Er ließ seine Hand sinken, stellte sich so dicht vor sie, dass ihre Schenkel sich berührten. Doch er fasste sie nicht mehr an. Sie hätte ins Zimmer laufen, die Tür schließen können, aber sie konnte sich nicht dazu überwinden.

War es die befreiende Wirkung des Alkohols, der sie auflockerte und ihren Körper ermutigte, sein Recht auf Befriedung geltend zu machen? Oder machte dieser Mann sie etwa willenlos?

Sie blieb stehen und schloss die Augen wieder. »Ja.«

Sie sagte nur das eine Wort. Zu mehr war sie nicht fähig. Ihre Arme hingen seitlich des Körpers herab. Sie hatte sich entschieden. Sollte er mit ihr machen, was er mit dieser schwarzhaarigen Schönen in der vergangenen Nacht getan hatte. Einmal wollte sie es erleben. Einmal sich kundigen Händen hingeben, ohne Schranken. Ihre Freundin Lena besuchte einmal im Monat einen Callboy, immer wieder einen neuen, einen ihr fremden, damit es nicht langweilig wurde. Diesen Mann vor ihr, Roberto d'Albertis, kannte sie zumindest schon aus ihren Träumen.

Eigentlich hatte Roberto damit gerechnet, Esther würde sich wehren, wie eine Katze kämpfen, was seine Begierde noch mehr angestachelt hätte. Fast war er schon ein wenig enttäuscht, dass sie sich ihm wie eine Sklavin unterwarf. Dieses Gefühl jedoch verflog, als sie ihre einzigartigen Augen öffnete, seinen Blick festhielt und in bestimmendem Ton sagte:

»Nimm mich. Ich will heute Nacht einen Orgasmus haben. Mach's mir.«

Damit hatte er nun überhaupt nicht gerechnet. Heute Morgen war sie ihm noch als Unnahbare entgegengetreten, jetzt kochte ihr Blut über.

Er griff in ihr herrliches rotes Haar, zog ihren Kopf nach hinten und küsste sie auf den lang gedehnten, weißen Hals, auf die Stelle, unter der ihr Puls klopfte. Seine Lippen liebkosten diese Stelle, glitten zu der Kuhle in der Mitte des Schlüsselbeins und von dort aus weiter zwischen ihre Brüste. Er hörte sie leise stöhnen.

Dann hob er ihren Kopf wieder hoch. »Sieh mich an.«

Sie öffnete die Augen. Ihr verschleierter Blick verriet ihm, wie erregt sie bereits war, was ihm gefiel und ihn auf einen neuen Gedanken brachte. Er wollte mit ihrer Erregung spielen, ein bisschen mehr, ein bisschen weniger, bis diese sie schmerzen und sie um einen Orgasmus flehen würde.

Ganz sanft strich er ihr die Träger von den Schultern. Das Kleid glitt herunter – über ihre schlanken Hüften, an den langen Beine entlang und arrangierte sich anmutig um ihre nackten Füße. Mit entblößten Brüsten stand sie nun vor ihm, seinem Blick ausgesetzt. Sie hob das Kinn.

»Tu es«, forderte sie ihn hörbar ungeduldig auf.

Er lächelte, überrascht über sich selbst. Die Rolle, die sie ihm zuwies, gefiel ihm. Eine Rolle, die er noch nicht gespielt hatte. Silvia und ihre Vorgängerinnen verführten ihn, entlockten ihm die Lust, waren bemüht, ihn zu befriedigen. Natürlich ließ er keine Frau leer ausgehen. Niemals.

Esthers Aufforderung nachkommend, fing er an, ihre Brüste zu streicheln, die sich weich und warm anfühlten, nicht so kalt und leblos wie Silvias Silikonimplantate. Die prallen Früchte in seinen Händen erregten ihn. Er spürte, wie sich sein Penis aufpumpte. Ganz langsam fuhr er mit den Daumen über die dunkelroten Warzen, die aus dem kleinen Hof hart hervorstanden. Dann senkte er den Kopf über die rechte Brust, leckte über den Nippel, nahm ihn zwischen die Lippen, begann, an ihm zu saugen, bis Esther aufstöhnte. Seine Lippen wanderten zu der anderen, machten hier das Gleiche.

»Bitte …« Esther umfasste mit beiden Händen seinen Kopf, drückte ihn tiefer.

Da richtete er sich auf, sah sie eindringlich an. »Was soll ich machen? Sag es mir.«

Ihr Blick kam wie aus weiter Ferne.

»Das, was du gestern Nacht gemacht hast«, antwortete sie leise. Ihre Stimme klang vor Erregung belegt.

Da zog er sie mit einer einzigen Bewegung an sich und ließ seine Rechte über die Innenseite ihres Schenkels hinaufwandern bis kurz vor ihren Schritt. Sie seufzte genussvoll, als er seine Handfläche auf ihre Vulva legte, die schon ganz feucht war.

»Bitte ...«, flüsterte Esther atemlos.

Er ließ seine Hand ruhig liegen, spürte ihre von Lust prall gefüllten Schamlippen, in denen die Erregung pochte. »Bitte ...«, flehte sie erneut.

Als er ihrer Bitte nicht nachkam, stellte sie sich breitbeiniger hin, schob das Becken vor, begann, sich an seiner Hand zu reiben, wobei sie sich an seinen Schultern festhielt. Er ließ sie ihren Rhythmus finden, während er ihr mit der anderen Hand über die Hüften strich, eine ihrer Brüste umfasste und deren Nippel liebkoste. Sie stöhnte auf. Dann ließ er sie in einer ruhigen Bewegung los.

»Nein.« Sie zog scharf die Luft ein, als würde sie einen Schmerz verspüren, torkelte leicht. Er hielt sie fest.

»Sieh mich an.«

Sie richtete ihren verstörten Blick auf ihn.

Dieser Blick berührte ihn. Er verriet ihm, dass sie nur wenig Erfahrung in der Liebe besaß. Sie wusste nicht, dass dies ein Spiel war. Dass er ihre Lust bis ins Unerträgliche steigern wollte, damit irgendwann ihr Orgasmus aus ihr herausbrechen würde, ein einzigartiger Orgasmus, der ihr die Sinne schwinden lassen würde. Aber wahrscheinlich war sie viel zu hungrig und viel zu leicht entzündbar, als dass er dieses Spiel heute Abend mit ihr spielen konnte.

»Ich möchte dich ins Zimmer tragen«, sagte er.

Es überraschte ihn selbst, wie weich seine Stimme klang.

Roberto nahm sich Zeit, während in ihrem Körper eine Sturmflut tobte. Jede Stelle ihres Körpers war elektrisch aufgeladen, fieberte seinen Berührungen entgegen. Ihre Brüste schmerzten, fühlten sich so gespannt an, als würden sie gleich platzen. In ihren Schamlippen pulsierte das Blut, ihre Vagina schien ein weit geöffneter Mund zu sein, der gefüllt werden wollte.

Während ihr Köper sich nach ihm verzehrte, zog sich Roberto langsam aus. Wenn ihr das auch alles viel zu langsam ging, war sie ihm dennoch für die Ruhe, die er dabei ausstrahlte, dankbar. Wie oft hatte sie aufdringliche gierige Küsse ertragen müssen, die Eile, mit denen ihr der Slip hinunter gezogen worden war, und die voreilige Gier bei der Erektion, wenn sie noch nicht bereit war. Wie viel aufregender war es doch, so erkannte sie nun, den Akt hinauszuzögern, Spannung aufzubauen. Doch als Robertos Hand jetzt sanft über ihr Bein fuhr, immer höher, und er die andere auf ihren Bauch legte, seinen Zeigefinger um ihren Bauchnabel kreisen ließ, ganz leicht, wie zufällig, spürte sie ein fast unerträgliches Brennen und Pochen in ihrem Schoß. Sie glaubte, einem Orgasmus schon gefährlich nah zu sein, ohne dass Roberto bisher ihre Klitoris berührt hatte.

Dann beugte er sich über ihren Körper. Seine Lippen küssten ihren Bauch, seine Zunge wanderte tiefer ihren Körper hinunter bis zu der Stelle, wo ihre Schamlippen sich zu einer feuchten breiten Spalte geöffnet hatten. Hier hielt sie inne.

»Weiter«, bettelte sie heiser.

Da spreizte Roberto mit einer einzigen herrischen Bewegung ihre Beine. Zuerst küsste er ihre Scham, dann wanderte seine Zunge wieder Millimeter für Millimeter abwärts. Dabei hielten seine Hände ihre Oberschenkel weit auseinander. Endlich hatte er ihren Kitzler erreicht und begann, ihn zu lecken. Zuerst langsam, leicht und oberflächlich. Sie hob ihr Becken seinem Mund entgegen, bot ihm ihre nasse Feige an, um ihm zu zeigen, dass sie mehr brauchte. Plötzlich verstärkte Roberto den Druck seiner Zunge. Und nicht nur das. Er nahm ihren Kitzler zwischen die Lippen, wie eben noch ihre Brustwarzen, und begann, an ihm zu saugen. Gleichzeitig richtete seine Zungenspitze die unglaublichsten Dinge an. Jede Bewegung schickte Flammen durch ihren Unterleib, die sie den Kontakt zur Wirklichkeit immer mehr verlieren ließen. Willenlos gab sie sich der glühenden Woge der Lust hin. Die Spannung in ihr baute sich immer mehr auf, schien sie zerreißen zu wollen. Sie warf den Kopf hin und her, grub die Zähne in die Unterlippe, schmeckte das süßliche Blut und krallte die Finger in das Laken. Roberto fuhr fort, an ihrer Perle zu saugen, spreizte dabei ihre nasse Spalte und ließ seine breite Zunge durch sie wandern bis zu ihrer hungrigen Vagina, in die sie dann eintauchte.

Sie stöhnte auf, bäumte ihm ihren Unterleib entgegen, um seine Zunge tiefer und tiefer in sich aufzunehmen. Doch ihre Vulva war so weit, dass sie sie kaum spürte. Jetzt glitten Robertos Finger in sie hinein, langsam, lasziv, erreichten einen Punkt in der Tiefe ihrer Weiblichkeit, dessen Berührung ihr einen überraschten Laut entlockte. Sanft, ganz sanft und rhythmisch massierte er diesen Punkt, dabei fand seine Zunge den Weg zurück zu ihrer Klit und spielte mit ihr.

Nun brauchte es nicht mehr viel. Noch zwei, drei kreisende Bewegungen in ihr, ein letztes Saugen an ihrer Klitoris und die hohe Woge, die sich immer mehr aufgebaut hatte, schlug endgültig über ihr zusammen. Sie riss sie mit sich, in einen tosenden Strudel hinein, machtvoll und stark. Ekstase beherrschte ihren Körper. Die Lust raubte ihr den Verstand, die Welt um sie herum explodierte.

Sanfter Atem und eine Hand, die ihre Hüften liebkoste, brachten sie irgendwann wieder zu sich.

Roberto lag neben ihr, den Kopf aufgestützt, seinen prallen

Schwanz an ihren Schenkel gepresst. Er hatte sein Bedürfnis zurückgestellt, um ihr Lust zu bereiten. Oder um ihr zu beweisen, dass sie zu Wachs in seinen Händen wurde, wenn er es wollte? Was hatte sie in ihrem Rausch geflüstert? Was geschrien?

Flammende Röte schoss ihr in den Kopf. Jetzt erst wurde sie sich der Situation richtig bewusst. Sie hatte um Sex gebettelt, lag jetzt splitternackt vor Roberto, seinem Blick ausgeliefert. Rasch zog sie an der Decke, wollte sie über sich breiten. Doch er hielt ihre Hand fest.

»Lass.« Seine Stimme klang zärtlich, sein Blick verriet, dass ihm gefiel, was er sah. »Du bist wunderschön«, fuhr er fort. Dabei strich er ihr über die Wange. »Du weißt gar nicht, wie schön du bist. Und du schmeckst gut. Sehr gut.«

Sie sah zu ihm hoch, den Tränen nah. Diese Situation überforderte sie. So etwas hatte sie niemals zuvor erlebt. Nichts dergleichen. Selbst in ihren Fantasien nicht. Sie fühlte sich erschöpft und zugleich wie neu geboren als eine andere Frau.

»Und du?«, fragte sie unsicher. Dabei blickte sie auf seinen immer noch steifen Schwanz.

Er lächelte sie an. »Für mich war es schön. Und morgen ist ja auch noch ein Tag.«

Morgen ist auch noch ein Tag.

Dieser Satz ließ ihr Herz einen Satz machen. Es bedeutete, dass er diesen Abend wiederholen wollte. Sie blickte ihm in die Augen, die sie voller Wärme ansahen.

In diesem Augenblick spürte sie, dass mit ihr etwas geschah. Ihr war, als würde sie Robertos Blick nie mehr loslassen, ihr ganzes Leben lang nicht.

Als Esther am nächsten Morgen aufwachte, fragte sie sich, ob Roberto d'Albertis tatsächlich in der vergangenen Nacht bei ihr gewesen war und sie auf den Gipfel der Lust geführt hatte.

Sie lag nackt im Bett. Normalerweise schlief sie nie ohne Nachthemd. Hastig richtete sie sich auf. Aus dem mannshohen Spiegel sah ihr eine Frau entgegen, die ihr auf den ersten Blick fremd vorkam.

Zerzauste rote Mähne, große Augen und eine Haut, die von innen zu leuchten schien. Sie strahlte Zufriedenheit aus, wie nach einer wunderschönen Liebesnacht.

Also ist es doch wahr, dachte sie.

Kopfschüttelnd stand sie auf, schlüpfte in den Bademantel und öffnete die Terrassentür.

Die Sonne war gerade aufgegangen. Aus den Senken zwischen den Hügeln stieg der Tau in seidigen Schwaden in die Lüfte. Die Landschaft glich einem zarten Aquarell, die lang gezogenen Bergrücken am Horizont waren in atemberaubende Rosa- und Goldtöne getaucht.

Sie atmete die frische Morgenluft tief ein. Sie roch nach Feuchtigkeit und Erde. Nach Fruchtbarkeit. Und dann diese besondere Stille um sie herum, die keinen Vergleich kannte. Zu dieser Stunde drangen in ihr Münchner Apartment bereits die Geräusche des Morgenverkehrs. Die Idylle hier wurde nur durch das muntere Konzert der Schwalben unterbrochen. Am gläsernen Himmel zog ein einsamer Habicht lautlos seine Bahn auf der Suche nach Beute. Ganz unvermittelt musste sie an Roberto denken. War sie etwa eine neue Beute für ihn gewesen?

Esther ging ins Zimmer zurück. Beim Anblick des Bettes kamen alle Eindrücke der vergangenen Nacht zurück. Erinnerungen, die sie aufwühlten, die sie verwirrten, die ihr an diesem Morgen ein eher unangenehmes Gefühl bescherten.

Wie hatte sie sich nur derart gehen lassen können? Sie musste ganz schnell wieder ihr inneres Gleichgewicht finden und das Geschehene vergessen, oder zumindest verdrängen. Und das konnte sie am besten bei ihrer Arbeit.

Eine halbe Stunde später saß Esther in der Werkstatt, fernab des Palazzos, von Roberto, der ihr solche Wonnen bereitet hatte.

Warum? Warum hatte er das getan? Welche Befriedigung hatte er daraus gezogen? Das Gefühl von Macht über sie?

Wie auch immer, noch einmal würde sie in eine solche Situation nicht kommen, sagte sie sich entschlossen, während sie das Gemälde auf der Staffelei abdeckte. Nachdem sie es gestern gereinigt hatte, stand heute die Doublierung an, zur Stabilisierung der Farbschichten, was der alte Bildträger nicht mehr leistete. Dafür musste sie das Bild von der Rückseite mit neuer Leinwand verkleben, eine Arbeit, die ihre ganze Konzentration erforderte. Bei dem Verkleben durften keine Blasen entstehen. Diese Beschäftigung würde ihr in den nächsten Stunden keine Gelegenheit mehr zum Grübeln geben.

Sie straffte sich.

Also ran an die Arbeit, befahl sie sich und setzte ihre Brille mit der Lupe auf. Während sie sich vorsichtig ans Werk machte, vergaß sie die Zeit. Und den Conte d'Albertis. Erst als sie durch die offen stehende Tür Schritte auf dem Kies hörte, stockte ihr der Herzschlag.

Roberto.

Weniger Sekunden später füllte ein Schatten den Rahmen

aus. Ihm folgte der Conte, im Anzug, einem hellen dieses Mal. Unter dem Leinenjackett trug er ein weißes Shirt, das den Blick auf die Narbe an seinem Hals lenkte, an den nackten Füßen hellbraune Wildlederslipper.

Er war einfach sehr männlich – ein schöner Mann –, dachte sie für den Bruchteil einer Sekunde. Trotz dieser Narbe. Und wie vorgestern bei ihrer allerersten Begegnung berührte sie dieses Mal, dieses sichtbare Zeichen eines großen Schmerzes tief im Innern. Ob die Narbe etwas mit dem schweren Schicksal zu tun haben mochte, von dem ihr Chef gesprochen hatte?

Beim nächsten Atemzug jedoch durchfuhr sie Robertos freundlich distanziertes Lächeln wie ein spitzer Dolch. Es machte die vergangene Nacht ungeschehen.

»Guten Morgen«, begrüßte er sie in geschäftsmäßigem Ton. »Wie läuft es?« Er zeigte auf das Bild auf der Staffelei.

Sie antwortete ihm im gleichen Ton. »Heute Mittag werde ich die Kontrollgeräte in der Bibliothek prüfen und mir dann ein endgültiges Bild darüber machen können, ob sie sich als Museum eignet. Gestern habe ich die Geräte dort im Beisein von Paolo aufgestellt.«

Bisher hatte sie noch keine Ahnung, wie sie ihn nach dem, was zwischen ihnen geschehen war, ansprechen sollte. Sein förmliches Verhalten legte den »Signor Conte« nahe, obwohl sie sich doch noch vor einigen Stunden …

Sie räusperte sich.

»Du hättest den Raum auch allein betreten dürfen«, erwiderte er mit einem schiefen Lächeln. »Ich gehe nicht davon aus, dass du etwas stehlen würdest.«

Aha, er duzte sie also.

»Danke für dein Vertrauen«, konterte sie und lächelte zuckersüß zurück. »Heute Nachmittag werde ich den Monet auf seine Echtheit überprüfen, was bedeutet, dass ich morgen auf den beiden gereinigten Gemälden neuen Firnis auftragen kann, und dann …« Sie hob das Kinn.

Dann werde ich wieder fahren, wollte sie eigentlich sagen, hielt sich damit jedoch noch zurück.

»Ich habe Herrn Aschenbach angerufen«, teilte er ihr mit.

Sie hob die Brauen. »So?«

»Ich habe die Zeit für dich hier verlängert. Er war einverstanden.«

Esther schluckte.

Musste sie seine Entscheidung rein geschäftlich sehen?

»Wann hast du mit ihm gesprochen?«, erkundigte sie sich.

»Vor ein paar Minuten.«

Also nach unserer gemeinsamen Nacht, schoss ihr durch den Kopf.

»Wie geht es ihm?«

»Den Umständen entsprechend.«

Roberto schien nicht in Plauderstimmung zu sein.

»In Ordnung.« Wieder lächelte sie übertrieben. »Allzu lange kann ich jedoch nicht bleiben. Ich habe noch persönliche Verpflichtungen in Deutschland.«

Er sah sie für einen Moment nur stumm an, dann meinte er: »Wir werden sehen. Ich muss weg. Einen schönen Tag.« Mit diesen Worten drehte er sich um und ging.

Esther schnappte nach Luft. Enttäuschung über diese kühle Begegnung, Wut über sich selbst, sich auf diesen Typen überhaupt eingelassen zu haben, Zorn auf Roberto, dass er den Macho und Chef herauskehrte: All das ballte sich zu einem faustdicken Knoten in ihrem Magen zusammen. Vor Verzweiflung hätte sie am liebsten etwas durch den Raum geschleudert und es an der Wand zerschellen sehen, so wie der Traum der vergangenen Nacht gerade an der Wirklichkeit zerbrochen war. Sie hatte noch Robertos samtige Stimme im Ohr, die ihr zugeflüstert hatte: »Morgen ist auch noch ein Abend.«

Vielleicht verstand sie da etwas falsch? Tagsüber pflegten sie geschäftlichen Kontakt und abends machte er sie zu seiner Liebhaberin? War es so? Lena, ihre Freundin, machte doch auch nichts anderes: Wenn sie einem ihrer Callboys irgendwann in der Stadt über den Weg lief, plauderten sie kurz miteinander wie zwei, die sich flüchtig kannten.

So funktioniert Sex ohne Liebe, den du doch haben wolltest, machte ihr Verstand ihr klar.

»Ich bringe Kaffee, dottoressa«, schreckte Paolo sie aus ihren Gedanken. Der Italiener stand mit einem großen Tablett in der Werkstatttür. »Und ein Stück von Marias Zitronenkuchen mit einem herzlichen Gruß von ihr. Sie möchte Sie für heute Abend bei uns zu Hause zum Essen einladen.«

Der kleine runde Mann mit den blitzenden braunen Augen entfachte sofort wieder bessere Laune in ihr.

»Das ist sehr lieb«, erwiderte sie, zögerte dann aber kurz.

Was wäre, wenn Roberto sie an diesem Abend sehen wollen würde? Ach … Wie oft hatte sie schon Verabredungen mit netten Menschen wegen eines Mannes abgesagt, der sich dann gar nicht mehr gemeldet hatte. Nein, in dieses Fahrwasser wollte sie nicht mehr kommen.

»Ich freue mich«, antwortete sie voller Dankbarkeit. »Ich komme aber nur, wenn Sie mich nicht mehr dottoressa nennen«, fügte sie zwinkernd hinzu.

Paolo machte eine Verbeugung. »Sehr gern, Esther.«

»Um wie viel Uhr?«

»Halb acht. In unserem Haus gleich neben der Einfahrt.«

»Ich werde pünktlich sein.«

Den Rest ihres Arbeitstages verbrachte sie damit, sich auf ihre Aufgabe zu konzentrieren. Je früher sie fertig wurde, desto schneller konnte sie sich dem Einflussbereich Robertos entziehen. Bis es so weit war, musste sie Haltung bewahren. Er sollte bloß nicht denken, sie würde mehr von ihm erwarten, als dass er ihr zu diesen einmaligen Freuden verholfen hatte. Für ihn hatte diese Nacht bestimmt keine Bedeutung. Sie war mit Sicherheit nicht die erste Frau, der er diese Genüsse auf diese Art und Weise beschert hatte.

Bei ihrer Ankunft hatte Esther dem kleinen Haus der Franellis gar keine richtige Beachtung geschenkt.

Es lag etwa zwanzig Meter von der breiten Auffahrt entfernt, die zum Palazzo führte, vor einem Olivenhain.

Das Haus bestand aus Sandsteinen, die die Abendsonne gold anmalte. Es war zweigeschossig, besaß eine weinberankte Pergola und eine großzügige Terrasse, von der Maria ihr schon von Weitem zu winkte. Am Rand der schmalen Einfahrt wuchsen Wildblumen und Kräuter, deren Duft Esther in die Nase stieg.

Maria umarmte sie wie eine gute Bekannte und küsste sie auf beide Wangen. Paolo ließ sich nicht zu solchen zutraulichen Gesten hinreißen, obwohl ihr sein herzliches Lächeln verriet, dass sie auch ihm willkommen war.

»Paolo, zeig unserem Gast unser Heim«, forderte Maria ihren Ehemann nicht ohne Stolz auf.

Esther gefiel das Häuschen mit der schlichten ländlichen Einrichtung, dem Holz, den geblümten Vorhängen und Blumentöpfen auf den Fensterbänken. Das Wohnzimmer strahlte mit seinen roh verputzten weißen Wänden, dem Natursteinboden, dem handgewebten Schafswollteppich und den bunten Aquarellen über dem Sofa Heimeligkeit und Frieden aus. Die Bilder zeigten Motive aus der Gegend, idyllische Bauerndörfer, buntes Treiben auf einem ländlichen Marktplatz, Sonnenblumenfelder. Im Obergeschoss gab es drei kleine Zimmer und ein zusätzliches Bad. Raum genug für eine vierköpfige, bescheiden lebende Familie. Die lange gedeckte Tafel auf der Veranda stand jedoch in starkem Kontrast zu Bescheidenheit. Sie bog sich unter den Platten, Schalen und Krügen.

Maria war in ihrem Element. Sie wurde nicht müde, Esther ihre Köstlichkeiten anzubieten. Gegrillte Auberginen und Zucchini, Nudeln mit mehreren Soßen, Kalbfleisch und Kaninchen, Salat, selbst gebackenes Brot und natürlich Wein.

»Mein Rockbund«, stöhnte Esther schließlich erschöpft, nachdem sie von allem gegessen hatte.

Sie trug wieder ihren Kostümrock und eine weiße Bluse mit aufgekrempelten Ärmeln. In ihrem verstaubten Arbeitsoverall hatte sie natürlich nicht zum Essen gehen wollen, und in dem dünnen Sommerkleid von Marias Tochter auch nicht. Dafür hätte sie dann doch eine leichte Strickjacke benötigt. Ihr Haar hatte sie zum Pferdeschwanz gebunden, der sie im Ganzen lockerer erscheinen ließ und der Marias Begeisterung fand.

Die Stimmung am Tisch war herzlich und munter. Beim Grappa, der in der gleichen goldenen Farbe funkelte wie die lang gezogenen Wolken über den Hügeln in der Ferne, zeigten sich am gläsernen Abendhimmel die ersten Sterne. Die Landschaft war eingetaucht in ein sanftes warmes Licht. Die schwarzen Zypressen auf den Hügeln malten sich wie Pilgerzüge gegen den Horizont ab.

»Schauen Sie, Esther, das ist das Licht der Toskana, das die Maler so gern malen, aber niemals in seiner Leuchtkraft darstellen werden«, sagte Paolo mit träumerischer Miene. »Keiner. Man muss es gesehen haben und im Herzen aufbewahren.«

Maria lachte ihn an, beugte sich zu ihm hinüber und küsste ihn. »Mein Paolo, er war immer schon ein Romantiker.«

»Ihr Mann hat recht«, erwiderte Esther mit sehnsuchtsvollem Blick in die Weite. »Das, was einen in der Seele berührt, kann man nicht mit Farben und Pinsel oder einer Kamera festhalten. Man muss es mit dem Herzen fotografieren.«

»So jung und schon so weise …« Maria tätschelte Esthers Knie. »Erzählen Sie von sich, von Ihrer Familie«, bat sie mit sichtbar neugieriger Miene.

Doch bevor Esther beginnen konnte, hörten die drei ein metallisches Quietschen. Gleichzeitig schauten sie hinunter zum Eingangstor

Es öffnete sich automatisch. Noch konnte man nicht sehen, wer dort kam. Maria und Paolo reckten die Hälse. Ebenso Esther.

Ein kleines rotes Cabrio erschien. Am Steuer saß Silvia. Ihr Anblick ließ Esther innerlich zusammenzucken.

Wie interessant. Der Conte bekam also Besuch. Hätte sie auf die Einladung bei diesen lieben Menschen verzichtet, in der Hoffnung, den Abend mit Roberto verbringen zu können, würde sie jetzt allein auf ihrer Terrasse sitzen. Von wegen »Morgen ist auch noch ein Abend«. Dieser Abend gehörte Silvia.

»Silvia«, knurrte Maria und schüttelte missbilligend den Kopf.

Esther leckte sich über die trockenen Lippen. »Ist sie die Freundin von Signor Conte?«

Sie hatte ihrer Stimme einen beiläufigen Klang geben wollen, was ihr jedoch überhaupt nicht gelang. Marias kluge Augen sahen sie prüfend an.

»Nein, sie ist seine …« Sie machte eine Handbewegung, als wollte sie ein lästiges Insekt verscheuchen. »Seine Liebhaberin. Eine von vielen. Roberto …«

»Maria.« Paolos strenger Blick traf seine Frau und ließ sie sofort verstummen.

»Eine von vielen?«, wiederholte Esther übertrieben heiter.

Paolo ließ ein verbindliches Lächeln aufblitzen. »Na ja, Roberto ist Junggeselle. Da kann man das Leben noch genießen.«

Maria schnaubte verächtlich durch die Nase. »Roberto laufen alle nach. Er kann nicht nein sagen. Ich meine ja immer …«

»Maria.« In den gutmütig blickenden Bärenaugen des Hausmeisters blitzte es jetzt zornig auf.

»Ist doch wahr«, murmelte seine Frau und spülte alle weiteren Informationen, die Esther so gerne erhalten hätte, mit einem Schluck Chianti hinunter.

Zum zweiten Mal vermutete sie, dass das Leben des Conte ein Geheimnis umgab. Nur eines schien kein Geheimnis zu sein, sein Liebesleben.

In diese Reihe von Geliebten werde ich mich nicht noch einmal eingliedern, Signor Conte, schwor sich Esther an diesem Abend, nachdem sie wieder in ihrem Zimmer war. Ihre Kusine rief sie auch nicht mehr an. Anna hätte ihr ihre schlechte Verfassung angehört, die sie vor Maria und Paolo gerade noch mit großem Kraftaufwand hatte verbergen können. Stattdessen nahm sie eine Schlaftablette und beschloss, auf Marias Geburtstag in drei Tagen nicht zu erscheinen. Keinesfalls wollte sie Roberto dort begegnen. Aber vielleicht war sie in drei Tagen auch längst schon wieder in München, in ihrem vertrauten eingefahrenen Leben.

Roberto hatte sich den ganzen Tag lang unwohl gefühlt, wie herausgeworfen aus seinem Leben, das er sich seit zehn Jahren eingerichtet hatte. Bereute er, der professoressa, wie er sie wegen ihres intellektuellen Aussehens insgeheim nannte, so nah gekommen zu sein? Sein Verstand hatte ihn gewarnt. Andererseits hatte sie ihm etwas geboten, was er lange schon nicht mehr gespürt hatte: das Gefühl des ersten Mals. So kess Esther von ihm Sex gefordert hatte, so unberührt war sie ihm dann dabei vorgekommen. Er hatte ihr die Tür zu einer Welt geöffnet, die sie noch nicht gekannt hatte und auf die sie neugierig gewesen war, was ihn natürlich reizte. Silvia konnte er auf diesem Gebiet nichts mehr beibringen, wie auch all den anderen Frauen nicht, die er kannte. Vielmehr hatte er von ihnen gelernt, auch wenn sie alle sehr viel jünger waren als er.

Je näher der Abend rückte, desto drängender wurde für ihn die Frage, ob er ihn mit Esther verbringen sollte. Sein Verstand sprach sich dagegen aus. Schließlich nahm ihm der unerwartete Anruf von Silvia diese Entscheidung ab.

»Ich stehe vor deinem Tor. Öffnest du mir?«

Natürlich hatte er ihr geöffnet. Und jetzt saß sie auf seiner Couch im Wohnzimmer, verführerisch wie immer. Nur dass sie ihn an diesem Abend nicht erreichte, was ihn wütend auf sich selbst machte.

Sie erzählte ihm sinnloses Zeug, trank Champagner und zog nach ein paar Gläsern alle Register der Verführung. Natürlich reagierte sein Körper auf sie, aber vor seinem inneren Auge sah er eine andere Frau. Die professoressa.

»Lass uns vögeln«, flüsterte Silvia, während sie ihre kühlen Brüste an seine warme Haut drängte. Dabei fummelte sie an dem Reißverschluss seiner Hose herum, den Kopf in den Nacken gelegt, die Lippen lockend geöffnet. »Nimm mich. Jetzt, sofort. Ich will deinen prallen Schwanz in mir haben. Bitte, tesoro, mach es mir.«

Er löste sich von ihr, schlüpfte aus Hose und Slip, packte sie und warf sie auf die Sitzlandschaft.

»Ja, tesoro, mach es mir hart«, raunte sie kehlig, dabei ließ sie auffordernd das Becken kreisen. »Ich brauche es hart.«

Anders hätte er es ihr auch überhaupt nicht machen können, um endgültig die Erinnerungen an die vergangene Nacht abzuschütteln.

Er legte sich über Silvia, die ihre Beine um seine Hüften schlang und ihn voller Leidenschaft küsste. Er musste ihre Spalte nicht einmal berühren, um die Hitze zu spüren, die von ihr ausging. Und sie wurde immer heißer, je härter er sie küsste. Als er in ihre Brustwarze biss, nicht allzu fest, gerade bis kurz vor ihre Schmerzgrenze, schrie sie voller Lust auf. An diesem Abend fehlte ihm der Sinn dafür, sich ausgiebig mit ihr zu beschäftigen. Er hatte sie nicht gerufen. Sie war gekommen, um von ihm gefickt zu werden. Also setzte er sich zwischen ihre willig geöffneten Schenkel. Er warf einen Blick auf ihre nasse Vulva, die mehr als bereit aussah, ihn aufzunehmen. Und als sich ihre Hand mit den blutroten Nägeln zu ihrer Klitoris tastete, als sie mit dem Zeigefinger ihren Saft darüber verteilte und begann, sie zu reizen, wusste er, wie sie es heute haben wollte.

Ohne Vorankündigung stieß er in sie hinein.

Silvia schrie und bäumte sich auf, schob ihm ihren Unterleib gierig entgegen.

Seine Hoden schlugen rhythmisch gegen ihren Po, bei

jedem neuen Stoß, der sein Glied tiefer und tiefer in sie hineintrieb. Die leichten Schläge in seinen Hoden steigerten seine Erregung, was er als zusätzlichen Impuls auch brauchte. Seltsamerweise reagierte sein Körper heute anders als sonst.

Silvia dagegen stöhnte wie immer laut. Ihre Hüften rotierten, schienen darum zu betteln, dass er noch tiefer stieß. Ungezügelt rieb sie ihren Kitzler. Er spürte, dass sie kurz davor war zu kommen und beschleunigte seinen Rhythmus. Sie keuchte immer wilder. Er ließ sich vollkommen gehen, stieß fester und fester. Er vögelte sie wie ausgehungert, als hätte er lange keine Frau mehr gehabt. Wollte er sie bestrafen für etwas, was er gestern Nacht getan hatte? Er wusste es nicht. Er wusste nur, dass er dem Bild entkommen musste, das er vor seinem inneren Auge sah: Esther in ihrer vollkommenen Schönheit, mit der Aura der Unberührten, Unschuldigen.

»Ja, jetzt.« Silvia bäumte sich auf, ihre Muskeln begannen zu zucken, pumpten an seinem Schwanz, sie hob die Beine, ihre Finger krallten sich in seinen Hintern, er schrie auf und er spritzte so plötzlich in sie hinein, dass es ihn selbst überraschte.

Silvia bewegte immer noch ihr Becken und hörte nicht auf, immer wieder zu stöhnen. Als ihre Muskelkontraktionen schwächer wurden, löste er sich von ihr. Sein Orgasmus war schnell und kurz gewesen, anders als bei ihr. Er stand auf, wusste nicht so recht, wie er sich verhalten sollte. Noch nie war er einfach danach ins Bad gegangen. Doch jetzt stand ihm der Sinn danach, den schnellen Fick mit Silvia einfach von sich abzuwaschen.

Ohne Schlaftablette hätte Esther die ganze Nacht wach gelegen und gegrübelt, das wusste sie, nachdem sie am nächsten

Morgen leicht benebelt aufgewacht war. Zwei Espressi vertrieben den Zustand, die Dusche tat ihr Übriges. Diszipliniert wie sie war, zog sie ihre Arbeitskleidung an und ging zur Werkstatt hinüber, ohne jemandem in der Eingangshalle zu begegnen. Der niedrige Stand der Sonne und ihre müden Strahlen verrieten ihr, dass es noch früh war. Sie öffnete die Fenster der Werkstatt. Die Tür ließ sie offen stehen, um die klare Luft genießen zu können. Dann machte sie sich an die Arbeit.

Nein, Roberto wollte sie erst einmal nicht mehr sehen. Sie fühlte sich verletzt, obwohl sie gar keinen Grund dafür hatte. Sie war es gewesen, die ihn um Sex angefleht hatte. Peinlich, einfach nur peinlich.

Als Esther Schritte auf dem Kiesweg hörte, setzte ihr Herz für ein paar Schläge aus.

Hoffentlich nicht, dachte sie.

Sie hatte Glück, in der Tür erschien Paolo. Wider alle Vernunft verspürte sie einen Anflug von Enttäuschung.

Paolo brachte ihr zwei neue Bilder zum Reinigen.

»Davon hat Signor Conte nichts gesagt.« Erstaunt sah sie ihn an.

»Er hat sich erst heute Morgen dazu entschlossen.«

Das sieht ganz nach Beschäftigungstherapie aus. Warum wollte er sie länger als nötig hier behalten? Um sie noch einmal betteln zu hören?

Hitze stieg ihr ins Gesicht. Mit der Hand fächelte sie sich Luft zu, obwohl es noch gar nicht so warm war.

»Signor Conte hat sich noch nicht nach dem Monet erkundigt«, fuhr sie fort. »Das Bild ist gefälscht, wie ich festgestellt habe. Monet hat nie mit dieser Art von Farben gearbeitet. In keiner seiner Schaffensphasen. Richten Sie ihm aus, dass er das Bild zurückgeben soll.«

Paolo hob die Brauen. »Sprechen Sie nicht mehr miteinander?«

Wider Willen musste sie lachen. »Es hat sich nicht ergeben.«

»Übrigens, Maria hat mit mir geschimpft. Ich soll Ihnen noch einmal sagen, dass Sie das Auto benutzen sollen. Für einen Bummel durch Florenz zum Beispiel.«

Sie lächelte kurz und nickte. »Mal sehen, ob ich dazu Zeit haben werde. Ich möchte meine Arbeit so schnell wie möglich beenden. In München warten persönliche Verpflichtungen auf mich.« Bei Paolo durfte sie diese Ausrede anbringen. Bei ihm war sie sich sicher, dass er nicht nachfragen würde, anders als Maria.

Er nickte verständnisvoll. Dann griff er in die Tasche seines Hausmeistermantels und reichte ihr einen Schlüssel. »Für den Wagen. Die Papiere liegen im Handschuhfach. Er steht in der großen Garage neben dem Palazzo.«

Um Punkt vier Uhr am Nachmittag hatte Esther ihr Arbeitspensum hinter sich. Die Firnisse der Bilder, die sie am Vortag gereinigt und geklebt hatte, waren aufgetragen, die beiden Gemälde, die Paolo ihr am Morgen gebracht hatte, von allen Umweltverschmutzungen befreit. Sie mussten darauf warten, am nächsten Tag einen neuen Überzug zu bekommen.

Erschöpft streifte sie die Einmalhandschuhe ab.

Und jetzt? Der Tag war noch jung. Draußen schien die Sonne von einem wolkenlosen Himmel. Sie war nicht der Typ Sonnenanbeterin, der sich auf der Terrasse hätte braten lassen. In Robertos Pool zu schwimmen stellte noch weniger eine Option für sie dar. Sie wollte weg, der Gefahr aus dem Weg gehen, Roberto auf seinem Anwesen zu begegnen.

Warum also sollte sie den Wagen nicht benutzen, der jedem Gast zur Verfügung stand? Florenz reizte sie. Es lag nur wenige Kilometer entfernt.

Esther entschied sich schnell. Zwanzig Minuten später saß sie am Steuer und Paolo öffnete ihr das Tor. Als sie im Rückspiegel den Palazzo hinter sich liegen sah, fühlte sie sich wie in die Freiheit entlassen.

Vergiss nicht, du sitzt in Robertos Auto, erinnerte sie ihre innere Stimme.

Nun gut, aber sie würde ihm wenigstens nicht begegnen. In ihrem Kostümrock, der Bluse und den festen Schnürschuhen wäre ihr das auch mehr als unangenehm gewesen. Diese Vorstellung allein schon rief ihre Entscheidung auf den Plan, sich in Florenz etwas zum Anziehen zu kaufen, was nicht nur fürs Büro geeignet war. Und ein kleines Mitbringsel für Maria als nachträglichen Dank für den schönen Abend und das leckere Essen sowie zum bevorstehenden Geburtstag. Und die Uffizien, die jeder Kunsthistoriker einmal gesehen haben musste? Sie schüttelte den Kopf. Das Museum musste noch warten. Zum ersten Mal stellte sie ihre Eitelkeit über ihren Beruf.

Esther genoss die Fahrt durch das sanft gewellte Florentiner Hügelland und die Fernsicht. Von dem leicht verschleierten Himmel warf die Sonne ihr diffuses sanftes Licht, das »luce diafana«, auf die Landschaft, wie sie es von den Bildern des Renaissance-Malers Piero della Francesca kannte. In diesem Licht badeten auf den Hügeln verstreut liegende prachtvolle Palazzi, umgeben von blauen Zypressen, die sie stumm bewachten. Bis zur Autostrada ging die Fahrt durch Sonnenblumenfelder, die sich unterhalb der lilafarbenen Rebstöcke und silbern schillernden Olivenhaine erstreckten.

Schon von Weitem begrüßte sie die Domkuppel mit ihren

acht schneeweißen Marmorrippen, die das Stadtbild der Kunstmetropole prägte. Das Navigationssystem führte sie in die Innenstadt, in einen brodelnden Hexenkessel von hupenden Autos, vorbeiflitzenden, knatternden Motorrollern, Straßenhändlern und Schwärmen von Touristen. Weil sie sich auf den Verkehr konzentrieren musste, warf sie immer wieder einen kurzen Blick nach rechts und links.

Gerade fuhr sie an den »Büros«, den Uffizien, aus der Zeit der Medici, vorbei, die heute die größte und berühmteste Gemäldesammlung beheimateten. Ein Stück weiter sah sie die malerisch verschachtelten Häuser des Ponte Veccio, der den Arno überquerte, an dessen Ufer ein paar Angler ihr Glück versuchten.

Bei der ersten Möglichkeit hielt sie an. Paolo hatte ihr die Straße aufgeschrieben, in der es kleine Geschäfte gab. Sie gab den Namen ins Navi ein, folgte der Route und fand sich ein paar Minuten später an ihrem Ziel.

»In diesem Viertel liegt auch die Piazza della Signoria, ein sehr geschichtsträchtiger Ort, wo sich Altertum, Renaissance und Gegenwart mischen«, hatte Paolo ihr mit auf den Weg gegeben. »Mit vielen kleinen Restaurants.«

Nach einer ausgiebigen Shopping-Tour steuerte Esther schließlich eines dieser kleinen Restaurants an, erschöpft, aber dafür mit prall gefüllten Einkaufstaschen. Eine ärmellose piniengrüne Seidenbluse mit Wasserfallausschnitt, ein enger schwarzer Bleistiftrock, zwei Sommerkleider, hohe Riemchensandaletten, schwarze Spitzenunterwäsche, ein paar hübsche Modeschmuckohrringe für Maria zum Geburtstag, eine Flasche Wein und Zigarren für Paolo sowie ein Parfüm für Marias Tochter Marina, die ihr das Kleid geliehen hatte, und noch ein Duft für sich selbst, das waren ihre Errungenschaften. Sie setzte sich an einen Tisch an der Piazza und stellte die Einkaufstaschen neben ihren Stuhl aufs Kopfsteinpflaster. Vielleicht hatte sie sich im Kaufrausch Dinge angeschafft, die sie niemals tragen würde, aber an diesem Tag war ihr einfach danach zumute gewesen. Hier in Italien hatte sie sich als Frau entdeckt und war entschlossen, diese Seite an sich nie wieder zu vergessen. Die neuen Outfits sollten ihr dabei helfen.

Sie bestellte Salat, Steinbeißer auf Zucchini und Weißwein. Dann lehnte sie sich zurück, um dem Treiben auf der Pizza zuzusehen. Die inzwischen tief stehende Sonne erreichte den Platz nicht mehr, was die Luft angenehm machte. Während sie gerade das bronzene Reiterstandbild Cosimos I. von Medici und den Gott Neptun betrachtete, die sich mit Michelangelos David und dem Herkules von Bandinelli auf der Piazza ein Stelldichein gaben, klingelte ihr Handy.

Ein Blick auf das Display verriet ihr, dass Anna versuchte sie zu erreichen. Die Tatsache, dass ihre Kusine um diese Uhrzeit anrief, wenn die Kinder noch wach waren, ließ etwas Dringendes vermuten.

Sie nahm ab. »Anna?«

»Rolf ... Rolf betrügt mich.« Esther hörte, wie Anna vergeblich versuchte, einen Schluchzer zu unterdrücken. »Ich wollte gerade Rolfs Jacke waschen und habe in der Innentasche ein Damenhöschen gefunden ... Und es war nicht von mir, so teure Unterwäsche habe ich gar nicht. ... Er muss vergessen haben es rauszunehmen.« Ihre Kusine klang verheult und schluchzte nun doch laut. »Und ich dumme Kuh wasche auch noch seine Wäsche ... Dieser Mistkerl! Ich kann mich noch nicht einmal daran erinnern, wann er das letzte Mal mit mir geschlafen hat, dieser ...« Ihre Kusine ließ einige wenig damenhafte Bezeichnungen fallen, um ihren Ehemann zu beschreiben, und redete sich immer mehr in Rage, bis sie von einem heftigem Weinkrampf erfasst wurde und Esther nichts mehr verstand.

Sie griff sich an die Stirn. Diese Neuigkeit jagte ihren Blutdruck in die Höhe. Eine Affäre hätte sie jedem Mann zugetraut, jedoch nicht Rolf. Aber da sah man einmal wieder: Stille Wasser waren bekanntlich tief. Wie konnte sie Anna aus dieser Entfernung jetzt helfen?

»Anna«, sagte sie sanft, nickte dabei dem Kellner dankend zu, der den Weißwein brachte. »Weiß Rolf, dass du es weißt?«

»Noch nicht, aber das werde ich ihm gleich mitteilen.« Anna klang nun etwas gefasster, fast schon wütend. »Ich werde mich von ihm trennen. Dann muss er so viel Unterhalt für mich und die Kinder zahlen, dass er sich noch umschauen wird.« Ein hämisches Lachen folgte, was so gar nicht zu der netten Anna passen wollte. Aber wenn die Gefühle verletzt werden, verändern sich die Menschen.

»Weiß Lena es schon?«

»Die kann ich nicht erreichen. Wahrscheinlich ist sie gerade mal wieder bei einem ihrer Callboys. Eines sage ich dir, sobald ich mich von Rolf getrennt habe, werde ich das auch ausprobieren. Jetzt ist Schluss mit braver Mami. Meine Liebe zu meinen Kindern hat schließlich nichts mit meinem Sexualleben zu tun. Dieser Mistkerl …«

Esther biss sich auf die Lippe.

Selten hatte sie sich so hilflos gefühlt. Wie gern wäre sie jetzt in München gewesen, wäre zu ihrer Kusine gefahren, hätte sie getröstet und beruhigt.

»Da kommt Rolf.« Anna war jetzt kurz angebunden. »Ich muss Schluss machen. Der kann sich auf was gefasst machen.«

»Bitte, mach keinen Fehler, den du morgen vielleicht

bereust«, sagte Esther noch schnell, bevor sie das Klicken in der Leitung hörte.

Anna hatte sich noch nicht einmal die Zeit genommen, sich von Esther zu verabschieden. Oje.

Mit beiden Händen strich sich Esther ein paar widerspenstige Locken aus der Stirn, die sich aus ihrem geflochtenen Zopf gelöst hatten. Innerlich tief betroffen irrte ihr Blick über die Menschen, die die Piazza bevölkerten, ohne deren Gesichter überhaupt wahrzunehmen. Ihre Gedanken drehten sich nur um Anna, Rolf und ihre Neffen. Die armen Jungs, sie hingen doch so sehr an ihrem Vater. Rolf mochte vielleicht ein Ehebrecher sein, aber er war ein guter Vater.

»Ihr Steinbeißer«, unterbrach der Kellner Esther in ihren Gedanken.

Sie blickte hoch.

Ein köstlicher Duft umwehte ihre Nase und erinnerte sie daran, welch großen Hunger sie hatte. Die Freude auf den frischen Fisch war ihr jedoch gründlich vergangen. Sie dachte an Anna, und daran, was in dem Reihenhaus in München gerade passieren mochte. Ihre Kusine besaß Temperament, war in wütendem Zustand in ihrer Ausdrucksweise alles andere als zimperlich und verfügte bei den Jungen über eine lockere Hand, was sie schon oft kritisiert hatte. Ob Rolf diese heute auch zu spüren bekam?

Während sich Esther über Annas Probleme den Kopf zerbrach, knurrte ihr Magen so laut, dass es ihr fast peinlich war. Sie nahm einen ersten Bissen des köstlich duftenden Steinbeißers in den Mund. Dabei ließ sie den Blick über die Piazza schweifen – und entdeckte Roberto d'Albertis in der Menschenmenge. Sie erstarrte.

Der Conte war nicht allein unterwegs. Er spazierte mit einer sexy langhaarigen Blondine, schätzungsweise um die zwanzig, im Arm über den Platz. Sie plapperte auf ihn ein, schaute dabei zu ihm hoch und himmelte ihn unübersehbar an. Roberto jedoch schien das Treiben auf der Piazza viel mehr zu interessieren. Obwohl er eine Sonnenbrille trug, erkannte sie, dass er das Geschehen um sich herum beobachtete.

Keinesfalls wollte sie von Roberto entdeckt werden, so, wie sie aussah. Abgesehen davon, dass seine Begleiterin bildhübsch war, musste sie dieser einen überaus guten Geschmack bescheinigen. Lässig-elegant, feminin und dezent erotisch. Einem direkten Vergleich mit ihr wollte sie sich nicht aussetzen. Hätte sie zu ihrer Sonnenbrille, die für sie wie ein Schutzschild war, wenigstens doch noch einen Hut getragen. Ihr Haar fiel Roberto bestimmt wie eine rote Ampel ins Auge. Hoffentlich würde er mit seinem Anhängsel nicht rüberkommen, nachdem er sie entdeckt hatte.

Sie senkte den Kopf, tat so, als wäre sie in ihr Essen vertieft. Mit Messer und Gabel sortierte sie die Zucchinischeiben, sezierte den Steinbeißer. Dabei wollte ihr hämmerndes Herz ihren Brustkorb sprengen.

Die beiden mussten jetzt auf der Höhe des Straßenlokals sein, in dessen Innenraum sie am liebsten sofort verschwunden wäre, wenn sie nicht so viele Tüten um sich herumgeschart gehabt hätte.

Sie spürte, wie sich ihre Nackenhaare aufstellten. Die Vorstellung, mit Roberto und seiner Gespielin einen unbeschwerten Plausch zu halten, war ihr unerträglich. Dass die Blondine zu dem elitären Kreis der Damen gehörte, zu dem auch sie vorgestern Abend Zutritt erhalten hatte, dessen war sie sich sicher.

Im Nachhinein hätte sie nicht sagen können, wie lange dieser unerträgliche Zustand gedauert hatte. Irgendwann war sie überzeugt, dass die beiden das Restaurant längst passiert haben mussten – wenn sie sich nicht an einen der Tische gesetzt hatten.

Sie wollte gerade den Kopf heben, als eine Männerstimme sie von der Seite ansprach. Gott sei Dank gehörte sie dem Kellner, der wissen wollte, ob sie noch ein Glas Wein wünschte.

Sie lehnte dankend ab und erklärte ihm auf Italienisch, dass das Essen köstlich gewesen sei, aber ein wenig zu viel für ihren kleinen Hunger. Der ältere Mann räumte den Tisch ab und verschwand mit einem Lächeln im Gesicht und dem Versprechen, die Rechnung zu bringen.

Als Roberto den leuchtend tizianroten Schopf entdeckte, trat gerade der Kellner neben Esther und brachte ihr das Essen.

Schnell sah er weg. Noch hatte sie ihn nicht entdeckt, dessen war er sich ziemlich sicher. Er hatte ja gerade erst die Piazza betreten.

Während Verena auf ihn einredete, schlich sich eine Regung in sein Herz, die ihm fremd war. Er bekam doch tatsächlich ein schlechtes Gewissen. Dieses Gefühl ärgerte und erstaunte ihn gleichermaßen. Was passierte denn da gerade mit ihm? Er war der professoressa doch keine Rechenschaft schuldig, dass er hier mit Verena herumspazierte, was er eigentlich gar nicht vorgehabt hatte. Nach seinem Termin beim Steuerberater hatte er noch einen Espresso in einer der Bars trinken wollen, die sich um die Piazza scharten, und war auf dem Weg dorthin Verena begegnet. Ein paar Wochen lang hatten sie sich nicht mehr gesehen. Nach nur wenigen Minuten ging sie ihm bereits so auf die Nerven, wie auch Silvia dies neuerdings schnell tat. Dennoch hatte er sich von Verena überreden lassen, mit ihr etwas trinken zu gehen.

Aber nicht hier, nahm er sich vor, während sie fast die Höhe des Straßenlokals erreicht hatten, wo sich Esther ihrem Essen widmete.

Hoffentlich entdeckt sie mich nicht, dachte er. Wie sollte er sich verhalten? Unbeschwert winken und weitergehen? Stehen bleiben, die beiden Frauen einander vorstellen und ein paar lockere Worte miteinander wechseln? Verena war glatt zuzutrauen, dass sie vorschlagen würde, sich zu setzen.

Während Verena unaufhörlich weiterredete, lenkte er sie auf die gegenüberliegende Seite, wo nach wenigen Metern eine Gasse von der Piazza wegführte.

Seine Begleiterin blieb stehen, verstummte mitten im Satz.

»Wollten wir nicht hier auf der Piazza etwas trinken?«

»Sei mir nicht böse, aber mir ist nicht danach. Ich möchte zurückfahren.«

Ihre schwarzen Augen, die verrieten, dass sie keine echte Blondine war, wie auch so viel anderes an ihr unecht war, verdunkelten sich. Verena wurde wütend.

»Ich dachte, wir könnten mal darüber reden, warum du dich so lange nicht gemeldet hast? Liegt es an Silvia, dieser Hexe? Hat sie dir endgültig die Sinne vernebelt?«

O Mann, er kannte das alles. Sie waren alle gleich. Besitzergreifend, eifersüchtig, neidisch, stutenbissig, unkontrolliert, hemmungslos, was ihm ja in gewissen Situationen durchaus gelegen kam, aber ihn in anderen, zum Beispiel jetzt, nervte. Klar, sie waren alle noch jung, unreif und dadurch leicht zu handhaben, weil sie ihn nicht durchschauten. Darin lag ihr Vorteil, aber …

Er sah sie zornig an. »Ich habe einen harten Tag hinter mir.

Und ich habe jetzt echt keine Lust auf Stress. Wir waren nicht verabredet. Sei mir nicht böse, wenn ich jetzt nach Haus fahren will.«

Verenas Augen füllten sich mit Tränen. Ihre Mundwinkel zitterten.

»Ich dachte ...«

»Ciao.« Er lächelte sie an und wollte gehen, doch das brachte er dann auch nicht über sich. Sie reizte ihn nicht mehr wirklich, schon länger nicht mehr – seit er gespürt hatte, dass sie sich mehr von ihm erhoffte als nur heiße Nächte.

»Hör zu, Verena«, fuhr er geduldig fort. »Ich bin nicht der Richtige für dich, ob du das nun hören willst oder nicht.« Wieder schenkte er ihr ein Lächeln. Fast war er versucht, sie tröstend in den Arm zu nehmen.

Inzwischen kullerten ihr die Tränen über die Wangen. »Aber es war doch Schicksal, dass wir uns begegnet sind. Da habe ich geglaubt ...«

Er atmete tief ein. »Das Schicksal muss es nicht immer gut mit einem meinen«, erwiderte er fast väterlich und kam sich dabei selbst albern vor.

Er wusste jedoch, wovon er sprach. Er hatte es selbst erlebt. Aber Verena war noch viel zu jung und vom Leben zu verwöhnt, als dass sie den Sinn seiner Worte hätte begreifen können.

»Also, bella, mach's gut. Ciao.«

Er ließ sie stehen und ging zu seinem Auto.

Esther kam an diesem frühen Abend mindestens genauso erschöpft zum Palazzo zurück wie dessen Besitzer. Das einzig Erfreuliche in den vergangenen Stunden, die sie in Florenz verbracht hatte, war ein Anruf von ihrem Chef gewesen, der ihr dazu gratulierte, welch gute Arbeit sie leisten musste, wenn der Conte ihr jeden Tag neue Gemälde zur Restauration anvertrauen würde.

»Chapeau, meine Liebe. Und ich hatte schon befürchtet, Sie würden in den Tagen dort unten einen meiner besten Kunden vergraulen, weil Sie doch gar nicht in die Toskana hatten fahren wollen.« Maximilian Aschenbach hatte beruhigt geklungen.

Sie hatte die Erwiderung hinuntergeschluckt, dass die Gefahr diesbezüglich noch nicht gebannt sei.

Ihre persönliche Befindlichkeit durfte keinesfalls Auswirkungen auf die Geschäftsbeziehung zwischen Roberto und Herr Aschenbach haben. Und um diese Befindlichkeit stand es zurzeit denkbar schlecht. Tendenz sinkend.

Das gestand sich Esther ein, als sie nach dem Abendessen allein auf der Terrasse vor ihrem Zimmer saß. Sie hatte sich fest vorgenommen, den Chianti, den Paolo ihr gebracht hatte, nicht anzurühren. Als die Dämmerung aufzog, wurde sie jedoch schwach.

Welch ein Abend, wie für die Liebe geschaffen. Zikadengesang, süße Düfte und ein Sternenhimmel.

Für welche Liebe?, fragte ihre innere Stimme, mit der sie hier sehr häufig kommunizierte.

Die Liebe, an der nicht nur der Unterleib beteiligt ist, dachte Esther sich.

Sie seufzte.

Nein, sie war anders als ihre Freundin Lena, die ihr Herz einfach vor der Schlafzimmertür ablegen konnte. Obwohl sie den Sex mit Roberto mit allen Sinnen genossen hatte, brachte der Conte bei ihr mehr in Wallung als nur ihren Unterleib. Roberto besaß etwas, das ihr Innerstes berührte. Esther spürte es: Tief in seiner Seele war er nicht der coole

Latin Lover, sondern ein tief verletzter, unglücklicher Mensch. Oder glaubte sie nur, dies zu spüren, weil sie wollte, dass es so war?

Wieder schlich sich ein tiefer Seufzer über ihre Lippen.

Wo mochte er jetzt sein? Hier im Palazzo, nur wenige Meter von ihr entfernt, oder anderswo? Vielleicht mit Silvia zusammen, der gesprächigen Blondine oder mit einer anderen heißblütigen Italienerin?

Eifersucht erwachte in ihr. Ja, sie war eifersüchtig, stellte sie erstaunt und erschrocken zugleich fest. Die Erinnerungen an die Nacht mit Roberto stürzten auf sie ein wie berstende Mauern. Wie gekonnt er sie befriedigt hatte.

Bei den Gedanken daran, was er mit ihrem Körper gemacht hatte, wurde ihr abwechselnd heiß und kalt. Dann jedoch kämpften sich wieder die Gefühle von Scham und Reue an die erste Front. Während diese unangenehmen Regungen immer deutlicher von ihr Besitz ergriffen, schlich sich Musik an ihr Ohr. Sie schien aus der Richtung des Pools zu kommen. Esther erkannte die Melodie sofort: der Bolero von Ravel, der sie schon bei ihrer Ankunft im Palazzo begrüßt hatte.

Esther stieß die Luft scharf aus.

Sie kannte kein Orchesterstück, das durch eine langsame Steigerung der Intensität mehr Spannung aufbaute, das erotischer auf den Zuhörer wirkte als der Bolero. Die Musik verriet ihr jetzt eindringlicher, als Worte es je könnten, was dort unten am Pool gerade vor sich gehen musste. Zwei Körper, die sich leidenschaftlich liebten, um schließlich punktgenau mit dem Schlussakkord des Boleros zu explodieren. Maurice Ravel, der Schöpfer des Stücks, hatte dafür siebzehn Minuten vorgesehen. Sie hatte sich jedoch selbst davon überzeugen dürfen, dass Roberto es stundenlang aushalten konnte.

Sie stand auf, ließ Wein und Glas auf dem Tisch stehen, schloss die Schlafzimmertür hinter. Sie hatte nun wirklich kein Interesse daran, noch einmal Silvias Lustschreie zu hören ... Auch nicht die einer anderen.

Roberto wusste, dass Esther zu stolz sein würde, sich von der Musik anlocken zu lassen. Zu wenig draufgängerisch, viel zu rational. Wahrscheinlich bereute sie ihre gemeinsame Nacht längst. Aber würde er sie überhaupt an diesem Abend sehen wollen? Seine eigene Stimmung fühlte sich für ihn fremd an. Ihm schien, als hätte er plötzlich alle Freude am Leben verloren. Oder zumindest die Freude an den Frauen und am Sex. An Silvia, Verena, Raphaela und wie sie alle hießen, mit denen er sich betäubte, die ihn davor bewahren sollten, sein Herz ein zweites Mal zu öffnen.

Die Nacht war so schön. Zärtlich streichelte ihn die laue Luft, der Duft der weißen Lilien ... Er verspürte Sehnsucht, aber überraschenderweise nicht nach Sex. Funktionierte er etwa nicht mehr nach dem alten Muster, das ihm geholfen hatte, sein Leben wieder in den Griff zu kriegen?

Mit einem Mal holte seine Vergangenheit ihn wieder ein, all die Erinnerungen, all diese Schmerzen, die er sonst so gut unterdrücken konnte. Es tat ihm nicht gut, an diesem Abend allein zu sein. Und der Bolero war die falsche Musik. Sein Hals zog sich zusammen. Seine Narbe stach, als würde jemand Nadeln in sie stecken.

Er stand von der Liege auf, schaltete die Stereoanlage aus und lief die Treppen hinauf zu seinem Wohntrakt. Im Badezimmer kühlte er sein Gesicht mit kaltem Wasser. Dann ging er zu Maria und Paolo hinüber. Das Licht brannte. Sie waren also noch wach. Den beiden würde es bestimmt gelingen, seine Stimmung wieder ins Lot zu bringen. Ihnen musste er nichts vormachen. Sie kannten sein Leben wie er selbst.

»Hast du schon geschlafen?«, fragte Anna, als Esther kurze Zeit später im Bett lag.

Als ihr Handy geklingelt hatte, dachte sie für den Bruchteil einer Sekunde, dass Roberto sie vielleicht anrufen würde. Allerdings fiel ihr im nächsten Augenblick ein, dass er ja noch gar nicht ihre Handynummer hatte.

»Nein, noch nicht«, erwiderte sie. »Wie geht es dir?«

»Den Umständen entsprechend.«

»Erzähl mir, wie es weitergegangen ist, nachdem Rolf gekommen ist.«

»Ich habe die Kinder zu meinen Eltern gebracht. Vor einer Stunde ist Rolf dann wieder gefahren und bis jetzt noch nicht zurück und ich ... Ich weiß auch nicht.« Anna begann zu schluchzen.

»Habt ihr miteinander geredet?«

»Geredet? Wohl eher geschrien. Wir haben uns total gestritten. Rolf hat mir vorgeworfen, ich würde ihm nachspionieren, hätte in den vergangenen Jahren zugenommen und sei total langweilig geworden. Dass er eine Geliebte hat, stritt er aber die ganze Zeit ab.«

»Und das Höschen in seiner Jacke?«

»Habe ich auch gefragt. Das konnte er sich auch nicht erklären. Er meinte, wahrscheinlich hatte jemand es fälschlicherweise in seine Jacke gesteckt.«

»Fälschlicherweise? Wieso sollte jemand ›fälschlicherweise‹ ein Damenhöschen in Rolfs Jacke stecken?«

»Das wollte ich auch von ihm wissen. Er hat dann irgendwas erzählt von einem Geschäftsessen und dass jemand da wohl die Jacken vertauscht haben muss, aber ehrlich gesagt war mir das echt zu blöde und ich habe nicht mehr richtig zugehört. Das ist doch wohl eine absolute Frechheit! Ich spiele das brave Hausmütterchen und halte ihm den Rücken frei und was bekomme ich als Dank? Er betrügt mich mit irgendeiner Schlampe und besitzt dann auch noch die Dreistigkeit, mir solch eine Lügengeschichte aufzutischen.«

Esther schwieg betroffen.

Wieder einmal sah sie sich in ihrer schon vor Langem getroffenen Entscheidung bestätigt, sich in ihrem Leben auf den Beruf und ihre Karriere zu konzentrieren statt auf die Liebe.

»Haben die Kinder euren Streit mitbekommen?«, erkundigte sie sich eher sachlich.

»Natürlich nicht. Ich habe die Bombe erst platzen lassen, nachdem sie weg waren.«

»Wie soll es jetzt weitergehen? Ich meine, ihr müsst miteinander reden. Da steht doch Aussage gegen Aussage. Du wirfst ihm Untreue vor und er bestreitet es vehement.«

»Rolf lügt. Das ist doch eindeutig. Oder glaubst du, dass er solche Dessous selbst trägt?«

»Bei dieser Alternative kämst du meiner Meinung nach genauso schlecht weg wie beim Ehebruch.«

Für einen kurzen Moment hatte sie den Eindruck, dass Anna lachen musste. Doch dann hörte sie sie wieder schluchzen.

»Ich werde erst einmal ins Kinderzimmer ziehen. Morgen lass ich mir die Haare schneiden und kaufe mir Diätdrinks und übermorgen gehe ich mit Lena aus«, murmelte Anna in die Leitung.

»Du legst aber ein Tempo vor.«

»Ich glaube, ich habe einiges nachzuholen.« Die Stimme ihrer Kusine schien nun wieder fester. »Wie lange habe ich keinen Sex mehr gehabt. Ich bin bestimmt schon ganz aus der Übung.«

Esther lächelte halbseitig.

Das gibt sich bei dem richtigen Mann sofort wieder, hätte sie Anna am liebsten aus eigener Erfahrung getröstet. Aber sie wollte ihren erotischen Ausflug lieber erstmal für sich behalten.

»Sei mir nicht böse, ich muss ins Bett«, sagte ihre Kusine jetzt hörbar erschöpft. »Dieser Tag hat mich geschafft. Ich wollte dich nur kurz auf den neuesten Stand der Dinge bringen.«

»Gut, dass die Kinder erst einmal bei deinen Eltern bleiben können und du für morgen einen Plan hast. Allerdings musst du offen mit Rolf reden. Es muss doch weitergehen zwischen euch. Du kannst die Jungen ja nicht ewig ausquartieren. Ihr müsst das klären: Entweder du verzeihst ihm oder ihr trennt euch.«

Da lachte Anna hart auf. »Hast du schon mal mit einem Mann reden können? Und dann noch offen über Beziehungsprobleme? Ich nicht. Und Lena auch nicht.«

»Ich auch nicht«, musste sich Esther wohl oder übel dieser Meinung anschließen.

Ob Roberto dazu in der Lage wäre? Oder vielmehr dazu bereit? Ja, sie war sich fast sicher, wenn sie an das kurze Gespräch mit ihm dachte, das sie nach der Besichtigung seiner Sammlung geführt hatten.

Das glaubst du doch selbst nicht, höhnte da ihre innere Stimme.

Wie auch immer. Sie würde ganz sicherlich nicht mit dem Conte in eine Situation kommen, in der diese Frage von Wichtigkeit war.

Am nächsten Morgen saß Esther um Punkt acht Uhr in der Werkstatt. Sie hatte eine Entscheidung getroffen. Morgen würde sie abreisen. Am Mittag wollte sie ihrem Chef diesen Entschluss mitteilen und danach ein abschließendes Fachgespräch mit Roberto führen. Ihre Arbeit und deren Ergebnisse schienen ihn nicht sonderlich zu interessieren, was ihr ein wenig die Motivation nahm. Andererseits war sie froh, nach dieser einen Nacht nichts mehr mit ihm zu tun haben zu müssen.

O Mann.

Sie sehnte sich zurück nach München, in ihr geordnetes, überschaubares Leben, zu den wenigen Menschen, die sie kannte, die ihr nicht wehtaten. Stoff für neue aufregende sexuelle Fantasien hatte sie ja nun genug im Gepäck. Ob sie an diesem Abend noch zu Marias Geburtstagsfeier gehen würde, wollte sie spontan entscheiden. Wahrscheinlich eher nicht. Obwohl, sie hatte sich in Florenz ja so schicke Kleidung gekauft ... Wo sollte sie diese tragen, wenn nicht hier, bei einem italienischen Fest?

Roberto wird bestimmt auch dabei sein, gab ihr zweites Ich zu bedenken.

Na und? Dann sieht er wenigstens, dass ich auch andere Sachen tragen kann als nur meinen Arbeitsoverall oder meine graue Uniform. Der letzte Eindruck, den man hinterläßt, sollte stets positiv sein.

»Hallo.«

Esther erschrak und zuckte unter der rauchig-samtigen Stimme zusammen. Ihr Herz schlug einen Salto. Nach außen hin betont gelassen wischte sie sich die Hand an einem Lappen ab, nahm die Brille mit der Lupe ab und drehte den Kopf in Richtung Werkstatttür.

Dort stand Roberto, betont lässig an den Rahmen gelehnt,

die Hände in den Taschen seiner Jeans, zu der er ein lichtblaues Hemd, einen marinefarbenen Blazer und dunkelblaue, sportliche Slipper trug. Umwerfend gut sah er aus. Sie dagegen punktete in ihrem farbverschmutzten Overall, das Haar streng aus dem Gesicht gebunden, die kleinen Locken, die sich am Ansatz kringelten, mit einem breiten Band zurückgehalten. Alles in allem also weit weniger dekorativ als der Conte.

Um seine Wirkung auf sie zu überspielen, stand sie auf, reckte sich kerzengerade und ging auf ihn zu.

»Hallo«, begrüßte sie ihn betont locker.

Er lächelte sie an, freundlich. Dieses Mal nicht so distanziert wie bei seinem letzten Besuch an ihrer Arbeitsstätte, sondern warmherzig und offen.

»Nicht, dass du den Eindruck gewinnst, ich wollte deine Arbeit kontrollieren, aber wir haben uns ja länger nicht mehr gesprochen«, leitete er seinen Auftritt ein, während er vor das Bild trat, das sie gerade reinigte. Mit anerkennender Miene nickte er. »Sieht schon gleich viel besser aus. Übrigens ...« Er deutete eine Verbeugung an. »Meinen Respekt. Paolo teilte mir mit, dass der Monet gefälscht ist. Du verstehst etwas von deinem Fach, falls ich das noch nicht erwähnt haben sollte.«

Du auch, hätte sie am liebsten geantwortet, unterdrückte diese Anspielung natürlich, die ihr unpassenderweise gerade in den Kopf gekommen war.

Aber Roberto besaß eine so sinnliche Ausstrahlung auf sie, dass sie bei seinem Anblick sofort an Sex denken musste. An die Art von Sex, die sie durch ihn kennengelernt hatte.

Esther spürte, wie ihr die Hitze in die Wangen stieg, aus Verlegenheit über diese Regungen.

Als hätte er diese Hitze gespürt, wanderte sein Blick von der Leinwand auf ihr Gesicht. »Es ist warm hier drin.«

Mit trockenem Mund nickte sie. Dabei hielt sie diesem eindringlichen Blick tapfer stand.

»Soll ich Paolo bitten, dir einen anderen Arbeitsplatz einzurichten?« Die dunklen Männeraugen sahen sie ernst, ja fast besorgt an.

»Nein, das lohnt sich nicht mehr. Morgen werde ich abreisen.«

Er zog seine Brauen in die Höhe. »Warum?«

»Weil ...« Voller Unverständnis über eine solche Frage lachte sie kurz auf. »Weil ich bis morgen Mittag mit meiner Arbeit hier fertig sein werde und in München Verpflichtungen habe. Meiner Kusine geht es schlecht. Wir sind wie Schwestern füreinander. Und meine Tante ...« Sie verstummte.

Wofür brauchte sie Ausreden? Es reichte, dass sie abfahren wollte. Punkt. Sie musste sich nicht rechtfertigen.

»Das werden wir sehen«, entgegnete er ruhig. Dabei ging er zurück zur Tür.

Was sollte denn jetzt diese Bemerkung? Sie ließ sich doch nicht von einem italienischen Macho vorschreiben, wann sie nach Hause fuhr.

Als er sich wieder zu ihr umdrehte, schenkte sie ihm als Antwort ein zuckersüßes Lächeln, zu dem sie noch in butterweichem Ton die Worte fügte: »Ich bin es gewöhnt, meine Entscheidungen selbst zu treffen.«

Er lächelte zurück, geradezu vergnügt. »Das hast du mir bereits gezeigt. Du wolltest Sex und hast ihn bekommen.«

Sie schnappte hörbar nach Luft. Ihr war zumute, als hätte sie einen Schlag auf den Hinterkopf bekommen. Und zu ihrem größten Ärger sah sie Roberto auch noch an, wie sehr er sich daran erfreute, mit seinen Worten bei ihr ins Schwarze getroffen zu haben.

Ihre aufschäumende Wut auf ihn ließ sie blitzschnell reagieren.

»Ja, so halte ich es für gewöhnlich. Ganz gleich, ob es um Sex geht oder um andere Dinge.«

Roberto trat rückwärts durch die Tür hinaus ins Sonnenlicht, sodass sein Gesicht im Schatten lag.

»Das schätze ich an dir. Du bist eine Persönlichkeit«, sagte er ernst. Dann bekam seine Stimme wieder diesen sanften, ja fast einen bittenden Ton. »Ich würde mich freuen, wenn wir uns zum Abschied heute Abend auf Marias Geburtstagsfest sähen. Maria wäre sehr enttäuscht, wenn du nicht kommen würdest. Das hat sie mir gestern Abend gesagt. Und ich wäre es auch.«

Er drehte sich um und ließ sie völlig verwirrt zurück.

Wie viele unterschiedliche, einander völlig gegensätzliche Seiten dieser Mann doch hatte.

»Das tut mir leid«, sagte Esther.

»Na ja, Sie wissen ja, mein Bruder leidet schon seit seiner Kindheit an einer Herzschwäche.« Sie sah die Schwester ihres Chefs vor ihrem geistigen Auge traurig lächeln. »Aber er soll ja nur ein paar Tage lang unter ärztlicher Aufsicht bleiben. Dann darf er wieder nach Hause.«

»Sagen Sie ihm bitte, dass ich morgen zurückfliege und übermorgen wieder in der Galerie sein werde.«

Ein paar Sekunden lang hing Schweigen in der Leitung.

»Kommen Sie erst einmal zurück«, entgegnete die ältere Dame in mütterlichem Ton. »Sie können mich ja morgen Abend anrufen. Dann werde ich Maximilian Bescheid geben. Wer weiß, was noch dazwischenkommen könnte. Sonst regt sich Max nur auf.«

Nichts kann dazwischenkommen, wollte sie erwidern, unterließ es jedoch.

»Okay, ich melde mich nach meiner Rückkehr morgen Abend bei Ihnen«, versprach sie. »Und einen herzlichen Gruß sowie gute Genesung für Ihren Bruder.«

Esther beendete das Gespräch und legte das Handy aufs Bett. Das hatte sie geklärt. Kurz vorher hatte sie bei der Fluggesellschaft ihr Ticket reserviert.

Erleichtert betrachtete sie sich im Spiegel.

Nicht schlecht. Ungläubig lächelte sie die Frau im Spiegel an, die zwar Dr. Esther Winkler hieß, aber doch ganz anders aussah als sie.

Mit beiden Händen griff sie sich in das frisch gewaschene Haar, das ihr glänzend bis tief in den Rücken reichte. Ihre Lippen schimmerten in einem dezenten Rot, sie duftete nach dem neuen Parfüm und ihre Wangen leuchteten von selbst. Sie fühlte sich innerlich aufgekratzt, hatte sich wie ein Sportler vor einem großen Kampf vorbereitet, sich für den Umgang mit Roberto für alle möglichen Situationen eine Strategie ausgedacht, die unter der simplen Überschrift stand: Nicht noch einmal.

Mit diesem Vorsatz im Kopf, Chaos im Herzen und einer Tasche mit Geschenken machte sie sich auf den Weg zu dem kleinen Steinhaus der Franellis. Sie hätte es auch blind gefunden. Stimmengewirr, das sich mit fröhlichem Lachen und Kindergeschrei mischte, Carusos schmetternder Tenor aus Rigoletto sowie köstliche Essendüfte wiesen ihr den Weg.

»Da kommt die dottoressa!«, rief Maria, die auf der Veranda stand.

Zur Feier des Tages trug sie ein schwarzes Kleid, das ihre Röllchen und Pölsterchen betonte. Dazu hohe schwarze Pumps, die durch ihr Gewicht schon ein wenig schief getreten waren, und viel zu viel goldfarbenen Modeschmuck. Ihr herrliches Lachen und die vor Übermut sprühenden schwarzen Augen jedoch lenkten von diesen kleinen Unzulänglichkeiten ab.

Ehe sich Esther versah, lag sie an Marias wogendem Busen und wurde von dort an alle Familienmitglieder und Freunde weitergereicht. Küsse hier und dort, Fragen über Fragen, Komplimente über Komplimente. Die Kinder berührten ihr rotes Haar so vorsichtig, als könnte es abfärben. Sie unterhielt sich natürlich auf Italienisch. Niemand aus dieser quirligen Runde sprach Deutsch. Die Frauen scharten sich um sie, die Männer betrachteten sie aus einem Sicherheitsabstand mit bewundernden Blicken. Paolo zeigte sich als Gentleman und brachte ihr Wein, den sie nicht anrührte. Kein Alkohol heute, das war ein Punkt ihrer Strategie, von der sie zurzeit noch nicht wusste, ob diese überhaupt zum Einsatz kommen würde. So aufmerksam sie sich auch nach allen Seiten umschaute, Roberto war nicht da. Er hatte schon einmal sein Wort gebrochen. »Morgen ist auch noch ein Abend ...«, hatte er ihr in dieser einzigartigen Nacht gesagt. Oder versprochen? So hatte es fast für sie geklungen. Statt mit ihr hatte er diesen Abend allerdings mit Silvia verbracht. Vielleicht würde er gar nicht zu Marias Geburtstag kommen, obwohl er am Vormittag noch anders geklungen hatte.

Sie unterhielt sich gerade mit Marina, Marias und Paolos Tochter, als sie in deren Augen las, dass sich an der Szenerie um sie herum, die einem ausgelassenen Dorffest glich, etwas veränderte. Eigentlich wusste sie schon, wer da gerade hinter ihr die Bühne betrat. Die Frauen stießen sich in die Seite, tuschelten miteinander mit glänzenden Blicken.

Der Conte war also gekommen. Die Frage für sie war nur, ob allein oder mit einer seiner Geliebten.

Sie drückte den Rücken durch, drehte sich langsam um, wie es auch ein paar andere weibliche Gäste taten, jedoch ohne deren Ausdruck von Verzücken auf dem Gesicht.

Roberto teilte die Menge auf der Tanzfläche, klopfte dem einen und anderen Mann freundschaftlich auf die Schulter, verteilte hier und da Küsschen an deren Partnerinnen und kam dann geradewegs auf sie und Marina zu, die ihr hastig zuflüsterte: »Ich liebe meinen Ehemann über alles, aber mamma mia, ist das ein Mann.«

Seine professoressa überraschte ihn wieder einmal, stellte Roberto amüsiert fest. Und das gleich in mehrfacher Hinsicht.

Er hatte nicht damit gerechnet, sie heute Abend hier zu treffen – zudem noch ganz locker unter all seinen Landsleuten. Aber am meisten überraschte ihn ihr umwerfendes Outfit. Ihr Anblick ließ sein Herz schneller schlagen, was in diesem Augenblick nicht nur etwas mit sexuellem Begehren zu tun hatte. Ihre Schönheit beschränkte sich nicht auf ihr Äußeres. Dr. Esther Winkler besaß Persönlichkeit, das war kein leeres Kompliment an sie gewesen.

Wie sie jetzt da stand und ihm entgegensah, strahlte sie die Würde einer Königin aus. Ihre Stärke, ihre Durchsetzungskraft, ihre Intelligenz verbanden sich mit einer Unschuld, der nichts Naives anhaftete. Dieser Eindruck von Unschuld war es vielleicht, was ihrer inneren Größe und Standhaftigkeit etwas Zerbrechliches gab, was ihn berührte.

Sollte er diese Standhaftigkeit heute Nacht vielleicht noch einmal testen?, fragte er sich, als er sich vor ihr zur Begrüßung verbeugte.

»Professoressa?« Er sah ihr kurz in die Augen, schenkte ihr

ein Lächeln, von dem er wusste, wie es auf Frauen wirkte, und wandte sich dann an Marina, die er auf beide Wangen küsste. Er kannte Marina und ihren Bruder von Kindheit an.

»Esther spricht perfekt Italienisch, Roberto«, legte die temperamentvolle Marina auch gleich los. »Wusstest du, dass sie einen italienischen Großvater hat? Und eine schottische Großmutter? Von ihr hat sie dieses herrliche Haar.«

Ja, das wusste er. Von Maximilian Aschenbach. Dennoch sah er Esther mit großen Augen an. »Tatsächlich?«

Er wollte eigentlich nur noch einmal einen Grund haben, sie betrachten zu können.

Die ärmellose grüne Seidenbluse passte wunderbar zu ihren Augen, die sie an diesem Abend ausnahmsweise nicht hinter der schwarzen Brille versteckte. Der enge Bleistiftrock betonte ihren sexy Po und ihre langen Beine, die hohen Riemchensandaletten machten sie noch länger und lenkten den Blick auf ihre hübschen Fesseln. Er war sich fast sicher, dass sie unter dem Rock heiße Spitzendessous trug.

Vielleicht sollte er sich im Laufe der Nacht davon überzeugen?

Esther begann unter Robertos Blick innerlich zu zittern. Sie stellte sich vor, wie er Zentimeter für Zentimeter ihre nackte Haut berührte, ihre Lippen, ihren Hals, ihre Brüste, ihre Taille … Sie folgte seinem Blick, der weiter an ihr hinunterglitt, und bemerkte, dass sich ihre Brustwarzen aufrichteten. Bei der Vorstellung allein, dass sich ihre harten Nippel einen Weg durch die schwarze Spitze suchten, begann es in ihrem Schoß zu kribbeln.

Wo blieb ihre Strategie?, fragte sie sich voller Panik, bevor sie all ihre Kraft fokussierte, um Roberto eine sachliche Frage stellen zu können. »Roberto, können wir kurz über die Arbeit reden?« Mit einer verbindlichen Geste legte sie Marina die Hand auf den Arm. »Verzeih, aber wenn der Conte einmal hier ist ... Wer weiß, wie lange er bleibt«, fügte sie mit schelmischem Zwinkern hinzu.

»Das weiß man bei Roberto nie.« Marina lachte unbeschwert. »Bei den vielen Frauen gerät er manchmal in Zeitnot.«

Toll. Wirklich toll. Robertos lebendiges Liebesleben schien ja allgemein bekannt zu sein. Es machte dem des legendären Casanovas alle Ehre.

»Ich schaue mal nach meinen bambini«, sagte Marina und verschwand in der Menge.

»Setzen wir uns?« Roberto zeigte auf zwei Stühle, die am Geländer der Veranda standen, etwas abseits von der Wiese, auf der getanzt wurde, und ein paar Meter von den Lautsprecherboxen entfernt.

»Es dauert nicht lange«, sagte Esther, während sie sich an das Geländer lehnte. Sie verschränkte die Arme vor der Brust und kreuzte die Beine. »Also ...«, begann sie. »Erstens halte ich die Bibliothek für völlig ungeeignet, um dort Gemälde aufzuhängen. Die Messungen haben meinen ersten Verdacht bestätigt. Zweitens, ich habe eine Expertise angefertigt, die die Fälschung des Monets belegt. Diese habe ich auch schon für dich ausgedruckt. Drittens, alle Bilder, die du zur Restaurierung bereitgestellt hast, sind fertig.« Sie ließ ein Lächeln aufblitzen und zuckte mit den Schultern. »Tja, das war's auch schon. Natürlich habe ich meine Arbeit von der ersten Stunde an in einem Bericht dokumentiert, den ich ebenfalls für dich ausgedruckt habe.«

Roberto, er saß auf einem der beiden Stühle, die Beine

von sich gestreckt, die Arme vor seinem schwarzen Polohemd verschränkt, erwiderte ihr Lächeln in entwaffnender Art.

»Okay, wann wirst du morgen fliegen?«

Ihr Herzschlag geriet ins Stolpern. Enttäuschung stieg in ihr hoch.

Aber womit hatte sie gerechnet? Sie wollte doch weg. So schnell wie möglich.

»Morgen Nachmittag gegen drei«, erwiderte sie steif.

»Ich werde dafür sorgen, dass du pünktlich am Flughafen sein wirst.« Er stand auf und nahm ihre Hand in seine. Ganz selbstverständlich sagte er: »Dann haben wir ja noch ein bisschen Zeit.«

Mit diesen Worten zog er sie zur Tanzfläche, ohne dass sie den Willen aufbrachte, ihm auf dem Weg dorthin ihre Hand zu entziehen oder einfach stehen zu bleiben.

Der DJ, der bis dahin schnelle Songs zum Tanzen aufgelegt hatte, wechselte genau in diesem Moment die Musikrichtung, als hätte ihm jemand ein Zeichen gegeben.

Wäre Esther nicht so verwirrt gewesen, hätte sie vielleicht mitbekommen, dass Maria ihn darum gebeten hatte.

Zu einem langsamen Song von Eros Ramazotti nahm Roberto jetzt behutsam Esthers Hände und legte sie auf seine Schultern. Seine Hände umfassten ihre Hüften. Ihre Körper berührten sich nicht. Esther sah Roberto nicht an, sondern fixierte einen Punkt in der Ferne, irgendwo dorthinten am Horizont, wo der Mond sein silbernes Licht auf die Hügel streute. Mit schlechtem Gewissen rief sie sich ihren Plan in Erinnerung, nach welchem sie sich längst in ihrem Zimmer hätte befinden sollen. Aber Robertos sinnliche Ausstrahlung machte sie willenlos. Und das Schlimmste war, dass sie dieses Gefühl auch noch genoss.

Durch sein Poloshirt spürte sie an ihren Handflächen die Wärme seiner Haut, atmete seinen Duft ein, eine würzige Holznote, ein Hauch Zitrone, gemischt mit dem Duft seiner Lust. Dieser Geruch bescherte ihr ein Prickeln zwischen den Beinen, ohne dass sie sich dagegen wehren konnte.

Mit sicheren ruhigen Schritten führte der Conte sie an den anderen Paaren vorbei. Seine Tanzführung gab ihr das Gefühl, ihm vertrauen zu können, und einen kurzen Augenblick lang dachte sie daran, wie es wäre, sich ihm hinzugeben.

Du spinnst, schimpfte sie mit sich.

Sie war keine Frau, die sich einfach ein zweites Mal der Verführungskunst dieses Casanovas hingab. Und wenn, dann würde sie den Ton angeben. Also? Sex oder kein Sex, das war hier die Frage. Liebe musste sie auf alle Fälle ausschließen, um sich davor zu schützen, unglücklich zu werden.

Langsam bewegten sie sich zum Rhythmus des romantischen Lieds. Mit jedem Takt rückte Roberto etwas enger an sie heran. Sie ließ es zu. Jetzt spürte sie seine Erregung. Sein harter Schwanz drückte sich gegen ihren Schenkel. Sie schloss die Augen, genoss das Gefühl, von Roberto begehrt zu werden. Sanft streichelten seine Hände ihre Hüften. Ihr Körper reagierte, obwohl ihr Verstand es ihm noch verbot. Sie konnte nichts tun, um Robertos Händen Einhalt zu gebieten, die jetzt über ihren Rücken zu ihrem Po hinunterwanderten, ihn umfassten und ihren Unterleib an seine harte Erektion pressten. Wie von selbst legten sich daraufhin ihre Arme um seinen Nacken, sie schmiegte ihre Brüste, deren Nippel längst hart waren, an seine Brust. Inzwischen befanden sie sich am

Rand der Tanzfläche, außerhalb des Lichtkreises der bunten Lampions. Tanzend entfernten sie sich weiter von dem Fest.

Nachdem sie im Schutz des Olivenhains angekommen waren, blieb Roberto stehen und küsste sie. Genau zum richtigen Zeitpunkt, denn inzwischen hatte sie sich entschieden. Sie wollte eine zweite Nacht mit ihm. Nur einmal noch, sagte sie sich. Und dieses Mal wollte sie mit ihm schlafen. Sie wollte ihn in sich spüren, ein paar weitere Anregungen für ihre Fantasie sammeln, die sie dann zu Hause in München allein oder mit Hilfsmitteln ausleben würde.

Während seine Lippen mit ihren spielten, sie sanft küssten und leckten, schob Roberto sie Schritt für Schritt tiefer zwischen die Bäume, wo die Dunkelheit sie umfing und vor den Blicken der anderen schützte.

Plötzlich zögerte sie wieder. So wie sich vor Erregung ihre Vulva weitete, so weitete sich vor Sehnsucht nach diesem Mann auch ihr Herz. Da dachte sie ganz bewusst an ihre Freundin Lena und nahm sich vor, dieses dumme Herz wie auch die Gedanken daran, dass Roberto morgen wieder eine andere Geliebte haben würde, draußen vor dem Olivenhain zurückzulassen. In dieser Nacht gehörte er ihr. Und in der nächsten Nacht würde sie sowieso wieder in München sein, weit weg von hier und diesem Mann.

»Meine Schöne«, sagte Roberto auf Deutsch. Dabei nahm er Esthers Gesicht in beide Hände und sah sie an.

In seinen Augen funkelte sündige Versuchung. Esther ahnte, dass sie wahrscheinlich nicht einen Bruchteil dessen beim Namen nennen konnte, was er kannte und mit ihr anstellen würde.

Sie schloss die Augen und damit das Gestern und Morgen

aus. Als sie seiner fordernden Zunge nachgab, glaubte sie, ihre Füße würden sich vom Boden lösen.

Dieser Kuss war anders als seine Küsse zuvor. Er fühlte sich unglaublich intensiv an, sehr ernst. Dieser Kuss gaukelte ihr tiefe Gefühle vor und entfachte vielleicht gerade deshalb eine Leidenschaft in ihr, die ihr fremd war. Robertos Lippen formten ihren Mund, zeigten ihr, auf eine andere Art zu küssen, auf eine schönere Art als die, die sie kannte. Mit jedem neuen Zungenschlag steigerte er ihren Hunger auf ihn. Sie presste ihre Hand gegen seinen Schritt. Sie musste seine Erregung spüren, die sich stark und hart unter dem Stoff seiner Jeans abzeichnete.

»Willst du es?«, flüsterte er zwischen seinen Küssen.

»Ja, bitte.« Sie hörte sich fast flehend an. Und als ob das noch nicht genug Zustimmung gewesen wäre, flossen ihr die Worte über die Lippen: »Mach es mir, mach es mir jetzt, aber richtig. Ich will dich in mir spüren. Heute will ich ihn spüren.«

Sie kannte sich selbst nicht mehr. Sie fühlte sich berauscht. Aber sie hatte nur noch diese eine Nacht. Sie konnte nicht mehr warten. Wann würde sie jemals wieder einem Mann begegnen, der ihr derart die Sinne raubte? Der ihr das Gefühl gab, sich vollkommen gehen lassen zu können. Roberto hatte Erfahrung in Sachen Sex, kannte sich aus. Sie konnte sich ihm auf diesem Gebiet anvertrauen, war ihm geradezu dankbar, dass er durch seine Erfahrung in ihr Seiten hervorbrachte, von denen sie nichts gewusst hatte. Sie musste ihm nichts vorspielen. Mit Sicherheit spürte er, dass sie diese Erfahrungen nicht besaß. Machte gerade ihre Unwissenheit sie in seinen Augen so reizvoll?

»Sag mir, was du dir wünschst«, flüsterte Roberto ihr ins Ohr.

Da fielen die letzten Hemmungen wie alte Kleider von ihr ab. Sie fühlte sich frei wie nie zuvor. So, als könnte sie fliegen, als würde es nichts geben, was sie nicht tun könnte.

»Ganz gleich«, sagte sie wie rasend. »Mach etwas. Ich will, dass du etwas mit mir machst.«

Während er sie wieder küsste, glitt seine Hand unter ihre Bluse, in das Körbchen des Spitzen-BHs und massierte ihre Brust. Mit einer Leidenschaft, die sie von sich selbst nie erwartet hätte, presste sie sich gegen sein steifes Glied, massierte es mit ihrem Schenkel und entlockte Roberto dadurch ein leises Stöhnen. Dann umfassten seine Hände ihre Hüften. Sie hoben sie kraftvoll hoch, drehten sie in einer einzigen Bewegung um und stellten sie wieder wie eine bewegungslose Puppe auf den Boden, sodass ihm nun ihr Rücken zugewandt war. Vor ihr ragte der mächtige Stamm eines Olivenbaums auf. Roberto nahm ihre Arme und presste ihre Hände gegen die Rinde. Das Holz war noch warm von der Hitze des Tages, aber das nahm sie nur kurz wahr. Vielmehr konzentrierte sie sich darauf, was Roberto als Nächstes mit ihr machte.

Er schob ihren Rock bis zur Hüfte hoch und zog ihr den String hinunter. Seine rechte Hand glitt unter ihre Bluse und umfasste ihre Brust, seine andere knetete ihren nackten Po. Ein Schauer nach dem nächsten jagte durch ihren Körper. Sie streckte ihm ihren Po entgegen, bot ihm ihre nasse, heiße Vulva an, die danach lechzte, berührt zu werden. Roberto verstand diese auffordernde Geste. Während seine Rechte an ihrem harten Nippel spielte, glitt seine linke Hand von hinten zwischen ihre Beine nach vorn, wo er mit seinen Fingern sanft ihren Saft auf der Klitoris verteilte. Jede Berührung an ihrer feuchten Perle fühlte sich an wie ein leichter elektrischer Stoß, löste eine kleine Explosion aus. Ihr Körper reagierte sklavisch. Sie stützte sich mit den Handflächen am Baum ab, um nicht das Gleichgewicht zu verlieren. Ein fieberndes Verlangen ergriff immer mehr von ihr Besitz, während sich Robertos Hände inzwischen überall auf ihrem Körper befanden, fordernd über ihn hinwegglitten, ihre Brustwarzen massierten, eine brennende Spur über ihren Bauch zogen bis zu ihrem Schamhügel. Dort verweilten sie, während ihre nassen, angeschwollenen Lippen wie ein weit geöffneter Mund nach seinem Schwanz schrien. Seine Hände lagen auf ihrem Venushügel, ruhig, sie schienen nicht weitermachen zu wollen.

Sie hielt die Luft an.

»Bitte, weiter«, presste sie hervor, lehnte sich mit dem Oberkörper nach vorn an den Stamm, ohne darauf zu achten, dass die Rinde die Seidenbluse verschandeln würde, bog den Rücken durch und schob Roberto ihre nasse Klit hin.

»Bitte«, flehte sie.

Da näherten sich seine Finger quälend langsam ihrem Kitzler und begannen, ihn zu reizen. Gleichzeitig schob sich seine andere Hand wieder zwischen ihre Beine, Finger drangen in sie ein, ebenfalls langsam, sanft, als wollten sie ertasten, ob sich ihre Vulva schon weit genug geöffnet hatte, um etwas anderes aufnehmen zu können. Doch sie spürte Robertos Finger kaum, sehnte sich nach seinem prallen Schwanz. Ihr Verlangen war so drängend, sie raste innerlich.

»Ich brauche mehr«, sagte sie heiser voller Ungeduld.

In dieser Nacht musste er in sie eindringen, musste ihren unbändigen Hunger mit seiner Rute stillen.

»Pscht …«, flüsterte er von hinten an ihr Ohr, ließ seine Finger um ihre Perle tanzen. Sie hörte den Reißverschluss seiner Hose. Inzwischen triefte ihre Spalte so sehr, dass ihr diese Berührung nicht mehr reichte. Sie brauchte es härter. Und als hätte Roberto das geahnt, zog er sie entschlossen an sich heran. Während ein Arm ihre Taille fest umfasste, spreizte er mit der anderen Hand ihre Beine. Endlich spürte sie die Hitze und Härte seines Penis an ihrem Schoß, stöhnte auf, frei und wollüstig.

»Ja, mach«, forderte sie ihn auf.

Mehrmals stieß er sie mit der heißen samtigen Eichel provozierend an, ohne in sie einzudringen. Damit trieb er sie an den Rand des Wahnsinns. Und als sie dachte, dies nicht länger aushalten zu können, drang er endlich in sie ein. Langsam, als wollte er sie zuerst einmal an seine Größe gewöhnen. Aber sie war so weit, so feucht, so hungrig, dass er keine Rücksicht zu nehmen brauchte. Sie wollte sich ihm hingeben, ihn so weit in sich aufnehmen, wie es nur ging.

Sie presste die Handflächen gegen den Stamm des Olivenbaums, Robertos Brust schmiegte sich an ihren Rücken, eine Hand lag auf ihrem Geschlecht und reizte ihre Klitoris, die andere hielt ihre Hüfte fest, um sein Glied noch tiefer in sie stoßen zu können. Sie fanden einen Rhythmus. Er trieb seinen Schwanz in sie und bei jedem Stoß stöhnte sie auf. Am liebsten hätte sie geschrien, diese unbändige Lust, die er ihr verschaffte, in die Welt hinausgeschrien. Sie hielt die Augen geschlossen, und genoss, was Roberto mit ihr anstellte – Lust pur. Ihr war nur noch die wachsende Ekstase bewusst, die Roberto durch seine Stöße in ihr erzeugte. Langsam aber sicher näherte sie sich einem gewaltigen Orgasmus. Niemals zuvor hatte sie sich so ausgefüllt, so vollkommen gefühlt wie jetzt, während Robertos Prachtstück in ihr steckte und sich bewegte. Nun legte er zwei Finger an ihre Knospe, streichelte sie fest und schnell, rieb vor und zurück und erregte sie damit über alle erträgliche Maßen. Sie spürte, wie sie sicher auf ihren Höhepunkt zusteuerte.

Sie stöhnte laut auf, als die erste hohe Welle über ihr zusammenschlug. Dann kam die zweite, die dritte ... Roberto löste sie mit seinen Stößen aus, die immer härter wurden. Sein Griff um ihre Hüfte wurde fester, sein Gewicht drückte sie nach vorn, als ihn sein eigener Höhepunkt überwältigte. Sie spürte ganz deutlich das Pulsieren seines Gliedes in sich. Wie von Sinnen presste sie ihre Vulva ihm entgegen, massierte ihre Spalte an seinem Fleisch, um seinen Schaft noch tiefer in sich zu treiben, um noch weitere Wellen der Lust auszulösen. Es gab keine Zeit mehr, nur dieses irrsinnige Gefühl, das ihren Körper beherrschte.

Schließlich ebbte ihr Orgasmus ab. Beide blieben atemlos und ermattet zurück. Robertos Penis steckte immer noch prall in ihr, ihre Muskeln wollten ihn nicht loslassen.

»Hat es dir gefallen?«, flüsterte der Conte ihr ins Ohr.

Sein Arm hielt ihre Taille eng umschlossen. Er stützte sie beide. Seine Lippen liebkosten ihr Haar.

Sie konnte nur nicken, die schweißnasse Stirn an die Rinde des Baumes gepresst, als müsste sie sich neu erden.

»Hast du das gebraucht?«

Wieder nickte sie nur, und er küsste sie in den Nacken. Dann zog er sich vorsichtig aus ihr zurück. Sie seufzte, wünschte sich, ihn ewig in sich festhalten zu können. Kurz darauf begann sie zu zittern. Ihre Knie wollten sie nicht mehr halten. Roberto bemerkte es. Er drehte sie um, nahm sie in die Arme und hielt sie fest, den Kopf in seine Halsbeuge gedrückt, an die Stelle, wo die Narbe war.

Wie gern hätte sie diese geküsst, aber diese Geste erschien ihr zu intim.

Wie widersinnig, dachte sie sich kurz.

Seine Hand streichelte ihr Haar. Er lehnte mit dem Rücken am Baumstamm, und sie mit ihrer Brust an seiner. Sie schmiegte sich an ihn, wäre am liebsten mit ihm verschmolzen. Da hob er ein Bein und schlang es um ihre Kniekehlen, drückte sie damit noch enger an sich.

Machte er das bei allen Frauen so?, fragte sie sich, als ihr Kopf begann, seine Arbeit wieder aufzunehmen.

Nicht daran denken, befahl sie sich.

Sie wusste nur zu gut, dass diese Frage nicht ihr Verstand, sondern ihr Herz stellte. Und das hatte sie doch eigentlich draußen vor dem Olivenhain zurückgelassen – dachte sie.

Als sie später das Fest verließen, legte Roberto ganz selbstverständlich den Arm um Esthers Schultern. Er verabschiedete sich hier und da von ein paar Leuten, winkte und bahnte sich so mit ihr den Weg durch die Gäste. Sie mussten wie ein Liebespaar wirken, und niemand schien darüber erstaunt zu sein.

Wie auch, sagte sich Esther mit einem Anflug von Bissigkeit. Roberto war doch dafür bekannt, Frauen abzuschleppen.

»Ciao, Maria, und vielen Dank für den wundervollen Abend«, verabschiedete er sich von der Gastgeberin und küsste sie auf beide Wangen.

Marias ernster Blick wanderte von ihm zu Esther und wieder zurück. In ihren schwarzen Augen glaubte Esther Unsicherheit zu erkennen. Und Besorgnis. Esther war die Situation peinlich. Natürlich wusste Maria, dass zwischen ihr und dem Conte an diesem Abend mehr gewesen war als ein nur geschäftliches Verhältnis. Ihr enger Tanz allein hatte dies schon verraten.

Seite an Seite und Hand in Hand hatten sie gerade die erste Stufe der Veranda erreicht, als Esther Marias energische

Stimme hinter sich hörte. Wie ein Peitschenhieb drang sie an ihr Ohr.

»Roberto?«

Der Angesprochene blieb stehen und drehte sich um.

»Ja?«

Im nächsten Moment tauchte Paolo aus dem Nichts neben seiner Frau auf. Er sah sie an, und Esther bemerkte, wie Maria schluckte.

»Ja?«, fragte Roberto noch einmal, so unschuldig wie ein kleiner Junge, der sich keiner Schuld bewusst ist.

»Alles okay, Junge«, sagte Paolo anstelle von Maria, die den Conte warnend ansah.

Unter dem ebenso warnenden Blick ihres Mannes drehte sie sich schließlich schnaubend um und tauchte zwischen den anderen Gästen unter.

Roberto zuckte nur mit den Schultern, als wüsste er nicht, wie er Marias Verhalten deuten sollte. Esther jedoch ahnte es.

Maria missbilligte sein Verhalten. Ihre mütterliche Freundin wollte verhindern, dass Roberto mit ihr spielte. Mit Sicherheit traute sie der »dottoressa« nicht zu, an diesem Spiel genauso viel Vergnügen zu haben wie er.

Schweigend gingen sie auf den Palazzo zu. Roberto drückte sie fest an sich.

»Sieh mal dort oben«, sagte er.

Gemeinsam schauten sie in den mit Sternen übersäten Himmel. Abertausend Lichter funkelten auf sie herab. Aus der Ferne klang die Musik des Festes zu ihnen hinüber, aus dem Wald oberhalb des Palazzos der Ruf einer Eule. Die Nachtluft roch würzig und schwer, nach den Kräutern des Südens, feuchter Erde und dem süßen Duft der Blumen in den Kübeln.

»Ich kann mir nicht vorstellen, irgendwo anders zu leben«, sagte Roberto mit seiner samtig-rauen Stimme. »Als Jugendlicher träumte ich davon, wie so viele andere in meinem Alter mit dem Rucksack nach Australien oder Neuseeland zu reisen. Heute reicht es mir, hier von meinem Hügel aus auf das Land zu blicken.«

Seine Worte überraschten Esther nicht nur, sondern berührten sie auch. Sie klangen vertraulich, ja geradezu intim. Roberto gab ihr einen Einblick in sein Herz, zeigte ihr eine andere Seite von sich als nur die des Verführers. Ein kleines Glücksgefühl durchfuhr sie. Obwohl sie nicht wusste, wie alles weitergehen würde, genoss sie diesen kostbaren Moment.

Gleich darauf jedoch rief sie sich wieder ins Bewusstsein, dass sie diesen Augenblick nicht überschätzen durfte. Der Conte kannte alle Spielarten, eine Frau in seinen Bann zu ziehen. Dazu gehörte natürlich auch eine Prise Romantik. Und dass Italiener viel Sinn für Romantik hatten, wusste sie schon von ihrem Großvater.

Roberto ging weiter, sie passte sich seinem Schritt an. Immer noch lag sein Arm um ihre Schultern, sie hatte ihre vor der Brust verschränkt. Eine Schutzgeste. Ja, sie wollte sich schützen. Sie musste ihr Herz schützen.

In der Eingangshalle blieb Roberto wieder stehen, ließ sie los und lächelte sie mit diesem amüsierten Funkeln in den Augen an, das sie schon kannte.

»Was hast du eigentlich gedacht, als du den Brunnen zum ersten Mal gesehen hast?«

»Wer für ihn Model gestanden hat«, gab sie wie aus der Pistole geschossen zurück.

Dass sie sich das erst gefragt hatte, nachdem sie Roberto kennengelernt hatte, verschwieg sie ihm.

Sein Lächeln vertiefte sich, wirkte verwegen. »Und? Was glaubst du?«

Sie ging auf das offensichtliche Spiel ein. »Ich bin mir noch nicht ganz sicher. Es war so dunkel im Olivenhain.«

Da lachte er aus vollem Herzen, drückte sie wieder an sich und bog mit ihr in den Gang ein, der in seinen Wohntrakt führte.

Robertos Reich war entgegen Esthers Erwartungen eher schlicht eingerichtet. Kühle Farben dominierten. Creme, Weiß, Graphit, Edelstahl und Leder. Männliche Farben und gerade Formen schufen eine sachliche Atmosphäre, die in reizvollem Kontrast zu den wunderschönen alten Fresken an den Wänden und den herrlichen Holzdecken stand.

»Darf ich dein Bad benutzen?«, fragte sie. »Oder soll ich …?«

Sie wollte ihm vorschlagen, sich in ihrem Gästezimmer frisch zu machen.

Er begegnete ihrer Frage mit einem charmanten Lächeln.

»Ich möchte dich keine Minute länger als notwendig entbehren.«

Wahrscheinlich ein Standardsatz von ihm, sagte sie sich, als sie sich auf den Weg ins Bad machte, das im gleichen Stil ausgestattet war wie das ihres Zimmers. Bevor sie es verließ, konnte sie sich nicht beherrschen: Sie warf einen Blick in den Schrank.

Nur die Kunstpenisse fehlen, stellte sie belustigt fest. Robertos Schwanz war halt konkurrenzlos.

Als sie das Wohnzimmer betrat, kam ihr der Conte mit zwei Gläsern Rotwein entgegen. Durch die offene Fensterfront drang die berauschende Nachtluft in den Raum, aber auch ohne diese fühlte sie sich bereits wieder wie benebelt. Robertos sinnliche Ausstrahlung hypnotisierte sie geradezu.

»Salute.« Sein Blick hielt ihren über den Rand des Glases hinweg fest.

In den Onyxaugen stand ein warmes Leuchten. Es ließ sie für einen Moment vergessen, dass ihre Beziehung rein sexueller Natur war. Sie spürte ein leichtes Kribbeln im Bauch.

Vorsicht, warnte ihre innere Stimme sie sofort. Diese Blicke gehören zu Robertos Spiel.

Sie hob ihr Glas. »Salute.« Dann wandte sie sich ab und trank einen Schluck.

»Setzen wir uns doch«, schlug er vor. »Möchtest du lieber auf die Terrasse oder hier drinnen bleiben?«

»Draußen ist es noch so schön.« Sie steuerte einen der Loungesessel an, die sich um den niedrigen Tisch gruppierten.

Er folgte ihr.

Obwohl sie sich doch noch vor kurzer Zeit so nah gewesen waren, körperlich und unter dem Sternenhimmel für wenige Sekunden auch innerlich, behandelte er sie jetzt so höflich wie einen beliebigen Gast. Sie saßen sich gegenüber, unter den gleichen Sternen, als hätten sie sich niemals zuvor berührt.

»Und morgen wirst du also zurückfliegen?«

Will er jetzt etwa Smalltalk machen? Esther wusste nicht so recht, was sie von der Situation halten sollte. Fast hätte sie laut aufgelacht. Aber was hatte sie sich vorgestellt? Dass er beginnen würde mit ihr zu flirten? Oder dass sie noch einmal übereinander herfallen würden? Das wunde Gefühl zwischen ihren Beinen erinnerte sie bei jedem Schritt daran, welch intensiven Sex sie an diesem Abend gehabt hatte. Hatte sie denn immer noch nicht genug?

Roberto lehnte sich zurück, schlug lässig die Beine übereinander und nippte am Wein. Dabei beobachtete er sie, wartete auf eine Antwort.

»Morgen gegen drei«, erwiderte sie mit glattem Lächeln, das ganz zu dieser Situation passte.

Das habe ich dir schon heute Vormittag gesagt, wollte sie noch hinzufügen, verzichtete jedoch darauf, weil ihr dieser Hinweis zu lehrerhaft vorkam.

»Hast du eigentlich in den Tagen hier auch mal etwas von der Gegend gesehen?«

»Ich war zum Arbeiten hier«, erinnerte sie ihn. »Aber einmal war ich in Florenz.«

Er schenkte ihr ein wissendes Lächeln, welches ihr verriet, dass er sie gesehen hatte.

Also doch, dachte sie sich.

»Ja, ich habe dich auch gesehen.« Esther trank einen Schluck, um sich davor zu bewahren, vielleicht noch eine spitze Bemerkung zu der langbeinigen Blondine zum Besten zu geben. Aus sich jäh regender Eifersucht, wie sie sich entsetzt eingestand. War sie verrückt? Eifersucht war zwischen ihnen nun wirklich völlig fehl am Platz.

Roberto stellte sein Glas auf den Tisch und stand auf. Zu ihrer großen Überraschung setzte er sich auf ihre Sessellehne. Seine Hand suchte sich den Weg durch ihre Haarfülle zu ihrem Nacken, blieb dort regungslos liegen und bescherte ihr allein durch diese Berührung eine Gänsehaut über den ganzen Körper.

»Ich habe Verena rein zufällig getroffen. Wir hatten mal was miteinander.«

Wie mit vielen, wollte das Teufelchen in ihr antworten.

»Aha.« Betont oberflächlich lächelnd sah sie zu ihm hoch.

Nein, dieses Thema behagte ihr nicht. Sie wollte seine Affären nicht auf die Terrasse holen, und sei es nur im Gespräch. Um der Unterhaltung eine Wende zu geben, zeigte sie auf die Narbe an seinem Hals, ohne sie zu berühren.

»Darf ich fragen …«

Weiter ließ er sie nicht kommen.

Abrupt stand er auf. Seine Miene verschloss sich.

»Eine dumme Verletzung«, erwiderte er mit deutlich gezwungenem Lächeln. »Wollen wir schwimmen gehen?«

Er will nicht darüber reden. Idiotin, beschimpfte sie sich. Sie war doch sonst sehr zurückhaltend und einfühlsam ihren Mitmenschen gegenüber. In diesem Moment war ihr nur kein anderes Thema eingefallen. Zumal das Terrassenlicht die Narbenränder so deutlich hatte aufleuchten lassen.

»Entschuldige bitte.«

»Kein Problem. Schwimmen?«

Sie nickte verwirrt, nahm die beiden Gläser und folgte ihm die Steinstufen zur Poollandschaft hinunter. Unten angekommen, stellte sie sie auf einen der kleinen Tische. Sie schluckte, als Roberto das Poloshirt über den Kopf zog. Danach öffnete er die Jeans, stieg aus ihr heraus. Genauso aus seiner Boxershorts. Zum Schluss zog er das Band aus dem Haar, das ihm bis auf die breiten Schultern fiel. Langsam ging er zum Beckenrand, blieb dort stehen, so, als würde er sich vollkommen allein fühlen. Seine goldbraune Haut schimmerte im Licht des Mondes, der diese Nacht fast taghell machte. Sie blinzelte verwirrt. Er war erregt. Sein Geschlecht war groß und prall, mit einer purpurfarbenen glänzenden Eichel. Wie eine aus Bronze gegossene Statue stand er da – ein römischer Gott.

Der Mann aus meinen sexuellen Fantasien, wurde ihr da

wieder bewusst. Nur die schwarze Maske fehlte. Niemals hätte sie gedacht, diesen Mann irgendwo auf der Welt zu finden. Nun stand er vor ihr. Zum Greifen nah. War das Zufall? Schicksal? Musste sich ihr Chef erst das Bein brechen, damit sie den Held aus ihren Träumen kennenlernen konnte?

Bei seinem Anblick begann es in ihrem Körper zu prickeln, als würde süßes Gift durch ihre Adern rauschen. Eine heiße Woge schwappte durch ihren Unterleib. Sie spülte all diese philosophischen Gedanken weg.

Mit einem eleganten Kopfsprung sprang Roberto jetzt in den Pool und glitt wie ein Fisch unter der Wasserfläche bis zur anderen Seite. Während sie ihm wie gebannt zusah, sog sie die Luft tief in sich ein. Sie war getränkt von dem betörend süßen Duft der weißen Lilien in den Kübeln, genau wie in ihrem Tagtraum. Und der römische Gott schwamm nur wenige Meter von ihr entfernt leibhaftig durch das silbrig schimmernde Wasser. Sie musste ihn sich nicht mehr in ihrer Fantasie vorstellen, auch nicht das, was er mit ihr tun würde, wenn sie zu ihm ins Wasser steigen würde. Diese Nacht bot ihr die einmalige Gelegenheit, einmal ihre Illusion zu leben. Allein dieser Gedanke weckte wieder ihre Begierde.

Esther streifte die Sandaletten ab, öffnete den Reißverschluss, ließ den Rock an ihren Schenkeln hinuntergleiten und zog die Bluse aus. Nicht im Seidenkaftan, sondern in schwarzem Spitzen-BH und Slip ging sie auf den Pool zu.

Stille lag über der Landschaft. Sie wurde nur durch Robertos leise rhythmische Schwimmbewegungen unterbrochen. Stufe für Stufe ging sie ins Wasser hinein. Roberto kam von der gegenüberliegenden Seite des Beckens auf sie zugeschwommen. Seine schwarzen Augen lächelten sie an wie auch seine Lippen. Mit beiden Händen schöpfte er das kühle Nass, ließ es über ihre Schultern und Brüste rinnen. Ihre Brustwarzen hatten längst den Weg durch die schwarze Spitze gefunden. Wie kleine Phalli ragten sie heraus und bettelten um Aufmerksamkeit. Roberto verstand sofort. Ganz behutsam leckte er die rechte.

Esther legte den Kopf in den Nacken, schloss die Augen, spürte, wie sein Mund zu der anderen wanderte, sie zwischen die Lippen nahm, an ihr lutschte, was ihr heiße Blitze durch den Unterleib schickte. Seine Hände massierten dabei ihre Brüste. Voller Wonne stöhnte sie leise auf.

Nachdem er ihr den BH abgestreift hatte, wölbte sie den Rücken und bot ihm ihre nun entblößten Brüste noch einmal an. Zu lustvoll war das Gefühl, das sein Mund an ihren Nippeln entzündete. Er leckte sie, neckte sie mit den Zähnen, saugte an ihnen so intensiv, dass sie glaubte, vergehen zu müssen. Ein heißes Prickeln rieselte durch ihren Unterleib, ihre Vulva begann zu pochen, lechzte danach, seinen prallen Schwanz aufzunehmen.

Jetzt gab Roberto das Spiel auf. Ernüchterung wollte sich schon in ihr ausbreiten, da zog er sie fest an sich. Sie schlang die Arme um seinen Nacken, schmiegte sich mit ihrem Oberkörper an seine Brust. Er streifte ihr den Slip ab, umfasste ihre Pobacken und hob sie auf seinen harten Schwanz. Mit den Beinen um seine Mitte geschlungen, die Arme um seinen Nacken, küsste sie ihn. Ihre Zungen spielten miteinander und Leidenschaft flammte in ihr hoch. Sie konnte nicht genug bekommen von diesem schön geformten Männermund, hätte ihn am liebsten verschlungen. Doch Roberto zügelte ihre Leidenschaft, indem er ihr Gesicht in beide Hände nahm. Seine Lippen begannen, ihre zu liebkosen. Sanft und behutsam, ja geradezu zärtlich. Nur zu gern ging sie auf dieses gefühlvolle Liebesspiel ein, gaukelte sich vor, es wäre Wirklichkeit.

Genauso sanft, wie er sie küsste, tauchte sein Glied nun in ihre Nässe. Alles war leicht und weich, das Wasser trug sie. Robertos Hände glitten über ihren Rücken, streichelten ihren Nacken, ihre Hüften, dann ihren Po. Dabei begann sie, sich langsam auf ihm zu bewegen. Während sie die Hüften kreisen ließ, verschmolzen ihre Lippen wieder miteinander. Es gab nur leichte Bewegungen, die weiche Wellen im Wasser erzeugten, und ihre Körper, die sich immer tiefer miteinander vereinten. Esther wünschte sich, dies möge ewig so weitergehen, das sanfte Wiegen ihrer nassen Leiber. Gerade diese Mühelosigkeit, dieses völlig neue Gefühl, steigerte ihre Lust bis ins Unerträgliche. Nein, sie wollte noch nicht kommen.

»Warte«, flüsterte sie, klammerte sich an Roberto und bewegte sich nicht mehr.

Er gehorchte, verharrte in ihr, bis das Blut in ihren Ohren zu rauschen aufhörte. Dann begann sie erneut sich zu bewegen, spannte dabei ihre Muskeln an und pumpte an seinem Schwanz. Er stöhnte auf, drückte sein Gesicht in ihre Halsbeuge und nahm ganz langsam ihren Rhythmus wieder auf. Aufs Neue trieb er ihre Lust dem Höhepunkt entgegen. Sie wollte ihm schon Einhalt gebieten, aber er wusste, wann er aufzuhören hatte. Sie umklammerten sich, küssten sich wieder. Robertos Lippen wanderten über ihr Gesicht, über ihren Hals; ihre Hände griffen in sein Haar, streichelten über die seidige Haut seiner Schultern. Und dann begannen ihre Körper, sich wieder gleichzeitig zu bewegen. Die Wellen, die sie dabei schlugen, wurden größer, ihr schwappendes Geräusch lauter. Roberto umfasste ihre Pobacken fester, stieß sein Geschlecht noch tiefer in sie und bewegte sich nun in kraftvollem Rhythmus zwischen ihren Schenkeln. Sie stöhnte, klammerte sich an ihn, ihre Hüften kreisten wie in Trance, sie presste ihre Klitoris an sein Schambein, rieb sich an ihm und während seine Stöße schneller wurden, spürte sie, dass es kein Zurück mehr geben würde. Roberto trieb sie auf den Höhepunkt zu. Sie kam. Durch ihren Körper brandete ein Sturm, immer und immer wieder. Ihr gesamtes Ich löste sich auf in dieser berauschenden Lust, die ihren Schoß schüttelte. Als die letzte Woge über ihr zusammenschlug, begann Robertos Glied in ihr zu pulsieren. Sie fühlte, wie er sich in ihr ergoss. Das Pochen seines Schwanzes in ihr vereinigte sich mit den verebbenden Wellen ihres eigenen Orgasmus. Ihre Lenden zitterten, dennoch hielt sie Roberto mit den Beinen fest umschlungen. Auch er löste sich nicht aus ihrer Umarmung. Im Gegenteil, er drückte sie an sich, streichelte ihr Haar, ihre Schultern, ihr Gesicht. Dieses Mal war anders gewesen als vorhin im Olivenhain. Sie fühlte sich Roberto dieses Mal innerlich näher. Oder nur bekannter, weil sie es an diesem Abend zum zweiten Mal trieben?

Roberto hob den Kopf und der Blick aus seinen Augen war warm, so warm, dass sie zwei, drei Lidschläge lang glaubte, er würde genauso empfinden. Aber nein, das bildete sie sich nur ein. Wie gern und wie schnell unterschob man dem anderen seine eigenen Wünsche. Dieser Mann, der Conte d'Albertis, beherrschte alle Spielarten im Umgang mit einer Frau. Vor ein paar Nächten hatte sie ihn noch hier am Pool mit Silvia beobachtet. Und morgen, wenn sie wieder in Deutschland war, würde es eine andere sein.

All diese Gedanken gingen ihr im Bruchteil einer Sekunde durch den Kopf, während sie in Robertos Augen sah.

Ein Lächeln zeigte sich jetzt auf seinem Gesicht, kein zärtliches, eher ein verführerisches, verwegenes.

»Hat es dir gefallen?«, erkundigte er sich dieses Mal. Dabei trat wieder das amüsierte Funkeln in die Onyxaugen. Der Ausdruck von Wärme war verflogen, was sie jäh ernüchterte.

War das jetzt sein Ernst? Nur keine Blöße zeigen, befahl sie sich.

Sie erwiderte sein Lächeln, vielleicht noch ein wenig verwegener, geradezu anrüchig, wie ihr schien.

»Danke, ja.« Sie hob die Brauen. »Und dir?«, fragte sie forsch.

Jetzt endlich glitt er aus ihr heraus, indem er sie an den Hüften packte und von sich schob. Ihre Füße fanden sich auf dem Boden des Pools wieder. Sie wankte leicht, hielt sich am Beckenrand fest. Roberto beantwortete ihre Frage nicht. Er zeigte auf die breite Treppe, die aus dem Pool herausführte.

»Wollen wir?«

Als wenn sie gerade eine Vorstellung gesehen hätten und jetzt das Schauspielhaus verlassen würden, so kam ihr die Situation vor.

Sie nickte und fügte überflüssigerweise hinzu:

»Gern.«

Völlig bescheuert, sagte sie sich, während sie durchs Wasser watete. Roberto folgte ihr.

Ihr BH und Slip ... Egal, die waren sowieso nass. Suchend sah sie sich um. Da spürte sie, wie Roberto ihr von hinten ein Badelaken um den Körper legte. Sie presste es an sich, drückte mit dem Zipfel die Nässe aus den Haarspitzen. Aus dem Augenwinkel sah sie, dass Roberto es ihr gleichtat.

Als wenn nichts geschehen wäre, als wenn sie nur ein paar Runden geschwommen wären, ging ihr durch den Sinn. Was aber erwartete sie? Zärtliche Umarmungen, Küsse, Liebesgeflüster? Wahrscheinlich hätte ihr Latin Lover auch noch dieses Ass im Ärmel, aber das hätte sie jetzt nicht gewollt – aus Angst davor, sie hätte Spiel und Ernst nicht mehr unterscheiden können.

Entschlossen hob sie ihre Kleidung auf, warf mit einer einzigen Kopfbewegung das Haar zurück und sagte:

»Danke für den schönen Abend. Ich bin jetzt echt müde.«

Er schien erstaunt zu sein.

»Soll ich dich begleiten?«, fragte er höflich.

Was meinte er? Bis vor die Zimmertür oder ins Bett?

Sie lächelte verbindlich. »Nicht nötig. Ich muss ja nur die Treppe hinauf. Also dann ...« Sie hob die Hand. »Ciao.«

Roberto deutete eine Verbeugung an. »Es war mir eine Ehre, Frau Doktor.«

Sein ironischer Unterton ließ sie frösteln.

»Signor Conte ...« Sie schenkte ihm ein zuckersüßes Lächeln, das sie selbst anwiderte. »Mir ebenso.«

Entschlossen drehte sie sich um und stieg die Stufen hinauf zum Gästetrakt. Die Muskeln in den Innenseiten ihrer Schenkel zitterten, ihre Knie wollten sie kaum aufrechthalten, ihr Schritt brannte wie Feuer und ihr schwindelte.

Aber sie wusste, dass sich diese körperlichen Spuren genauso verlieren würden wie der kleine Schmerz im Herzen. Und in ein paar Tagen würden sich weder ihr Körper noch ihr Herz an diese Nacht erinnern. Was auch gut so wahr.

Am nächsten Morgen weckte sie der schrille Ton ihres Handys.

»Wo warst du denn gestern? Ich habe dich nicht erreichen können.« Anna klang besorgt.

Esther richtete sich im Bett auf. Ein Blick auf den Wecker

verriet ihr, dass es sieben Uhr war. Nach nur vier Stunden Schlaf fühlte sie noch eine bleierne Müdigkeit in sich.

»Auf einem Geburtstag«, brachte sie mit schwerer Zunge hervor.

»Wann kommst du zurück?«

»Heute. Ich rufe dich heute Abend an. Okay?«

»Ja, gut.« Anna zögerte. »Oder kannst du vorbeikommen? Die Kinder sind nicht da, Rolf ist vorübergehend zu seinen Eltern gezogen und ich ...«

Sie hörte ihre Kusine aufschluchzen.

»In Ordnung. Ich komme so schnell ich kann. Alles andere heute Abend.«

Sie drückte das Gespräch weg und blieb ein paar Sekunden regungslos sitzen. Die Erinnerungen stürzten auf sie ein wie berstende Mauern. Hatte sie diese Nacht wirklich erlebt?

Mit schweren Gliedern stand sie auf, trat auf die Terrasse hinaus und atmete die frische Luft tief ein, die ihr half, wach zu werden.

»Heute reicht es mir, hier von meinem Hügel aus auf das Land zu blicken«, hatte Roberto gestern Abend zu ihr gesagt. Sie konnte ihn nur zu gut verstehen.

Roberto ...

Nicht mehr an ihn denken, befahl sie sich. Heute war ihr Abreisetag. Sie musste noch Ordnung in der Werkstatt schaffen, ihre paar Habseligkeiten zusammenpacken und dann zum Flughafen fahren. Ob sie ihn vorher noch einmal sehen würde? Natürlich, sie mussten sich doch noch voneinander verabschieden, als Frau Dr. Winkler und Signor Conte.

»Ich werde dafür sorgen, dass du pünktlich am Flughafen sein wirst.« Das waren seine Worte gewesen. Ob er sie selbst bringen würde? Sie wusste nicht, ob sie das wirklich wollen würde.

Diese Frage beschäftigte Esther in den nächsten Stunden, bis Paolo in die Werkstatt kam.

»Der Conte bat mich, Sie zum Flughafen zu fahren«, eröffnete er ihr. »Er sagte, Sie fliegen gegen drei.«

Sie musste sich räuspern, um ihrer Stimme einen festen Klang zu geben.

»Danke, das ist nett. Ich bin jetzt hier auch fertig.«

»Dann hole ich Sie in einer Stunde ab«, fuhr Paolo mit väterlichem Lächeln fort. »Maria möchte sich noch von Ihnen verabschieden.«

»Ich mich natürlich auch von ihr«, sagte sie rasch. »Ich komme gleich. Sie ist doch bestimmt um diese Zeit in der Küche.«

»Wo sonst?« Paolo blinzelte ihr vergnügt zu und ging.

Ein paar Minuten später drückte Maria die dottoressa ans Herz und wiegte sie so liebevoll hin und her, als würde sie sich von ihrer eigenen Tochter verabschieden.

»Sehen wir uns wieder?«, fragte sie mit feuchten Augen.

Esthers Hals schnürte sich zusammen.

Mit einem Mal wurde ihr bewusst, dass dies ein Abschied für immer sein würde. Niemals mehr würde sie hierher zurückkommen, allein schon wegen Roberto d'Albertis. Alle paar Monate eine unverbindliche Nacht mit ihm? Nein, dann lieber ein Callboy, der weniger Wirkung auf sie haben, aber bestimmt über ähnliche sexuelle Erfahrung verfügen würde.

Maria sah sie ernst an.« Ihr habt die Nacht miteinander verbracht, nicht wahr?«

»Nicht die ganze«, erwiderte sie mit belegter Stimme.

»Dieser Junge ...« Mit missbilligender Miene schüttelte die Italienerin den Kopf. »Ich hoffe, dass du ...«

Esther nahm sie in die Arme.

»Ist schon okay«, beruhigte sie Maria. »Ich habe es so gewollt. Es ist in Ordnung.«

»Ich hatte gehofft, dass Roberto und du ...« Der träumerische Ausdruck in den dunklen Frauenaugen verriet, was Maria gehofft hatte. »Irgendwann muss er doch mal zur Ruhe kommen«, sprach sie nun auf Italienisch aufgeregt weiter. »Diese ganzen Frauen, viel zu jung sind sie, viel zu oberflächlich. Der größte Wunsch des alten Conte war, einen Enkel zu bekommen, damit sein Name fortlebt. Wenn Roberto so weitermacht, dann wird das nie was werden. Er kann nicht immer weglaufen vor ...«

»Maria.« Paolo stand in der Küchentür, mit dem gleichen warnenden Blick wie auf dem Geburtstagsfest.

Seine Frau fuhr herum. Ihre Augen blitzten zornig auf. »Ist doch wahr, Paolo. Du nimmst Roberto immer in Schutz. Wenn der alte Conte noch leben würde ...«

»Jetzt ist Schluss. Das geht uns nichts an«, brauste nun der sonst so behäbige Paolo temperamentvoll auf. »Roberto ist erwachsen.«

»Was ist das für ein Verhalten?«, schimpfte Maria ungebremst weiter. »Heute Morgen ist er in aller Früh zu einem Großkunden nach Talamone gefahren, ohne ...«

»Bitte, caro.« In theatralischer Geste hob Paolo die Hände und Maria atmete tief durch. Dann drehte sie sich wieder zu Esther um und sagte unter Tränen:

»Vielleicht sehen wir uns doch wieder. Ich werde dafür beten.« Während sie dies sagte, schlug Maria ein Kreuz vor der Brust.

Roberto hatte sich nicht von ihr verabschiedet.

Tief enttäuscht und ernüchtert ließ sich Esther aufs Bett fallen. Sein Verhalten traf sie. Sehr viel tiefer, als sie gedacht hätte, obwohl sich ihr Verstand dagegen wehrte. Abgesehen davon fand sie sein Verhalten auch sehr unhöflich. In seiner Rolle als ihr Auftraggeber hätte er sich eigentlich von ihr offiziell verabschieden müssen. Wahrscheinlich wollte er ihr deutlich machen, wie wenig ihm die vergangene Nacht mit ihr bedeutet hatte. Sie war vorbei. Heute war heute – und heute rückte er wieder etwas anderes in seinen Focus. Wer war Dr. Esther Winkler, die Restauratorin? Ein One-Night-Stand?

Oder hatte Roberto etwa befürchtet, sie hätte ihn kurz vor ihrem Abflug noch einmal verführen wollen?

Esther schüttelte sich. Vor sich selbst. Plötzlich kam sie sich schmutzig vor. Wie hatte sie sich nur derart gehen lassen können? Wie hatte sie so hemmungslos sein können? Und das bei ihrem Auftraggeber. Umhüllt von dem schwarzen Mantel der Nacht hatte sie ihre Gelüste ausgelebt, die ihr jetzt im hellen Tageslicht abstoßend erschienen.

Nur weg von hier und vergessen, sagte sie sich. Im Endeffekt konnte sie dem Conte sogar dankbar dafür sein, das er sich nicht mehr bei ihr blicken ließ. Zu peinlich wäre diese Situation gewesen – für sie weitaus mehr als für ihn. Für ihn gehörte Sex ja zur Tagesordnung. Davon hatte sie sich selbst überzeugen können, aber sie, als Mitarbeiterin der renommierten Galerie Aschenbach in München, hätte sich dieses erotische Abenteuer gar nicht erlauben dürfen.

»Esther?« Es klopfte an ihrer Zimmertür.

Paolo holte sie ab. Er nahm ihren kleinen Koffer und sie gingen nebeneinander durch den Gästetrakt in die Eingangshalle. Schweigend. Mit einem Blick streifte sie noch einmal das Wasserspiel.

»Richten Sie bitte dem Conte aus, dass ich mir jetzt sicher

bin, wer dem Künstler Modell gestanden hat«, hätte sie am liebsten gesagt, aber natürlich hielt sie den Mund.

Stattdessen schritt sie hoch erhobenen Hauptes durch die offen stehende Doppeltür nach draußen. Sie trug wieder ihre graue Uniform, die ihr half, Haltung zu bewahren. Äußerlich unterschied sie sich nicht von der Frau, die vor einigen Tagen diese Halle betreten hatte. Innerlich jedoch hatte sie eine Wandlung durchgemacht. Roberto hatte sie Seiten an sich entdecken lassen, von denen sie nichts gewusst hatte. Er hatte ihren sexuellen Traum Wirklichkeit werden lassen und ihr genug Stoff für neue Träume auf den Weg gegeben. Sie brauchte den Conte nicht mehr. Oder?

Bevor sie zu Paolo in den Wagen stieg, sah sie sich noch einmal um, betrachtete die Azaleen, Rosen, den Hibiskus, die in den Farben des Feuers blühten, atmete zum letzten Mal die süßen Düfte tief in sich ein und spürte noch einmal den warmen seidigen Wind auf ihrer Haut, der bei ihrer Ankunft eine unbestimmte Ahnung zu ihr herübergeweht hatte. Ihr Instinkt hatte sie nicht getäuscht.

Als das Flugzeug vom Boden abhob und Kurs auf München nahm, befahl sich Dr. Esther Winkler, die Wehmut auf toskanischem Boden zurückzulassen. Sie zwang ihren Verstand, seine Arbeit wieder aufzunehmen, und dachte schon bald ernsthaft darüber nach, ob sie diese, gerade neu entdeckte Seite an sich vielleicht bald einmal ausleben sollte. Mit einem von Lenas Callboys vielleicht? Sie wollte, nein, sie musste Robertos Geschmack loswerden, sie wollte andere Hände auf ihrem Körper spüren, die die Spuren seiner verwischten. Sie musste Roberto d'Albertis aus ihrem Herzen bekommen.

Als Esther ihre Wohnung in der City von München betrat, war ihr zumute, als wäre sie monatelang weg gewesen. Das mochte daran liegen, dass sie kaum verreiste.

Viel auszupacken hatte sie nicht. Den schwarzen Bleistiftrock, die Sandaletten und die Bluse hängte sie in die hinterste Ecke ihres Kleiderschranks. Der Spitzen-BH samt Slip schwamm wahrscheinlich noch in Robertos Pool. Den konnte ja Silvia heute Abend herausfischen – oder wer auch immer Roberto sonst Gesellschaft leisten würde.

Als Nächstes rief sie Frau Aschenbach an, sagte ihr, dass sie am nächsten Tag wieder arbeiten würde, und erfuhr, dass es deren Bruder wieder besser ging. Ihre berufliche Welt war also in bester Ordnung. Dann duschte sie, fuhr einkaufen und machte sich auf den Weg zu Anna, von der sie inzwischen per SMS erfahren hatte, dass ihre gemeinsame Freundin Lena auch kommen wollte. Die Aussicht auf diesen »Mädelsabend« hob ein wenig ihre Stimmung. Wenigstens würde sie mit ihren Erinnerungen nicht allein auf dem heimischen Sofa sitzen.

Die Stimmung in dem kleinen Reihenhaus kochte bereits über, als Esther bei Anna ankam. Lena war schon da.

Rank und schlank, mit dunkelblauen Augen und glänzendem schwarzem Pagenkopf lachte ihr die überzeugte Junggesellin – und Werbedesignerin mit Klasse, Format und glänzender Zukunft – entgegen. Anna dagegen sah mitgenommen aus mit den tiefen Schatten unter ihren hellblauen Augen, den roten Flecken am Hals und dem glanzlosen rotblonden, leicht fettigen Haar. In der Hand hielt sie ein Glas Whisky, das erste, mit dem Esther sie je gesehen hatte.

»Rolf ist jetzt endgültig zu seinen Eltern gezogen«, teilte

Anna ihr mit. »Soll mir ja recht sein, so muss ich wenigstens nicht im Kinderzimmer schlafen und habe das Haus für mich.«

»Die liebe Marion hat auch schon angerufen und sich darüber beklagt, dass Anna die Kinder zu ihren Eltern gegeben hat statt zu ihr«, fügte Lena mit einem gekonnt genervten Augenaufschlag hinzu. »Aber das war ja zu erwarten. Annas Schwiegermutter hält natürlich zu ihrem lieben Sohnemann und ist bestimmt überglücklich, ihr Muttersöhnchen wieder unter den Fittichen zu haben.«

Da Anna ihr nichts anbot, bediente sich Esther selbst an der Bar, die Rolf gebaut hatte. Sie schenkte sich Martini ein und setzte sich zu ihren Freundinnen an den Couchtisch.

»Hat Rolf inzwischen zugegeben, dass er dich betrügt?« Esther nahm einen Schluck aus ihrem Glas.

»Er leugnet es immer noch. Gestern haben wir telefoniert, haben natürlich prompt wieder Krach bekommen und ich habe einfach aufgelegt. Er ist eben ein Feigling und steht nicht zu dem, was er getan hat. Er sagt doch tatsächlich, er wüsste nichts von diesem Damenhöschen. Dass er mich zu alledem auch noch für blöd hält, macht mich rasend.«

»Aber er muss dir doch eine Erklärung dafür geben«, sagte Esther voller Unverständnis. »Irgendetwas muss er doch zu seiner Verteidigung anbringen.«

»Tut er aber nicht. Er blockt, sagt, er wüsste auch nicht, wie das da hineingekommen wäre.« Anna schnaubte vor Wut. »Wenn ich nur wüsste, wer seine Geliebte ist. Der würde ich aufs Dach steigen, darauf könnt ihr euch verlassen.«

»Vielleicht eine genauso frustrierte Ehefrau wie du«, mutmaßte Lena in ihrer schmucklosen Art.

Anna lachte hart auf. »Dann hat sie ja mit meinem Rolf den

absoluten Hauptgewinn gezogen. Was hat der Trottel denn im Bett zu bieten?«

»Vielleicht hat sie ihm ja etwas zu bieten, von dem wir alle noch keine Ahnung haben«, sagte Lena trocken. »Wenn du jetzt durchhalten würdest, könntest du irgendwann von seinen neu gewonnen sexuellen Erfahrungen profitieren.«

»Spinnst du?« Anna fielen vor Empörung fast die Augen aus dem Kopf. »So einen Typen rühre ich nicht mehr an. Der ist für mich wie ... wie verseucht.«

»Das heißt, du willst dich trennen?«, fragte Esther sie nahezu sachlich.

Sie kannte ihre Kusine lange genug, um zu wissen, dass sie schnell aufzuregen war, aber genauso schnell wieder auf den Boden kam und verzeihen konnte.

Anna trank einen Schluck, verzog das Gesicht und stellte mit angewiderter Miene das Whiskyglas zurück auf den Tisch.

»Ich werde mich in den nächsten Tagen zuerst einmal von einem Anwalt beraten lassen. Ich denke jetzt nur ans Geld. Es soll schon vorgekommen sein, dass Frauen ihren abgelegten Ehemännern Unterhalt zahlen mussten. Das wäre ja in meinem Fall der pure Hohn.«

»Blödsinn, das gilt doch nicht für dich«, wusste Lena. »Bei euch wird Rolf tief in die Tasche greifen müssen. Oder seine liebe Mama, die ihm die Folgen seines Abenteuers wahrscheinlich willig finanzieren wird.«

Esther nippte an ihrem Martini.

»Zuerst solltest du klären, ob Rolf dich wirklich betrogen hat. In Anbetracht deines Fundes gehe ich zwar auch davon aus, aber solange er leugnet, reden wir uns hier umsonst die Köpfe heiß. Vielleicht gibt es eine völlig andere Erklärung, die er dir nicht mitteilen will.«

»Heimlichkeiten in der Ehe sind für mich ebenfalls ein Scheidungsgrund«, konterte Anna unbarmherzig.

»Esther hat recht«, stimmte Lena zu. »Mit der Scheidungsklage würde ich erst mal warten. Viel wichtiger ist momentan, dass du dein angeknackstes Selbstwertgefühl wieder auf Vordermann bringst. Und das gelingt dir meiner Meinung nach am besten mit einem neuen Mann.«

»Was glaubst du, was ich machen werde?« Anna sah ihre Freundin herausfordernd an. »Ich war nur noch nicht beim Friseur und mit der Diät habe ich auch noch nicht angefangen. Außerdem brauche ich neue Klamotten.«

Lena machte große Augen. Ihr verblüffter Blick wanderte zu Esther hinüber, die zu lächeln begann.

»Ihr wollt mir doch nicht sagen, dass Anna mit mir ins ›Alpen-Resort‹ gehen möchte?«

»Genau das will ich dir damit sagen«, trumpfte die zweifache Mutter auf. »Ich dachte an Samstag. In diesem besonderen Hotel haben die Männer bestimmt nichts gegen ein wenig weiblichere Rundungen. Oder?«

Lena lachte herzerfrischend auf. »Diese Jungs finden jede Frau schön.«

»Klar, für Geld bekommt sogar der blindeste Hahn noch ein Korn«, murmelte Anna.

»Dieses Geschäft ist so alt wie die Welt«, kam Lena sanft auf ihr Lieblingsthema zurück, als wäre sie auf Werbetour für dieses Etablissement, in dem sie sich ihren Alltag versüßte. »Nur dass lange Zeit ausschließlich der männlichen Teil der Menschheit Zutritt dazu hatte.« Sie lächelte vergnügt. »Die jungen Männer im Resort sind sehr dezent, sehr höflich, zurückhaltend, wenn es gewünscht wird, und wenn nicht, sind sie die besten Lover, die du dir vorstellen kannst.« Ihre dunkelblauen Augen begannen zu leuchten, wie immer, wenn sie über ihr liebstes Hobby sprach. »Das ganze Hotel ist eine Wucht. Dort sind ja auch Gäste, die sich nur ein paar Tage erholen wollen. Nur bestes Publikum, was sich natürlich über den Preis ergibt. Schon manche Singlefrau hat im Alpen-Resort den Mann fürs Leben gefunden. Und wer nicht auf der Suche nach einer festen Beziehung ist, erfreut sich halt an den Dienstleistungen des Servicepersonals. Glaubt mir, es geht dort alles höchst diskret vonstatten.«

»Hört sich gut an. Beziehungen nein, aber die Dienste des Servicepersonals nehme ich gern einmal in Anspruch«, erwiderte Anna mit grimmiger Miene. »Ich bin wild dazu entschlossen. Was Rolf zusteht, steht auch mir zu. Lässt mich sexuell seit Monaten am langen Arm verhungern ... Nicht mit mir.«

Zur Bekräftigung ihres Entschlusses kippte sie den Rest des Whiskys hinunter, dieses Mal ohne das Gesicht zu verziehen.

Lena lächelte vergnügt vor sich hin, nippte an ihrem Mineralwasser und zog die langen Beine unter sich. Ihre Augen funkelten unternehmungslustig, als sie Esther ansah.

»Und was ist mit dir? Schließt du dich uns Samstag an?«

»Wie war es eigentlich in der Toskana?«, erkundigte sich Anna fast gleichzeitig, während sie sich noch einmal daumenbreit von der bernsteinfarbenen Flüssigkeit nachschenkte.

Esther entschloss sich, Annas Frage zuerst zu beantworten.

»Gut.« Ihre Einsilbigkeit ließ beide Freundinnen aufhorchen.

»Hattest du Probleme mit deiner Arbeit?«, erkundigte sich Lena teilnahmsvoll.

Für Probleme im Berufsleben hatte die Karrierefrau nicht nur immer ein offenes Ohr, sondern auch stets juristische Tipps parat. Sie war Betriebsratsvorsitzende in ihrer Firma.

»Nein. Die arbeitstechnischen Bedingungen im Palazzo waren fast besser als die bei uns in der Galerie.«

»Wahrscheinlich hatte sie Probleme mit dem smarten Conte«, warf Anna in spitzfindigem Ton ein.

Lenas pechschwarzen Brauen zuckten hoch. »Was höre ich da?«

»Er sieht super aus, besitzt eine starke Anziehungskraft – Typ Latin Lover, so hat Esther ihn mir am Telefon beschrieben. Und Single«, fügte Anna hinzu.

»Echt?« Lena sah Esther mit großen Augen an. »Und? Ist da was gelaufen zwischen euch?«

Esther schwieg, nippte am Martini, drehte das Glas in den Händen und überlegte, ob sie den beiden von ihren Erlebnissen in der Toskana erzählen sollte.

»Es wäre ja auch mal an der Zeit«, meinte Lena in treuherzigem Ton, als würde sie über einen neuen Haarschnitt reden. »Wie lange ist das letzte Mal bei dir jetzt schon her?«

»Sehr viel länger als bei mir und Rolf«, wusste Anna.

Esther stellte mit Nachdruck das Glas auf den Tisch. Es klirrte.

»Mein Gott, seid ihr sexbesessen«, sagte sie mit aufsteigendem Zorn. »Als wenn sich alles nur um dieses Thema drehen würde. Aber wenn ihr es unbedingt wissen wollt: Ja, es ist was gelaufen zwischen dem Conte und mir. Aber im Nachhinein bereue ich es.« Ihre Stimme begann zu zittern, weswegen sie sich selbst hätte ohrfeigen können.

»Warum?« Lena sah sie erstaunt an. »War es nicht gut?«

Fast hätte sie laut aufgelacht. Wenn die wüsste!

»Es war gut«, erwiderte sie hörbar gereizt.

»Hattest du einen Orgasmus?«

Sie verdrehte die Augen. »Ich weiß zwar nicht, was euch das angeht, aber ja, hatte ich«, erwiderte sie höchst gereizt.

»Warum ärgerst du dich dann?«, fragte ihre Freundin arglos. »Das ist doch super. Das können nicht alle Frauen nach einem One-Night-Stand sagen.«

»Ich ärgere mich, weil ich schwach geworden, seinen Verführungskünsten verfallen bin, weil es nur Sex war, den ich wollte, den ich sogar herausgefordert habe«, ereiferte sie sich. »Aber so bin ich in Wirklichkeit ja gar nicht. Ich bin anders als du. Für mich hat Sex auch etwas mit dem Menschen selbst zu tun.«

»Klar, für mich auch«, stimmte Lena ihr zu. »Ich könnte auch nicht mit jedem der Jungs im Resort rummachen. Da ist zum Beispiel einer ...«

»Oh Mann ...« Esther rieb sich die Stirn. »So meine ich das nicht. Ich hätte eigentlich gern eine richtige Beziehung, mit Gefühlen, Gemeinsamkeiten und natürlich gutem Sex. Aber Roberto ist kein Mann für eine feste Bindung. Er hat jede Nacht eine andere.«

So, jetzt war es raus. Nachdem sie diesen Satz ausgesprochen hatte, konnte sie nicht mehr vor sich selbst verleugnen, was sie von dem Conte Roberto d'Albertis erwartet hatte: Gefühle.

»Du hast dich verliebt!« Annas Zunge war zwar schon etwas schwer und ihr Blick verschleiert, aber ihre Feststellung traf dennoch genau ins Schwarze.

Ja, sie hatte sich in Roberto verliebt. Sie hatte versucht, sich selbst zu betrügen, sich vorzumachen, sie könnte so sein wie Lena oder die vielen anderen Frauen, die den bloßen Sex genossen. Ihr hemmungsloses Verhalten war ihr deshalb jetzt auch im Nachhinein ziemlich peinlich.

»Feste Beziehung ...« Anna lachte hämisch auf. »Mach nur nicht den gleichen Fehler wie ich. Jede Liebe hat ihr Verfallsdatum. Denk an Rolf und mich. Wie verliebt wir waren. Eine super Hochzeit, Glück pur. Das erste Kind, ein Reihenhäuschen, das zweite gesunde Kind, eine sichere Existenz und ganz unauffällig schleicht sich dabei der trübe Alltag ein. Der Mann geht fremd, die Frau wird dick und unzufrieden. Lena macht es richtig. Lena lebt für ihren Beruf, in dem sie erfolgreich ist und der ihr Selbstbewusstsein gibt. Die Männer bleiben Randfiguren, von denen sie sich nimmt, was sie braucht.«

»Wir sind noch jung«, riss die gerade Gelobte nun wieder das Gespräch an sich. »Man kann doch auch noch mit Mitte oder Ende dreißig, sogar mit über vierzig ein Kind bekommen. Jetzt will ich das Leben erst einmal auskosten, mir eine finanzielle Grundlage schaffen und mir dann in Ruhe einen Partner suchen, der als Vater für mein zukünftiges Kind in Frage kommt.«

»Du klingst, als ginge es darum, eine Wohnung einzurichten«, sagte Esther kopfschüttelnd.

Lena lachte. »So sehe ich das auch, nur dass ich mir mein Leben einrichte. Wenn ich den passenden Mann gefunden habe, werden auch die Gefühle für ihn kommen. Sind zuerst die Gefühle da, könnte ich den falschen Partner für meine Ziele wählen. Ein Herz denkt nämlich nicht, sondern fühlt nur.«

Esther seufzte. »Wie dem auch sei, Fakt ist, dass ich schleunigst eine Kehrtwende machen muss. Und jetzt kommst du, liebe Lena, ins Spiel. Ja, du wirst dich wundern, aber ich werde am Samstag mit euch ins Alpen-Resort fahren. Ich will mit anderen Männern schlafen, um all das, was ich mit Roberto erlebt habe, aus meinem Gedächtnis und meinem Herzen zu löschen. Versteht ihr diese Logik?«

Anna winkte mit bereits ziemlich beduselter Miene ab und murmelte etwas Unverständliches. Lena sah sie skeptisch an.

»Ehrlich gesagt, nein«, erwiderte sie dann. »Aber ist ja auch egal. Jeder hat seine eigene Logik. Hauptsache, du kommst damit klar.«

Am nächsten Morgen wurde Esther von ihrem Chef persönlich begrüßt. Das war selten. Meistens saß der Galerist um diese Zeit in seinem Büro und rief nur ein »Grüß Gott« hinaus.

»Sie sind wieder da?«, fragte sie verblüfft, als er ihr humpelnd entgegenkam.

»Gestern Abend habe ich mich selbst aus dem Krankenhaus entlassen«, erzählte ihr Maximilian Aschenbach, der in den Tagen sichtlich an Gewicht verloren hatte. »Herzlich willkommen, meine Liebe«, fuhr er mit warmherzigem Lächeln fort. »Die Kunden haben Sie vermisst, wie mir meine Schwester berichtete. Und Signor Conte hält sehr große Stücke auf Sie, ich meine, auf Ihre Arbeit, die Sie bei ihm geleistet haben. Roberto hat mich gestern angerufen und Sie in den höchsten Tönen gelobt. Das freut mich. Für Sie, aber auch für mich. Ich bin sicher, dass Ihr Aufenthalt bei ihm die jahrelange gute und für mich sehr ertragreiche Zusammenarbeit zwischen ihm und der Galerie noch mehr gefestigt hat.«

So aufgeräumt hatte Esther ihren Chef schon lange nicht mehr reden hören.

Na ja, immerhin etwas, dachte sie mit aufsteigender Bitterkeit. Wenigstens dafür war meine Affäre mit Roberto gut.

»Da ich mit Ihnen so zufrieden bin, möchte ich dies auch in klingender Münze ausdrücken. Ab dem nächsten Monat erhöhe ich Ihr Gehalt. Und in der übernächsten Woche nehmen Sie sich bitte Urlaub. Sie haben doch noch so viele Urlaubstage aus dem vergangenen Jahr. Ich bin wieder so weit hergestellt, dass ich ein paar Tage auf Sie verzichten kann. Und außerdem haben Sie in der Toskana ja auch mehr als einen Achtstundentag gehabt, wie Roberto mir sagte.«

Hatte Signor Conte vielleicht ein schlechtes Gewissen, aus dem heraus er sie derart über den grünen Klee lobte? Gefühle hatte er nicht im Angebot, aber den Einfluss, ihr Gehalt zu erhöhen. Wirklich toll.

»Ich möchte keinen Urlaub nehmen«, wandte sie etwas flügellahm ein. »Ich wüsste gar nicht, was ich an den freien Tagen machen sollte.«

Maximilian lachte hell auf. »Ich bitte Sie, Esther, ein junger Mensch wie Sie ist doch noch voller Pläne. Keine Widerrede. Sie nehmen den Urlaub. Und soll ich Ihnen etwas verraten? Sie bekommen sogar noch ein bisschen Urlaubsgeld von mir.«

Voller Unglauben sah sie ihn an. »Das klingt ja fast so, als wollten Sie mich loswerden.«

»Meine Liebe …« Er nahm ihre Hand und deutete einen Handkuss an. »Reden Sie keinen Unsinn. Ich weiß halt nur, was Sie mir wert sind.«

Seine Worte drangen tief in ihr Herz. Am liebsten hätte sie ihn umarmt. Er stärkte ihr angeschlagenes Selbstwertgefühl, ohne es zu wissen. Roberto war sie noch nicht einmal so viel wert gewesen, dass er sich von ihr verabschiedet hatte. Vielleicht war Lenas Lebensentwurf ja doch gar nicht so schlecht. Die Karriere war das Wichtigste. Auf das eigene berufliche Fortkommen hatte man wesentlich größeren Einfluss als auf die Gefühle seiner Mitmenschen.

»Aber in den beiden nächsten Wochen darf ich doch noch arbeiten?«, scherzte sie halbherzig.

Übermütig zwinkerte ihr der Galerist zu. »Mehr als Sie sich

vielleicht wünschen. In der Werkstatt warten schon einige Restaurierungen auf Sie.«

In den nächsten Tagen stürzte sich Esther in ihre Aufgaben und dachte kaum noch an Roberto. Wenn sie sich jedoch eine Pause gönnte, spürte sie einen Hauch von Trauer, der sich wie Nebel über ihr Herz legte, ein tiefes Bedauern darüber, dass Roberto d'Albertis zwar der perfekte Liebhaber für sie gewesen war, aber leider der falsche Mann. Zum ersten Mal erfuhr sie, wie schwierig es war, sich Erinnerungen zu verbieten, die sich immer wieder in ihr Gedächtnis schleichen wollten. Und mit ihnen auch die Sehnsucht, die ihr Denken und Fühlen bestimmen wollte.

Die Zusammenarbeit mit Maximilian Aschenbach war noch nie so angenehm gewesen, so locker, ja fast schon vertraut. Dadurch kam sie einige Male in Versuchung, ihren Chef auf das schwere Schicksal anzusprechen, das Roberto D'Albertis seinen Worten nach zu tragen hatte. Dann jedoch zwang sie sich, auch dies zu vergessen.

Wer war Conte Roberto d'Albertis schon? Was ging sie sein Leben an?

Nach einem langen Arbeitstag in der Galerie fuhr sie nun regelmäßig ans Isarufer. Dort stieg sie in die Laufschuhe und lief den Erinnerungen an Robertos Lippen, seine Hände, Augen, Haut und ihre gemeinsamen Nächte davon, in denen er sie auf eine Art befriedigt hatte, die sie sich bisher selbst in ihren kreativsten Träumen nicht hatte vorstellen können. Wenn sie danach nach Hause kam, fiel sie meistens müde ins Bett.

Dann endlich stand der Samstagabend bevor, den Esther als Allheilmittel für ihre derzeitige Situation ansah – das ›Alpen-Resort‹ stand auf dem Plan.

In den Tagen nach Esthers Abreise fühlte sich Roberto unwohl. Diffuse Kopf- und Magenschmerzen und eine ihm bisher unbekannte Antriebslosigkeit zeigten ihm, dass irgendetwas mit ihm nicht stimmte. Er weigerte sich jedoch, darüber nachzudenken, und stürzte sich in Umtriebigkeit. Er half sogar bei der Arbeit in den Weinbergen mit, was er sonst nur tat, wenn Not am Mann war. Abends saß er auf seiner Terrasse, las ein Buch oder hörte Musik, meistens den Bolero von Ravel, sein Lieblingsstück. Doch anders als früher tauchte bei dieser Musik immer häufiger ein neues Gesicht vor seinem inneren Auge auf, was ihm ein schlechtes Gewissen machte. Dieses Musikstück verband ihn doch mit Janina. Es war ihre Musik gewesen. Und jetzt schlich sich plötzlich beim Zuhören die »professoressa« in seine Gedanken?

Nach dem geilen Sex mit ihr im Olivenhain und später im Pool hatte er Abstand zu ihr halten müssen. Eigentlich wäre es für ihn selbstverständlich gewesen, sie zum Flughafen zu bringen. Sie war schließlich sein Gast gewesen und er hätte dafür Zeit gehabt, aber dieser Situation hatte er sich nicht aussetzen wollen. Vielleicht hätte sie zu viel in diese Geste hineininterpretiert. Vielleicht wären sie auf der Fahrt auf Themen zu sprechen gekommen, die er lieber mied. Dazu gehörte auch die Narbe an seinem Hals.

Nun war sie schon einige Tage wieder in Deutschland. Natürlich hatte sie sich nicht gemeldet. Das erwartete er auch nicht. Vielmehr war er darüber erleichtert, aber dennoch wanderte sie ihm immer noch durch den Kopf. Und das hatte nichts mit ihrem heißen Sex zu tun. Mit ihrer außergewöhnlichen Schönheit und ihrer besonderen Art hatte sie nicht nur seine Hormone durcheinandergebracht, sondern auch etwas anderes. Was genau, wollte er gar nicht wissen. Er spürte nur, dass er sich verändert hatte.

Ihre lockigen Haare, die wie lodernde Flammen über ihren Rücken fielen, ihre Augen, in denen er so viel Unsicherheit, aber auch so viel Leidenschaft gelesen hatte, berührten ihn. Ihre Klugheit, ihr Humor ... Dr. Esther Winkler passte in keine der ihm bisher bekannten Kategorien. Er konnte sich vorstellen, an einem Abend wie diesem einfach nur mit ihr zusammenzusitzen und sich zu unterhalten, über all die Themen, über die er mit den anderen Frauen nicht reden konnte.

Diese Erkenntnis brachte ihn ziemlich durcheinander, bescherte ihm ein Gefühl von Unsicherheit, das er nur aus seiner Jugend kannte. Es war ein verdammt unangenehmes Gefühl, das er eigentlich gar nicht wollte. Und trotzdem konnte er nicht dagegen ankämpfen.

»Roberto?«

Er zuckte zusammen.

Wie kam Silvia hier herein?

Er stand auf. Da durchquerte Silvia auch schon auf ihren roten High Heels sein Wohnzimmer – mit dem für sie so typischen Modelgang und ihrem Raubtierlächeln.

»Was machst du denn hier?«, fragte er alles andere als erfreut.

Sie setzte ihre Unschuldsmiene auf.

»Das Tor stand offen und da dachte ich ...«

»Dass du mich einfach so überfallen könntest«, fiel er ihr mit aufsteigender Wut ins Wort.

Silvia konnte er an diesem Abend nun wirklich nicht gebrauchen.

»Wir haben uns ja schon ein paar Tage nicht gesehen.«

Er vereiste innerlich. Er hasste es, wenn Frauen ihm nachliefen, etwas von ihm forderten, was er ihnen nicht geben wollte.

»Und? Was sagt dir das? Wenn ich dich sehen möchte, melde ich mich schon bei dir.«

Ihre dunklen Augen weiteten sich voller Unglauben. So barsch hatte er noch nie mit ihr gesprochen.

»Ich habe dich mehrmals angerufen und dir aufs Band gesprochen«, sagte sie mit dieser Kleinmädchenstimme, die er nicht ausstehen konnte.

»Ich weiß.«

Ihr Lächeln drückte irgendwas zwischen Unsicherheit und Empörung aus. »Soll das heißen, dass du keinen Kontakt mehr zu mir haben willst?«

Er holte tief Luft. »Silvia, ich bin momentan in einer Phase, in der ich überlege, wo ich stehe. Ich möchte bitte meine Ruhe haben.«

Sie zog die schwarzen Brauen zusammen. »Wie, wo du stehst? Was meinst du damit?«

Mehr musste sie nicht sagen. Das reichte ihm schon, um wieder einmal einzusehen, dass sie ihn überhaupt nicht verstand. Sie war einfach zu jung. Und zu oberflächlich, um nicht zu sagen, einfach dumm. Schön und dumm, wobei er Schönheit inzwischen auch anders definierte.

»Was ist das, was du da hörst?«, erkundigte sie sich mit skeptischem Blick auf die Stereoanlage.

Roberto schaltete daraufhin die Anlage aus.

Bolero und Silvia, das passte nicht. Nach Janina hatte er keine Frau kennengelernt, die dieses Orchesterstück genauso liebte wie er. Und das war auch gut so.

»Ich möchte jetzt allein sein«, sagte er nun eindringlicher.

»Was heißt denn das jetzt wieder?« Ihre Stimme rutschte eine Oktave höher.

»Zwischen uns ist es aus«, erwiderte er ruhig. »Wir hatten

unseren Spaß, aber wir wussten beide, dass dieser zeitlich begrenzt war. Ich habe von Anfang an gesagt, dass ich keine feste Beziehung haben möchte.«

»Ja, aber … aber doch eine Sexbeziehung.« Völlig verständnislos sah sie ihn an. »Ich meine, unser Sex war doch echt super.«

Er lächelte. »Mir ist die Lust abhandengekommen, cara. Ich werde alt.«

Ihre Augen weiteten sich voller Schreck. »Echt? Du meinst, du bekommst keinen mehr hoch?«

Er nickte ernst, obwohl ihn ein belustigtes Lachen in der Kehle kitzelte.

Da setzte sie ihr verführerisches Lächeln auf, kam auf ihn zu und wollte gerade ihre Hand an seinen Schritt legen, doch er konnte sie noch früh genug bremsen und hielt sie am Handgelenk fest.

»Gib dir keine Mühe, Silvia. Und mach bitte keine Szene. Es ist aus. Du bist eine wunderschöne Frau. Du findest bestimmt schnell einen besseren Typen als mich, einen, der dir mehr zu bieten hat.«

Mit sichtlich verstörter Miene trat sie ein paar Schritte zurück.

»Es ist wirklich aus?«, vergewisserte sie sich noch einmal. »Hast du eine andere?«

»Im Kopf.«

Sie schien zu überlegen, das sah er ihr an. Schließlich sagte sie für ihn überraschend sachlich: »Die dottoressa aus Deutschland, nicht wahr?«

Diesen Instinkt der Frauen unterschätzte er einfach immer wieder.

»Si«, erwiderte er nur und nickte.

Silvias Schultern fielen herab, sie presste die vollen Lippen aufeinander. Dann gab sie einen tiefen Seufzer von sich. Als sie ihn wieder ansah, standen Tränen in ihren Augen.

»Tja dann ... Dann wünsche ich dir alles Gute.«

Zum Abschied nahm er ihre Hand, führte sie zu seinem Mund und deutete einen Kuss an.

»Ich wünsche dir auch alles Gute. Und einen Mann, der dich liebt und schätzt.«

Sie nickte nur, drehte sich um und lief aus dem Zimmer.

Roberto nahm sich vor, Paolo daran zu erinnern, das Tor zukünftig stets zu verschließen. Es gab zu viele Silvias in seinem Leben, als dass er sie alle ungebeten hier auf seiner Terrasse sehen wollte.

Dann schaltete er die Musik wieder an und gab sich seinen Erinnerungen hin, denen aus fernen Zeiten und denen aus der jüngsten Vergangenheit.

Das ›Alpen-Resort‹ lag im Süden von München. Das Hauptgebäude war ein ehemaliges Jagdschloss, das hoch oben auf einem Hügel thronte. Hinter diesem ragte ein im Alpenstil gebauter dreistöckiger Neubau in den wolkenlosen Himmel. In ihm waren Innen- und Außenschwimmbad, Wellnessbereich, Sportbereich, mehrere kleine Kinos und diverse Zimmer für sonstiges Vergnügen untergebracht. Die Urlaubsgäste wohnten in gemütlich und individuell ausgestatteten Zimmern im alten Jagdschloss. Wer nur eine Tageskarte kaufte, wurde auf direktem Weg in den Neubau geführt, der ebenfalls über ein Drei-Sterne-Restaurant, eine Bar und eine riesige Terrasse mit Aussicht auf das Mangfallgebirge und den Wendelstein bot.

Hier saßen sie nun, die drei Freundinnen, mit völlig unterschiedlichen Gefühlen, aber gleichen Erwartungen. Sie wollten guten Sex. Sie tranken Prosecco und probierten von den Käsehäppchen.

»Ist das herrlich hier«, schwärmte Lena. Sie meinte den Ausblick auf die Alpenkette. Es herrschte Föhn, der die Gipfel zum Greifen nah brachte.

»Wirklich toll.« Esther nickte. Sie liebte die Berge.

»Aber noch toller sind die Typen hier«, sagte Anna mit glänzenden Augen.

Die zweifache Mutter schien beim Betreten des Resorts alle Hemmungen über Bord geworfen zu haben, was Esther nicht von sich behaupten konnte. Dennoch stimmte sie ihrer Kusine zu. Lena hatte nicht zu viel versprochen. Die jungen Männer sahen alle aus wie Models. Sie trugen knackig sitzende Trachtenhosen aus schwarzem Nappaleder mit heller Federkielstickerei und Hosenträgern. Darunter trugen sie nichts. Man sah nur seidenglatte goldbraune Haut und Muskeln, an den Füßen schwarze Haferlschuhe mit gleichfarbigen grob gestrickten Socken, die bei jedem sportliche Waden freigaben. Alle wirkten umwerfend männlich. Keine Schönlinge, sondern genau die Männertypen, von denen Frauenherzen träumten. Breite Schultern zum Anlehnen, kräftige, aber dennoch sensible Hände zum Streicheln und die ruhige Ausstrahlung des sprichwörtlichen Fels in der Brandung.

Anna – geschminkt, frisch frisiert, in hohen Pumps und Etuikleid, das sie trotz der weiblichen Rundungen überraschend attraktiv machte – beugte sich zu Lena hinüber.

»Gibt es hier eigentlich auch das Umgekehrte?«

»Wie meinst du das?«

»Frauen für Männer?«

»Nein. Dieses Resort ist nur für Frauen«, klärte Lena sie mit sachkundiger Miene auf. »Eine tolle Geschäftsidee, finde ich. Natürlich können auch ganz normale Paare hier Urlaub machen. Die sind jedoch in einem anderen Bereich untergebracht.«

Anna räusperte sich. »Und wie ist das, wenn du als Frau eine Frau …?«

»Auf Wunsch gibt es alles. Aber du willst doch …?«

»War nur eine Frage. Natürlich will ich einen Mann.«

»Hier.« Lena verteilte drei Prospekte aus Glanzpapier. »Da steht alles drin. Alle Angebote, mit Preisen. Bademäntel, Handtücher und Badeschlappen sind inbegriffen. Kondome, Gleitmittel und sonstiges Zubehör natürlich auch.«

Anna blinzelte sichtlich irritiert. »Zubehör?«

»Dildos, Vibratoren, Liebeskugeln, Sado-Maso-Spielzeug und so.«

Die Noch-Ehefrau schluckte. »Also ich für meine Person … Eigentlich will ich es ganz normal.«

»Dann sollst du das auch bekommen«, beruhigte Lena sie.

Sie trug einen Jogginganzug, wie zu einem Tennisdate. Esther trug die Sachen aus Florenz und kam sich darin ziemlich overdressed vor. Die anderen Damen um sie herum, sie schätzte deren Alter ab dreißig Jahre aufwärts bis in die Sechzig, waren ebenfalls leger gekleidet. Später zogen sie sich ja eh alle aus oder wurden ausgezogen.

Anna trank ihr Glas aus. Abwartend sah sie Lena an. »Und jetzt?« Nervös rutschte sie in dem Rattansessel hin und her.

»Entspann dich mal, Schatz«, meinte Lena lässig. »Wir sind doch hier, um uns zu erholen.«

Esthers Herz schlug schneller, seit sie das Resort betreten hatte. Die Atmosphäre gefiel ihr. Sie glich der eines First-Class-Hotels, wie sie es aus Reiseprospekten kannte. Der Standort des Resorts, inmitten blühender Bergwiesen mit Blick auf noch weiße Gipfel und dem Duft von Kühen und Kräutern in der Luft, gaukelte jedem Ankömmling Normalität vor. Urlaubsstimmung auf hohem Niveau. Nur die hohen Mauern und der Pförtner an dem schmiedeeisernen Tor wiesen darauf hin, dass nicht jeder Zutritt zu dem Gelände bekam. Und wenn, dann auch nur mit Voranmeldung. Eine Oase der Lust inmitten der Bergwelt. Wahrlich eine sehr extravagante Geschäftsidee.

»Wer sind die Männer hier?«, erkundigte sich Anna. »Ich meine, wer macht solche Jobs?«

»Die meisten von ihnen sind Studenten, Fitnesstrainer, Models oder arbeitslose Akademiker«, wusste Lena zu berichten. »Sie arbeiten meistens nur eine Zeitlang hier, verdienen gutes Geld und gehen dann wieder.«

»Und wer sucht sie aus?«

»Hauptsächlich geht das unter der Hand durch Mundpropaganda. Die Besitzerin entscheidet dann, wen sie einstellt. Es gibt zwei Frauen hier, Ausbilderinnen sozusagen, die sie testen und gegebenenfalls weiterbilden.«

»Weiterbilden?« Anna machte große Augen.

Lena lachte herzlich. »Auf die Bedürfnisse der Frauen trimmen, was Frauen mögen und so. Die Ausbilderinnen sind spitze, das kann ich euch aus eigener Erfahrung sagen.«

»Unglaublich.« Anna schüttelte den Kopf. »Dass es so etwas gibt.«

»Für Männer gibt's das seit Jahrtausenden, warum also nicht für Frauen?«, entgegnete die Karrierefrau. »Wir leben im Zeitalter der Gleichberechtigung.«

Esther hatte sich derweil umgeschaut.

Am Nebentisch flirtete eine attraktive ältere Frau in Stoffhose und klassischem Twinset heftig mit einem der Lederhosenjungs, einem kernigen Typen, der sich auch gut auf einer Alm gemacht hätte. Sie schätzte die Dame auf um die fünfzig. Der Blonde umschwärmte sie ganz offensichtlich.

Ihre Augen strahlten dabei mit der Sommersonne um die Wette.

Es tut ihr gut, dachte Esther. Warum also nicht.

»Wie weit du hier gehst, obliegt dir ganz allein«, hörte sie Lena weiter dozieren. »Von Kuscheln bis Sado-Maso bekommst du alles geboten, aber auch nur dann, wenn die Chemie stimmt und gegenseitige Sympathie vorhanden ist. Bei den Jungs steht die Lust der Frau im Vordergrund. Nicht ihr eigenes Verlangen. Wenn du plötzlich feststellen solltest, dass du aufhören willst, wird das akzeptiert. Die Männer sind auf Manieren, Zurückhaltung und Stil trainiert.«

»Beruhigend zu wissen«, murmelte Anna trocken. »Wie geht es denn jetzt weiter?«

»Such dir einen aus und flirte. Dann merkst du schnell, ob er der Richtige für dich ist.«

Esther war ein großer Dunkelhaariger aufgefallen mit glänzenden Locken, die ihm auf die goldbraunen Schultern fielen. Seine Beine besaßen den sanften O-Schwung, der sie anmachte. Er hatte sie eindringlich angesehen, als sie die Terrasse betreten hatte. Ja, ein Latin-Lover-Typ, zwar nicht mit der gleichen magnetischen Anziehungskraft auf sie wie Roberto d'Albertis, aber durchaus sehr attraktiv und auch sympathisch. Sie hatten schon ein paar Blicke miteinander gewechselt, während er Getränke und Essen servierte.

»Gefällt er dir?« Lenas geschultem Auge war ihr Interesse nicht entgangen.

»Ja«, antwortete sie mit belegter Stimme.

»Ich kenne ihn. Als Einsteigermodell ist er super.«

Konsterniert sah sie ihre Freundin an. Als wenn es hier um den Kauf eines Computers ginge.

Dann musste sie lachen. Laut und herzlich. Ein paar Frauen schauten zu ihr hinüber, neugierig und belustigt, sie lächelten. Keine pikierten Blicke, keine dummen Bemerkungen. Hier war jede gut gelaunt und gönnte jeder Lebensfreude.

Auch der junge Mann, um den es ging, sah zu ihr herüber. Ihm schien ihr Lachen zu gefallen. Sie tauschten wieder einen Blick, er fragend, ein wenig unsicher. Sie lächelte zu ihm hinüber. Dann stellte er das Tablett auf die Bar und kam auf sie zu.

»Darf ich Ihnen noch etwas zu trinken bringen? Oder zu essen? Oder darf ich sonst etwas für Sie tun?«

Da spürte sie einen Tritt unterm Tisch. Eindeutig aus Lenas Richtung.

Was sollte sie jetzt darauf antworten? Das hatte sie ihre Liebesexpertin dummerweise nicht vorher gefragt.

»Was denn zum Beispiel?«, fragte sie, während sein Blick ihren festhielt.

»Ich könnte Ihnen unsere Anlage zeigen«, schlug er vor. »Wenn Sie mögen«, fügte er dann rasch hinzu, wobei er einen Schritt zurücktrat.

Soll ich oder nicht? Sie musste sich entscheiden. Jetzt oder nie. Sie wollte Roberto vergessen, dem Sex mit ihm die Bedeutung nehmen, die Einmaligkeit. Sie musste ihn austauschen durch einen anderen Mann.

»Das ist eine sehr gute Idee.« Ihre Entscheidung war gefallen. »Ich bin zum ersten Mal hier.«

»Es ist mir ein Vergnügen«, sagte der Hotelangestellte, mit einem Lächeln, als würde er diese Herzlichkeit auch tatsächlich empfinden.

»Wir sehen uns oder telefonieren spätestens morgen.« Lena zwinkerte Esther zu und kümmerte sich dann wieder um Anna, um sie bei der Suche nach einem passenden »Service-Mitarbeiter« zu unterstützen.

Für die Karrierefrau war dies der schönste Tag. Heute ging es ihr nicht ums eigene Vergnügen, heute wollte sie ihre besten Freundinnen einführen in die Wonnen, die sie regelmäßig genoss.

»Mein Name ist Thomas«, stellte sich der Lederhosentyp vor, als er sie am Ellbogen von der Terrasse in die Hotellobby führte. »Ich bin Medizinstudent.«

Eine gute Voraussetzung, um etwas von der Anatomie des Körpers zu verstehen, ging Esther durch den Sinn.

»Esther«, sagte sie nur.

Die Eingangshalle war im alpinen Stil eingerichtet. An den weiß getünchten Wänden der breiten Gänge hingen Geweihe und andere Jagdtrophäen. Holzschilder, liebevoll verziert mit Trachtenmotiven, wiesen dem Gast den Weg zu Wellness- oder Fitnessbereich.

Alles sah ganz normal aus, wie in einem ganz normalen Hotel. Das gemütlich anmutende Ambiente mit den liebevoll gestalteten Details ließ keinen Gedanken an etwas Anrüchiges aufkommen, nicht im Entferntesten den Gedanken an ein Bordell. Und hätte Thomas unter den Hosenträgern ein weißes Leinenhemd getragen, hätte Esther glauben können, sie wäre am falschen Ort. Allein dieser ganz normale Name »Thomas« und der jungenhafte natürliche Charme des Studenten täuschten darüber hinweg, dass er als Callboy arbeitete. Aber was hatte sie erwartet? Roten Plüsch, schummriges Licht, schwülstige Atmosphäre, Fotos nackter Männer in Lack und Leder mit erigiertem Penis an den Wänden? Dieses Etablissement war für Frauen gemacht, die zur Einstimmung ein bisschen Stil brauchten, anders als die meisten Männer.

Am Indoorpool lagen zwei Paare auf jeweils einer Doppelliege, Meter voneinander entfernt. Die eine Frau trug einen Bikini, die andere einen Einteiler, die Männer Badeshorts. Beide Paare unterhielten sich, lachten. Keine Spur irgendeiner sexuellen Berührung.

Thomas musste ihr ihre Verwirrung angemerkt haben. Er lächelte sie an.

»Hier ist alles erlaubt«, klärte er sie auf. »Auch, nichts miteinander zu machen. Manche Frauen kommen zu uns, weil sie einfach nur ein Date haben möchten, etwas am Wochenende vorhaben möchten, ein paar Komplimente hören, vielleicht ein offenes Ohr oder sonst etwas. Der Preis ist immer der gleiche.«

Sie gingen an mehreren kunstvoll geschnitzten Türen aus Zirbenholz vorbei. »Kino« stand auf den Schildern.

Esther blieb stehen. »Und was passiert hier?«

Thomas legte den Zeigefinger vor den Mund und öffnete behutsam.

Der Raum war klein, ohne Fenster. Auf der Leinwand lief ein Porno. Im Lichtstreifen des Monitors erkannte sie auf dem französischen Bett ein Paar, das sich gerade vergnügte.

Sie wandte sich ab, ihr Begleiter schloss die Tür.

»Manche Frauen turnt so ein Softporno an, besonders, wenn sie zum ersten Mal mit einem ihnen fremden Mann schlafen. Die Dunkelheit im Raum gibt ihnen zudem noch den nötigen Schutz.«

Sie leckte sich über die Lippen. Ihr Mund fühlte sich inzwischen vor Aufregung staubtrocken an.

Thomas führte sie eine breite Treppe hinauf in den ersten Stock. Dunkle Holzbalken und Kutschenlaternen an den Wänden des Ganges vermittelten eine rustikale Atmosphäre. Sie verströmten ein weiches Licht. Auf dem Boden lagen Felle. Esther kam sich vor wie in einem exklusiven Landhaus.

»Hier liegen die Zimmer mit besonderer Ausstattung«, erklärte ihr Thomas. »Ein Harem, eine Polizeistube, eine Opferstätte ... Wir versuchen, die Fantasien der Frauen Wirklichkeit werden zu lassen.«

Opferstätte?, dachte sie verwirrt. Dort sah sie sich nun wirklich nicht.

In diesen Gedanken hinein drang ein Stöhnen – und es wurde mit jedem Schritt lauter.

Thomas blieb vor dem Zimmer stehen, aus dem die Töne drangen. Die Tür stand offen. Er nahm ihre Hand, zog sie zu sich heran und trat hinter sie, so dass sie freie Sicht in den Raum hatte.

Er war klein, eingerichtet wie eine Tenne. Roh gezimmertes Holz an Decken und Wänden, ein Bock mit Sattel und Decken, in der Ecke stand eine Mistgabel, auf dem Boden lag frisches Heu, das einen intensiven Duft verbreitete. Eine Stalllaterne warf ein diffuses Licht auf die Frau an der Wand. Sie war halbnackt, ihre Beine weit gespreizt, ihre Fesseln waren mit Ledergurten an der Wand befestigt. Sie trug ein Dirndl, dessen Rock in den Schürzenbund eingeschlagen war. Ihre Augen waren mit einem schwarzen Tuch verbunden. Zwischen ihren Schenkeln kniete ein Mann, einer der jungen Männer in Lederhosen, und leckte ihre Vulva. Unter seinen sanften Berührungen wand sich ihr Körper wie eine Schlange. Sie schob ihm ihren Unterleib entgegen, sodass Esther ihre dunkelrote Spalte sehen konnte. Es war eindeutig, sie wollte mehr.

Beim Anblick des Paares verspürte sie ein Kribbeln zwischen den Beinen. Ihr Blut begann schneller durch die Adern zu laufen. Ihr wurde heiß. Sie hätte gelogen, wenn sie behauptet hätte, dass sie dieser Anblick kalt ließ. Bei Roberto und Silvia hatte sie zum ersten Mal bemerkt, dass Zuschauen sie erregte.

Jetzt griff der Mann neben sich ins Stroh. In der Hand hielt er einen rosafarbenen Vibrator mit Noppen. Esther hörte das leise Summen, als er ihn einschaltete. Als die Frau das Geräusch hörte, stöhnte sie sehnsüchtig auf. Mit der rechten Hand fuhr sie langsam in Richtung ihres Schoßes, öffnete sich dann vorsichtig die geschwollenen Schamlippen und verteilte die Feuchtigkeit auf ihrer Spalte.

»Fick mich mit ihm«, flüsterte sie rau. »Ich bin so geil. Schieb ihn mir rein, aber langsam. Ganz langsam.«

Der Mann gehorchte.

Esther sah gebannt zu, wie der Vibrator in der Vagina der Fremden verschwand, hörte ihren leisen Lustschrei, beobachtete, wie ihre rechte Hand ihre überraschend große Klitoris rieb und die linke ihre Brüste knetete, die aus dem Dirndlausschnitt herausquollen. Während ihr Liebesdiener das Spielgerät in ihrem Schoß rhythmisch bewegte, was jedes Mal ein schmatzendes Geräusch verursachte, keuchte die Frau lauter. Sie reizte sich unten schneller, spannte mit der anderen Hand ihre Schamlippen, sodass ihre Klitoris groß hervorragte.

»Schneller«, sagte sie rau. »Mach es mir. Jetzt. Ich muss das verdammte Ding in mir spüren. Tiefer ...«

Esther sah den Vibrator immer wieder bis zum Anschlag in ihrem feuchten roten Fleisch verschwinden, ihre prallen dunklen Schamlippen schienen ihn zu verschlingen. Die Frau geriet in Ekstase, bewegte ihre Hüften, rieb sich wie von Sinnen die Perle.

Esther wurde klar, wie sehr sie selbst danach lechzte, berührt zu werden. Sie war schon ganz feucht. Da schob jemand von hinten ihren Rock hoch. Ganz automatisch stellte sie die Beine auseinander, sodass die Hände, die an den Innenseiten ihrer Schenkel hochglitten, Zugang zu ihrem Slip finden konnten. Ihr Herz begann zu hämmern, als die Frau sichtbar auf ihren Höhepunkt zusteuerte, und das Brennen in ihrem Schoß steigerte sich.

Esther sah, wie die Dirndlträgerin ihren Liebesdiener keuchend anflehte, nicht aufzuhören. Währenddessen verschwand Thomas' Hand in Esthers Schritt und verteilte ihren Saft über ihre Spalte. Sanft teilte er mit seinen Fingern ihre Schamlippen und berührte ihren bereits pochenden Kitzler.

Der Körper der Frau begann zu vibrieren, als würde er unter Strom stehen. Nach einem lauten Aufstöhnen sackte die Frau erschöpft zusammen. Sie hatte ihren Höhepunkt erreicht. Thomas' kundige Finger, die Lustschreie der Frau und deren fordernde Bewegungen, selbst ihre hemmungslose Ausdrucksweise und ihre ausgiebige Selbstbefriedigung, schürten Esthers Lust. Aber nur für wenige Sekunden.

Die Berührung des Medizinstudenten fühlte sich anders an als die von Roberto, wenn auch durchaus erregend. Und Thomas' Finger hätten ihr auch mühelos einen Orgasmus bescheren können, wenn sie es hätte zulassen wollen. Irgendetwas jedoch fehlte ihr. Schlagartig wurde ihr klar, dass sie die sexuellen Höheflüge mit Roberto nur hatte erleben können, weil er sie nicht nur als Sexualpartner fasziniert hatte, sondern auch als Mann, als Mensch. Er besaß eine Verletzlichkeit, die sie innerlich berührte, etwas Geheimnisvolles, das sie reizte. Sie hatte sich ihm nah gefühlt, auf eine völlig irrationale Weise.

»Nein.« Sie hielt die Hand des Medizinstudenten fest, hart und unwiderruflich. »Nein«, sagte sie etwas leiser und weicher, trat zur Seite, schob hastig ihren Rock hinunter, obwohl ihr Slip noch verrutscht war. Dann drehte sie sich zu dem jungen Mann um, der sie erstaunt ansah.

»War ich schlecht?«, fragte er mit unterdrückter Stimme.

Sie schluckte, schüttelte den Kopf und zog ihn von der Tür weg.

»Nein, alles okay. Es liegt an mir. Ich habe gedacht, dass ich ... Aber ich will doch nicht.«

Sie wandte sich ab, eilte den Gang zurück bis zur Treppe. Dort hielt Thomas sie zurück.

Ihre feuchte Spalte pulsierte immer noch, und sie sehnte sich danach, so schnell wie möglich die Spuren ihrer Erregung abzuwaschen.

Sie wusste nicht, was Thomas jetzt noch von ihr wollte, verspürte nur ein unangenehmes Gefühl, zu allen anderen, die in ihr tobten.

Er legte ihr die Hände auf die Schultern, drehte sie zu sich, sodass sie ihn ansehen musste.

»Falls du hier einen anderen Mann vergessen willst, eine Enttäuschung oder gar eine Liebe, funktioniert das nicht«, sagte er ernst. »Viele Frauen kommen zu uns, um Vergessen zu suchen. Wenn sie danach wieder zu Hause sind, überfällt sie der gleiche Kummer aufs Neue. Und manchmal dazu noch ein schlechtes Gewissen. In diesen Fällen hilft eher Reden als Sex. Und zwar darüber, wie wir Männer ticken. Ob du es glaubst oder nicht, wir besitzen außer unserem Schwanz auch noch eine Seele.«

Seine Worte verschlugen ihr kurz die Sprache. Sie konnte ihn nur anstarren.

»So jung und schon so weise?«, fragte sie dann mit halbherzigem Lächeln.

»Hier lerne ich die Frauen kennen. Nicht nur körperlich. Und auch viel über ihre Partner, wenn sie von ihnen erzählen.«

»Willst du Gynäkologe oder Psychiater werden?«

»Ich will in die Palliativmedizin. Menschliches Einfühlungsvermögen ist gerade in diesem Fachbereich sehr wichtig.«

»Palliativmedizin?« Verwirrt blinzelte sie zu ihm hoch. »Das ist Schwerstarbeit für einen Mediziner.«

»Ich bin gut geerdet, sonst könnte ich das hier nicht machen.« Er lächelte sie an. »Lena kenne ich. Der Rotblonden steht in den Augen geschrieben, dass sie es heute wissen will. Um jeden Preis. Bei dir jedoch habe ich sofort gespürt, dass du hier fehl am Platz bist. Nicht cool genug. Vielleicht noch zu wenig enttäuscht, zu wenig verzweifelt. Du hast noch so etwas Unschuldiges an dir. Sex mit dem Richtigen, dabei bist du bestimmt gut. In dir schwelt ein Feuer, aber Sex nur des Aktes wegen, so ein Typ bist du nicht. Sag mir, falls ich mich irre«, fügte er lächelnd hinzu.

Sie konnte nur den Kopf schütteln.

Er griff in den bestickten Latz der Hosenträger und zog eine Karte hervor. »Hier, für alle Fälle. Auch fürs Reden.«

Esther hätte nicht sagen können, warum ihr plötzlich die Tränen in die Augen stiegen. In einer solchen Situation, in einem solchen Etablissement ... Aber Thomas' Verhalten zeigte so viel Einfühlungsvermögen, so viel Verständnis, so viel Reife für einen jungen Mann seines Alters, dass sie ganz gerührt war.

Ja, sie hatte Roberto aus ihrem Herzen kicken wollen. Dieser Weg, ihn quasi aus ihrem Hirn wegzuvögeln, war jedoch nicht ihr Weg. Der kostspielige Besuch im ›Alpen-Resort‹ hatte sie um eine Erkenntnis reicher gemacht: Sie hatte nun die Gewissheit, dass kein Mann ihre Erinnerungen an den italienischen Meister der sinnlichen Verführung vertreiben konnte. Und als wäre diese Erkenntnis nicht schon genug, sah sie jetzt auch noch Robertos Gesicht innerlich vor sich, mit seinem typischen Lächeln und den wunderschönen Onyxaugen.

Als sie später in ihrem Wagen saß und zurück nach München fuhr, nahm sie sich vor, das Thema Sex und Männer zuerst einmal gänzlich wieder aus ihrem Leben zu streichen. Sie war doch ganz gut gefahren mit ihrer Arbeit in der Galerie, ihren Büchern, ihrem Sport und den gelegentlichen sexuellen Träumen. Und die Erinnerungen an den Conte würden auch bald verblassen. Es war ja glücklicherweise noch keine Liebe gewesen, höchstens vielleicht ein bisschen Verliebtheit.

Am nächsten Morgen rief Anna an. Um acht Uhr.

»Wo bist du denn gestern abgeblieben?«, erkundigte sie sich besorgt, aber gleichzeitig auch ein wenig vorwurfsvoll. »Lena und ich haben hinterher noch einen Kaffee getrunken. Auf dem Handy konnten wir dich auch nicht erreichen.«

Esther lachte in sich hinein.

So wie Anna darüber sprach, klang es, als wären die beiden im Kino gewesen.

»Ich bin nach Hause gefahren«, antwortete sie.

»Und? Wie war's bei dir? Ich kann dir sagen, das war nicht das letzte Mal für mich. Dieser Laden hat Suchtpotenzial«, legte Anna temperamentvoll los, ohne Esthers Antwort abzuwarten. »Ich habe mich zuerst im Fitnessstudio umgesehen, weil ich dachte, damit tu ich auch was gegen mein Übergewicht. Und siehe da. Dort habe ich einen Typen kennengelernt. Der war vielleicht süß. Dreiundzwanzig. Ausgebildeter Fitnesstrainer und unheimlich sympathisch. Wir hatten echt Spaß. Er gab mir das Gefühl, auch wieder Anfang zwanzig zu sein. Er hat mir gesagt, welche Partien ich trainieren und was ich in den nächsten Wochen essen soll. Dann würden die Pfunde beim Zuschauen purzeln.« Anna schnappte nach Luft. »Hörst du mir überhaupt zu?«

»Klar höre ich dir zu.« Esther lächelte vor sich hin.

Das war wieder die Anna wie in ihren besten Zeiten. Voller Leben, ein bisschen leichtsinnig vielleicht, lustig und unkompliziert. »Und dann?«, erkundigte sie sich.

Neugierig war sie schon darauf, was ihre Kusine nach der Einführung in die Ernährungs- und Fitnesslehre gemacht hatte.

»Danach ...« Sie sah Anna geradezu dahinschmelzen. »Danach hat er's dann mit mir getrieben.«

Getrieben? So hatte sich Anna noch nie ausgedrückt.

»Aha.«

»Auf der Liege. Weißt du, auf dem Ding, auf dem man die Beinmuskeln trainiert. Es hat sich fast ganz von selbst ergeben. Da war auch ganz egal, dass ich etwas verschwitzt war. Es war total natürlich. Niemals hätte ich gedacht, dass ich das könnte, aber Andreas war so nett. Er hat mir sämtliche Hemmungen genommen und gemeint, wenn ich öfter kommen würde, würde er mir zur Traumfigur verhelfen.«

Esther schluckte. »Ich glaube, in einem der Fitnessstudios in der Stadt könntest du das billiger haben.«

»Aber nicht den Sex. Und den will ich. Seit gestern kann ich Lena verstehen. Das ist da alles so unkompliziert. Die Männer stellen sich echt ganz auf dich ein. Du kannst sagen, was du willst, wonach dir ist. Sag das mal deinem Partner. Der glaubt doch dann, er würde was falsch machen. Also zumindest Rolf. Wenn ich dem gesagt habe, wie ich es gerne hätte, dann schlaffte er sofort ab, weil er sich gemaßregelt fühlte.« Anna klang selbstbewusst und entschlossen. »Ich werde mich jetzt erst einmal ausleben. Natürlich liebe ich meine beiden Jungs und ich liebe es, Mutter zu sein, aber ein Tag in der Woche gehört ab jetzt mir.«

»Und Andreas«, fügte Esther trocken hinzu.

Anna lachte schallend auf. »Exakt.«

Einen Augenblick lang herrschte Stille in der Leitung.

»Sag mal, du hast mir immer noch nicht gesagt, wie es bei dir war«, sagte Anna dann.

»Bei mir war nichts. Ich bin wieder gegangen.«

»Du bist ...« Ihrer Kusine blieben die Worte im Hals stecken.

»Warum?«

»Weil ich nicht konnte. Ich bin nicht der Typ für so was.«

Wieder lag tiefes Schweigen in der Leitung.

»Wegen dem Conte, stimmt's?«

Esther seufzte. »Ehrlich, ich habe keine Ahnung. Kann sein, aber vielleicht liegt es auch nur an meiner Einstellung zur käuflichen Liebe. Ich meine das nicht im moralischen Sinn. Ich brauche einfach mehr als nur eine Anmache. Bei mir ist der Sex auch bezogen auf den Mann. Obwohl ich Thomas total sympathisch fand und auch sehr attraktiv, kam da nichts rüber.«

»Oh Mann, Esther, das ist doch auch der Sinn der Sache. Stell dir vor, du würdest dich in einen der Männer im Resort verlieben. Das wäre doch eine Tragödie. Du weißt schon beim Betreten des Geländes, dass alles nur ein Vergnügen ist, ohne Verpflichtungen, ohne Zukunft. Ich finde das in meiner gegenwärtigen Situation supergut.«

»Und ich kann das nicht«, entgegnete Esther energisch. »Als ich das erste Mal mit Roberto Sex hatte, habe ich auch keine Bindung oder etwa eine Zukunft im Sinn gehabt. Trotzdem war da von meiner Seite aus eine unheimlich starke Anziehung, die nicht nur äußerlicher Art war. Roberto hatte etwas an sich, das mich berührte. Anders ausgedrückt, es war etwas zwischen uns, eine Übereinstimmung, eine innere Nähe, so blöd das auch jetzt für dich klingen mag ...« Sie verstummte.

Sie wusste, wie wenig Anna mit diesen Worten anfangen konnte.

Prompt antwortete ihre Kusine auch: »Mensch, Esther, jetzt steig bloß nicht auf dieses übersinnliche Brett. Das hast du dir nur eingebildet. Ein Mann, der jeden Tag eine andere Frau hat, ist eine reine Sexmaschine und beherrscht die Spielarten und das ganze romantische Drumherum genauso gut wie die Lederhosenjungs im ›Alpen-Resort‹. Nur dass sein Sex nix kostet.«

»Danke.« Esther schluckte. »Aber trotzdem. Roberto muss irgendwann einmal etwas Schlimmes durchgemacht haben. Das weiß ich von meinem Chef und von Maria, seiner Haushälterin. Es kann doch sein, dass er früher ganz anders war, ein Mann mit Gefühlen, treu und zuverlässig.«

Anna sagte lange Zeit nichts mehr. So lange, dass Esther schon glaubte, die Leitung wäre getrennt worden.

»Anna?«

»Esther? Geht es dir gut?«, erkundigte sich ihre Kusine in einem Ton, als würde sie ernsthaft um ihr Wohl fürchten.

Esther atmete hörbar aus. »Ich weiß, das alles muss in deinen Ohren ziemlich dämlich klingen. In meinen ja genauso. Also lassen wir das. Ich hoffe, es wird euren Spaß im Resort nicht schmälern, wenn ich zukünftig zu Hause bleibe.«

»Ich kann dich sogar verstehen«, antwortete Anna nun sehr sanft. »Wenn ich frisch verliebt statt so unheimlich frustriert und hungrig auf Sex wäre, würde ich auch nicht dorthin hinfahren. Wir beide befinden uns halt in zwei völlig unterschiedlichen Lebenssituationen. Aber nichtsdestotrotz, ich hab dich lieb.«

Das Erlebnis im ›Alpen-Resort‹ hatte Esther noch einmal bewusst gemacht, dass sie Roberto d'Albertis vergessen musste. Und zwar per Kraft ihres Verstandes, auf den sie sich doch vorher immer hatte verlassen können. Sie wollte ihr geordnetes überschaubares Leben zurückhaben, in dem kein Platz für einen Conte aus Italien war.

Zu Beginn der Woche gab es in der Galerie viel Arbeit, die sie tagsüber ablenkte. Maximilian Aschenbach überließ es ihr, einige Expertisen zu schreiben, eine Aufgabe, die er vorher selbst übernommen hatte.

»Sie schaffen das schon«, sagte er mit väterlichem Lächeln. »Ich schaue dann nur noch einmal drüber.« Zwinkernd sah er sie an. »Vergessen Sie nicht, kommende Woche haben Sie Urlaub. Wissen Sie schon, wohin es gehen soll?«

An diese freien Tage wollte sie eigentlich gar nicht erinnert werden.

»Ich bleibe zu Hause«, erwiderte sie in freudlosem Ton.

»Frau Dr. Winkler.« Ihr Chef klang nun streng. »Wir leben nur einmal. Und glauben Sie mir, meine Liebe, in der Jugend ist's schöner als im Alter, wenn sich die ersten Schwächen und Gebrechen zeigen. Ich weiß, wovon ich rede. Vergnügen Sie sich jetzt.«

Unwillkürlich musste Esther an die Dildos und Vibratoren im Gästezimmer des Palazzos denken, das eigentlich für den Galeristen vorgesehen gewesen war. Sie biss sich auf die Lippen, um nicht zu lachen.

»Mal sehen, irgendetwas wird mir schon einfallen«, erwiderte sie und sah ihn voller Sympathie für ihn an. »Vielleicht werde ich eine ehemalige Kommilitonin in Hamburg besuchen.«

»Hamburg, das klingt gut«, stimmte Maximilian Aschenbach wohlgefällig zu. »Falls Sie dorthin fahren sollten, werde ich Ihnen ein paar hübsche Restaurants nennen.« Er schob den Ärmel seines karierten Jacketts zurück und warf einen Blick auf seine Armbanduhr, ein auffällig mit Brillanten besetztes Stück aus dem Art Deco.

»Wo bleibt denn nur das Taxi, das ich bestellt habe?« Suchend schaute er durch das Schaufenster. »Ich werde heute nicht mehr in die Galerie zurückkommen«, sagte er mit einem Lächeln, das andeutete, eine ganz besondere Verabredung zu haben. »Ich habe mir heute Nachmittag freigenommen

»Dann wünsche ich Ihnen viel Spaß.« Esther hörte ein Auto vorfahren.

Ihr Chef humpelte auf seiner Gehhilfe zur Tür und blickte nach draußen. »Wer kommt denn da?«

Esther, die zurück zum Schreibtisch gehen wollte, drehte sich um, als sie dessen erstaunte Stimme hörte.

Sie blickte durch die bodentiefe Fensterscheibe und traute ihren Augen nicht.

Aus dem »Taxi«, das sich als Limousine entpuppte, stieg Roberto d'Albertis.

Esthers Knie zitterten wie das sprichwörtliche Espenlaub, als sie sich in der kleinen Küche wiederfand, die als Personalraum diente. Dort standen Kaffeemaschine, ein Kühlschrank, eine Mikrowelle, ein kleiner Tisch und zwei Stühle. Hätte sie Robertos Stimme, diese dunkle, rauchig-weiche Stimme, nicht vernommen, wäre sie sicher gewesen, ihre Fantasie hätte sie gerade genarrt.

»Roberto, wie sehr ich mich freue!« Maximilian Aschenbach freute sich aufrichtig, den Conte zu sehen. »Welch eine Überraschung. Und ausgerechnet jetzt habe ich eine Verabredung und muss weg. Warum haben Sie sich nicht angemeldet? Ich hätte mich doch auf Ihren Besuch eingestellt, hätte alle anderen Termine verschoben, aber jetzt, so kurzfristig ...«

Herr Aschenbach überschlug sich förmlich in seinen Entschuldigungen. Roberto sagte etwas von einer Versteigerung in Frankfurt, Stau auf der Autobahn, Umleitung durch München ... »Und da dachte ich, ich lege einen Stopp ein und schaue einfach einmal bei Ihnen rein«, schloss er seine Erklärung ab.

Esther hätte sich am liebsten unsichtbar gemacht. Wenn der kleine Raum ein Fenster gehabt hätte, wäre sie augenblicklich dort hinausgestiegen. Keinesfalls wollte sie Roberto begegnen. Zumal sie wieder einmal ihr graues Kostüm trug und ihr Haar zum festen Knoten gebunden hatte. Die Brille war ja noch am ehesten zu entfernen, schoss ihr durch den Kopf. Sie rückte diese dann jedoch in einem Aufwallen von Trotz mit dem Zeigefinger entschlossen auf die Nasenwurzel zurück. Signor Conte kam als Kunde, nicht als ihr Liebhaber.

»Aber Sie haben Glück, mein Lieber«, fuhr ihr Chef aufgeräumt fort. »Unsere dottoressa ist hier. Sie beide kennen sich ja. Plaudern Sie ein bissl, trinken S' a Melange und erholen Sie sich so auf angenehme Weise, bevor Sie weiterfahren.« Vor lauter Herzlichkeit verfiel der Galerist ins Bayerische.

»Das mache ich gern«, parierte Roberto im gleichen herzlichen Ton.

»Da kommt auch mein Taxi, mein Lieber. Machen Sie es gut und wir hören voneinander. Und noch einmal, ich bedauere es zutiefst, dass ich keine Zeit für Sie habe. Also dann ... Esther! Kommen Sie mal und schauen Sie, wer gerade gekommen ist«, rief er durch die Galerie.

Esther hörte die Klingel der Ladentür, ein Zeichen dafür, dass Maximilian Aschenbach sein Geschäft verlassen hatte.

Nun war sie allein mit Roberto. Eigentlich hätte sie sich jetzt zeigen müssen, aber ihre Beine wollten nicht.

Sie warf einen Blick in den blinden Spiegel. Blass sah sie aus. So bieder wie bei der ersten Begegnung mit dem Conte. Die Ader an ihrer Schläfe pochte. Ihr Hals fühlte sich wie zugeschnürt an.

Verdammt, wie war das möglich? Dabei hatte sie geglaubt, sie wäre auf dem besten Weg, ihn zu vergessen. Tränen der Wut und Verzweiflung traten ihr in die Augen, aber das fehlte ja gerade noch, dass sie jetzt auch noch zu heulen begann. Von wegen.

Sie drängte die Tränen zurück, biss sich fest auf beide Lippen, um ihnen ein bisschen Farbe zu geben, kniff sich in die Wangen, straffte sich und trat aus der Kombüse hinaus in den Galerieraum.

Dann standen sie sich gegenüber. Esther brachte noch nicht einmal ein Lächeln zustande.

»Esther«, sagte Roberto. Sonst nichts.

Noch nie hatte er sie mit ihrem Vornamen angesprochen. Sein Anblick zog ihr den Boden unter den Füßen weg. Sie konnte weder etwas erwidern noch sich bewegen. Und denken schon einmal gar nicht. Eine Gefühlswoge schwappte über sie hinweg, obwohl sie doch nichts für ihn empfinden wollte, für einen Mann, für den die Verführung von Frauen Alltag war. Dennoch erkannte sie in diesen Sekunden, in denen sich ihre Blicke berührten, dass sie längst ihr Herz an ihn verloren hatte und es auch nicht mehr zurückholen konnte. Erst recht nicht, wenn er wie jetzt seine Hand ausstreckte und ihre Wange berührte. Seine Fingerspitzen strichen über ihre Haut. Eine sanfte, kaum wahrnehmbare Berührung, dennoch spürte sie sie bis in die Zehenspitzen. Sie wollte einen Schritt zurücktreten, sich aus seinem Bannkreis befreien, aber sie konnte nicht. Sie konnte nichts weiter tun, als ihn anzusehen. Seine Augen, tiefgründig und geheimnisvoll, die lange Narbe an seinem Hals, die ihr weh tat, sein Mund, der für sie der Inbegriff verführerischer Sinnlichkeit war und der ihr auch jetzt wieder weiche Knie bescherte ... Sie wusste, wie er sich anfühlte. Die Erinnerung an seine Küsse hatte sich unvergesslich in ihr Gedächtnis gebrannt.

Roberto schien mit dieser Situation besser klarzukommen als sie, was sie eigentlich nicht wundern sollte.

»Wie geht es dir?«, erkundigte er sich mit seinem unnachahmlichen Strahlen. »Da ich an München vorbeimusste, habe ich gedacht, ich schaue einfach mal herein.«

Endlich brachte sie die Kraft auf und räusperte sich, um danach mit einigermaßen fester Stimme zu sagen: »Das ist wirklich eine Überraschung.«

Er sah sich in dem Verkaufsraum kurz um, dann fand sein Blick zu ihr zurück. »Habt ihr hier inzwischen eine Kaffeemaschine oder soll ich rasch zwei Kaffee von gegenüber holen?«

»Ich mache Kaffee. Setz dich.« Sie zeigte auf die Sitzecke. »Du kannst dich ja inzwischen umsehen. Herr Aschenbach hat vor Kurzem drei Neuzugänge erworben.«

Mit diesen Worten verschwand sie in der kleinen Küche. Während der Kaffeeautomat zischte, fragte sie sich verzweifelt, warum sie sich gerade in diesen schönen Teufel verliebt hatte, für den sie nur eine von vielen war. Warum nicht in einen geeigneten Kandidaten, der sie liebte und ihr Sicherheit bieten konnte? Signor Conte hatte dies nicht im Angebot. Darüber machte sie sich keine Illusionen, ganz gleich, welche sexuellen Höhepunkte er ihr vielleicht noch schenken würde, falls sie ihrer Sehnsucht nachgeben sollte.

Als sie mit einem Tablett in die Galerie trat, stand Roberto auf, nahm es ihr aus den Händen und stellte es auf den Designertisch.

»Ich möchte dich einladen«, sagte er mit ernstem Blick. »Vor ein paar Tagen habe ich mit Herrn Aschenbach telefoniert, geschäftlich. Er erwähnte, dass du kommende Woche Urlaub hast. Was hältst du davon, wenn du diese Tage bei mir verbringen würdest? Ich möchte dir das Land zeigen, mein Weingut, die Küste. Ich fand es so schade, dass du beim letzten Mal nichts von alledem gesehen hast.«

Sie hatte seine Worte gehört. Es dauerte jedoch einen Moment, bis sie in ihrer vollen Bedeutung in ihr Bewusstsein drangen.

Roberto wollte Zeit mit ihr verbringen. Verstand sie das richtig?

»Warum?« Diese Frage erschien ihr als völlig folgerichtig.

Geradezu verdutzt sah er sie an. Dann lachte er. »Ich habe oft Gäste. Und wie ... weil ich es nett mit dir fand.«

Nett mit mir fand ... Wie das klang. Seine Antwort stachelte ihren Stolz an. Nett fand ..., wiederholte sie im Stillen fassungslos und mit aufsteigender Wut, die ihr die Röte in die Wangen trieb. Ihr wurde ganz heiß.

Da trat Roberto auf sie zu, nahm ihre Hände in seine, hielt sie fest.

»Entschuldige bitte, das habe ich vielleicht ein bisschen unpassend ausgedrückt. Ich möchte dich näher kennenlernen. Ich hatte das Gefühl, die Zeit war zu kurz.«

Wofür?, hätte sie am liebsten gefragt. Um zu testen, ob du und ich zusammenpassen würden?

Ihr Verstand und ihr Herz fochten einen unerbittlichen Kampf miteinander aus.

Sie schluckte schwer.

»Ich weiß noch nicht«, antwortete sie zögerlich. »Eigentlich wollte ich eine Bekannte in Hamburg besuchen.«

»Klar, wenn du etwas anderes vorhast«, erwiderte er eine Spur zu hastig mit freundlichem glattem Lächeln.

Sie gewann den Eindruck, als würde ihn ihre Antwort enttäuschen. Natürlich war er gewohnt, dass die Frauen sprangen, wenn er sie rief.

Er nahm die Espressotasse vom Tablett und trank einen Schluck. Danach wandte er sich ihr wieder zu, mit einem kleinen, jedoch wärmeren Lächeln auf dem Gesicht. »Weißt du was? Überleg es dir. Natürlich kann ich verstehen, dass du dich erst einmal mit meinem Vorschlag vertraut machen musst. Ich schneie hier herein und überfalle dich damit. Du sollst nur wissen, dass ich mich freuen würde, wenn du meine Einladung annehmen würdest. Ich halte mir diese Woche frei. Du bist herzlich willkommen. Maria würde sich auch sehr freuen. Es reicht, wenn du mir bis Sonntagabend Bescheid gibst. Hier …« Er griff in seine Jacketttasche und reichte ihr seine Visitenkarte. »Ruf mich an oder mail mir. Wie du möchtest.« Dann trank er noch den Espresso aus und stellte die Tasse zurück aufs Tablett. »Eines sollst du nur noch wissen: Ich habe den Stopp in München eingelegt, weil ich dich wiedersehen wollte.«

Sie sah ihn an und fragte sich, warum allein seine Stimme genügte, um ihr Herz höher schlagen zu lassen. Warum ein Blick auf seinen Mund genügte, sich danach zu sehnen, dass seine Lippen sie liebkosten. Sie riss sich zusammen.

»Entschuldige«, begann sie mit unsicherem Lächeln, »aber dein Vorschlag, ich meine deine Einladung, kommt so überraschend. Zuerst einmal vielen Dank. Ich denke darüber nach und werde mich melden. Noch vor Sonntag.«

»Okay.« Er nickte. Dann trat er auf sie zu und küsste sie zum Abschied auf beide Wangen. »Ciao, professoressa. Ich würde mich wirklich sehr freuen, wenn du kommst.«

Mit diesen Worten drehte er sich um und verließ die Galerie, ohne sich noch einmal umzusehen. Ein paar hämmernde Herzschläge später erinnerte nur noch der Hauch von Sandelholz im Raum daran, dass er da gewesen war.

Esther sank auf die Couch. Sie konnte immer noch nicht glauben, was sie gerade erlebt hatte. Und vor allem wusste sie nicht, wie sie diese Einladung zu deuten hatte. An Bettgefährtinnen mangelte es dem Conte nun wirklich nicht.

An Esthers letztem Arbeitstag vor ihrem Urlaub brachte Maximilian Aschenbach ihr einen Brief in die Werkstatt. Mit wissendem Lächeln.

»Ich habe Post für Sie.«

Erstaunt sah sie hoch, nahm die Brille mit der Lupe ab und warf einen Blick auf den Umschlag. Tatsächlich, er war an Dr. Esther Winkler gerichtet. In kraftvoller Handschrift stand ihr Name auf dem weißen Kuvert. Da ihre Finger farbverschmiert waren, drehte ihr Chef den Brief wortlos um, sodass sie den Absender lesen konnte. Den Umschlag verschloss ein rotes Siegel, wie man es von früher kannte. »Roberto d'Albertis« stand in der gleichen schönen männlichen Handschrift über dem Siegel.

Esthers Pulsschlag beschleunigte sich.

Eine Absage?

Dieser Gedanke ging ihr als Erstes durch den Kopf. Vielleicht widerrief Roberto seine Einladung, weil er sie nur aus einer flüchtigen Laune ausgesprochen hatte. Sozusagen im Vorbeifahren.

»Fühlt sich dick an der Brief«, sagte der Galerist und zwinkerte ihr zu. »Ich habe mir schon so etwas gedacht.«

»Was haben Sie sich gedacht?« Sie klang nicht gerade freundlich.

»Dass Roberto und Sie ...«

Sie wischte sich die Hände an dem Terpentinlappen ab, den sie dann auf den Boden warf.

»Da ist nichts.« Sie streckte die Hand nach dem Umschlag aus.

Tatsächlich fühlte sich das Kuvert schwerer an, als würde es nur eine Karte oder einen Briefbogen enthalten.

»Ich kenne Roberto«, sagte Max Aschenbach mit warmem Lächeln. »Ich kannte schon seinen Vater. Aber jetzt lesen Sie erst einmal in Ruhe.« Er humpelte aus der Werkstatt, und sie war allein mit dem weißen Umschlag aus feinstem Büttenpapier.

So vorsichtig, als würde sie darin eine Briefbombe erwarten, öffnete sie das Kuvert mit klammen Händen. Vor Aufregung spürte sie ihren Herzschlag im Hals. Sie hielt den Atem an.

Sie zog zwei Flugtickets aus dem Umschlag – für einen Hin- und einen Rückflug München-Florenz.

Ungläubig starrte sie auf das, was sie in der Hand hielt.

Roberto schenkte ihr die Flüge. Dachte er, ihr damit die Entscheidung erleichtern zu können? Dachte er, sie würde am Hungertuch nagen? Solche Geschenke mochten vielleicht seine jungen Affären dankbar annehmen, aber nicht sie. Wenn sie ihn besuchen würde, dann auf eigene Rechnung.

Stolz und Zorn nahmen von ihr Besitz. Sie stand auf. In ihrem schmutzigen Arbeitsoverall marschierte sie in den Verkaufsraum, wo ihr Chef am Schreibtisch saß und erstaunt aufsah.

»Was ist, meine Liebe?«

»Sie sagen, Sie kennen den Conte. Was ist er für ein Mensch? Ich muss es wissen«, sagte sie geradeheraus.

Die Miene des älteren Mannes verschloss sich. Schwerfällig erhob er sich und hinkte auf seinem Gipsbein in ihre Richtung.

»Das müssen Sie selbst herausfinden, Esther«, sagte er ernst. »Hat er Sie eingeladen?«

»Woher wissen Sie das? Macht er das mit jeder Frau so?«

Um die Lippen ihres Chefs spielte ein feinsinniges Lächeln. »Nun ja, Roberto ist Junggeselle.«

»Er hat mich eingeladen und mir Flugtickets geschickt, ohne Worte, was ich sowieso schon für ziemlich unhöflich halte«, sagte sie barsch.

»Vielleicht ist es seine Art zu zeigen, wie wichtig ihm ist, dass Sie ihn besuchen.«

»Blödsinn. Er hat genug Geld, um sich Liebhaberinnen aus dem hintersten Asien einfliegen zu lassen.«

Die weißen buschigen Brauen des Galeristen zuckten hoch. Offensichtlich erstaunten ihn ihre schonungslosen Worte. Von dieser Seite kannte er sie noch nicht. Sie war aber auch noch nie in seiner Gegenwart so wütend gewesen.

»Sie haben Temperament, meine Liebe.« Er lachte. »Was bei einer schottischen Großmutter und einem italienischen Großvater ja eigentlich kein Wunder ist, nur dass Sie es so gut verbergen können.«

Ihr war nun wirklich nicht nach Scherzen zumute. Sie sah ihn eindringlich an.

»Wer ist Roberto d'Albertis? Als ich in der Toskana war, haben Sie mir am Telefon gesagt, das Schicksal hätte es nicht gut mit ihm gemeint. Ich …« Ihre Schultern sackten plötzlich hinunter. Alle Spannkraft wich aus ihrem Körper. Sie stand kurz vorm Heulen.

Zu oft in der letzten Zeit, seit sie Roberto begegnet war, stellte sie fest: Der Conte machte sie dünnhäutig.

»Kind …« Maximilian tätschelte ihre Schulter. »Ich kann Ihnen nichts über Roberto erzählen. Ich möchte es nicht. Nur eines darf ich Ihnen sagen: Er hat es nicht nötig, sich Frauen einfliegen zu lassen. Italien ist ein großes Land, voll schöner Frauen. Und Roberto ist ein sehr attraktiver Mann, nicht nur wegen seines äußeren Erscheinungsbildes oder seiner wirtschaftlichen Situation. Er hat noch so viel mehr zu bieten, wenngleich er auch ein schwieriger Mensch ist. Sie, meine Liebe, sind eine starke Frau. Wenn Sie Gefühle für ihn haben, fliegen Sie. Gehen Sie das Risiko ein. Falls Sie enttäuscht zurückkommen sollten, werden Sie diese Erfahrung verkraften. Auf unserem Lebensweg gibt es immer Menschen, die uns entweder unserem Ziel näher bringen oder dafür sorgen, dass wir uns ein Stück davon entfernen. Wir merken meistens erst hinterher, oder ganz zum Schluss, ob uns ein Mensch geholfen hat oder nur ein Hindernis war. Wie dem auch sei. Vielleicht wird Roberto Sie ja auf Ihrem Weg begleiten. Wer weiß das heute schon?«

Mit dieser lebensphilosophischen Betrachtung im Kopf arbeitete Esther weiter. Sie dachte selbst noch über die Worte ihres Chefs nach, als sie an diesem Freitagabend zu Anna fuhr, wo der wöchentliche Mädelsabend stattfand. Annas Kinder wohnten inzwischen wieder zu Hause, waren aber am Spätnachmittag von ihrem Vater abgeholt worden, bei dem sie das Wochenende verbringen sollten. Im Haus von Annas Schwiegereltern, was ihr überhaupt nicht behagte.

»Marion wird ihnen bestimmt alles durchgehen lassen und sie mit Geschenken überhäufen, damit sie zukünftig lieber zu ihr wollen als zu meinen Eltern«, sagte sie wütend.

»Rolf wird sich doch bestimmt bald eine eigene Wohnung mieten«, wandte Lena ein. »Er kann nicht ewig bei seinen Eltern wohnen.«

»Das ist doch total bequem für ihn. Mama macht alles. Essen, waschen, Hemden bügeln und sie wird ihm bestimmt auch noch ein gutes Taschengeld geben, das er mit seiner Geliebten verprassen kann.«

»Was hat er denn gesagt, als er die Jungs abgeholt hat?«, erkundigte sich Esther.

»Er sah schlecht aus«, erwiderte Anna nachdenklich. »Er hat abgenommen, trägt einen Dreitagebart und neue Klamotten, die ihm Marion gekauft hat. Eines muss man meiner Schiegermutter ja lassen, Geschmack hat sie.« Sie seufzte und murmelte dann: »Eigentlich sah er sogar sehr gut aus. Besser als zu meiner Zeit.«

»Was heißt das denn? Zu deiner Zeit?« Esther sah sie unwirsch an. »Noch seid ihr verheiratet. Und erst seit Kurzem getrennt. Außerdem ist Marion seine Mutter und nicht seine Geliebte. Auf sie musst du nicht eifersüchtig sein. Aber darum geht es jetzt ja auch nicht. Mich interessiert viel mehr, was Rolf zu der Situation zwischen euch beiden sagt. Leugnet er immer noch, dass das Höschen von seiner Geliebten ist?«

»Wir haben nur kurz darüber geredet, weil die Kinder ja im Flur standen. Er sagte nur, dass ich mit meinem sturen radikalen Verhalten unsere Ehe kaputt machen würde. Ich müsste ihm vertrauen. Er stünde bei jemandem im Wort und könnte mir nicht sagen, wie sich das alles verhalten würde.«

»Der tickt ja nicht mehr richtig«, schaltete sich nun Lena ein. »Du hast ein Recht darauf, die Wahrheit zu erfahren. Er ist derjenige, der eure Ehe mit seinem merkwürdigen Verhalten aufs Spiel setzt. Rolf verarscht dich doch. Warst du eigentlich inzwischen beim Anwalt?«

»Hmm.« Anna nippte an ihrer Apfelschorle.

»Und?«, fragten Lena und Esther wie aus einem Mund.

»Ach, das ist alles ziemlich kompliziert. Er riet mir, zuerst einmal Klarheit zu schaffen und mich mit meinem Mann zu versöhnen.«

»Wahrscheinlich ist eure Scheidung nicht lukrativ genug für ihn«, meinte Lena trocken.

»Dafür müsste dein Rolf aber erst einmal mit der Wahrheit herausrücken«, sagte Esther.

»Genau das ist es«, stimmte Anna zu. Sie wirkte an diesem Abend weniger kämpferisch und aufgebracht als noch eine Woche zuvor bei ihrem Mädelsabend. »Manchmal frage ich mich, ob er vielleicht wirklich nichts mit dem Höschen zu tun hat.«

»Ich glaub's nicht!« Lena griff sich an die Stirn.

»Rolf sagte heute, dass ihm das alles unendlich leid tut. Er hat sich auch entschuldigt und meinte, ich sei überhaupt nicht langweilig und meine paar Pfunde zu viel hätten ihn nie gestört. Das hätte er nur aus Wut gesagt. Er hat mir sogar ein Kompliment gemacht, weil ich schon ein bisschen abgenommen habe.«

»Hast du auch«, bestätigte Esther ihr. »Und du hast dir helle Strähnen machen lassen. Stimmt's?«

»Morgen ist Samstag.« Ihre Kusine strahlte wieder übers ganze Gesicht. »Morgen fahre ich wieder in die Berge.«

»Ich habe eine Fortbildung«, wandte Lena ein. »Kommst du allein dort klar?«

Anna lachte. »Andreas wird mir schon zeigen, wo es langgeht.«

»Noch mal zurück zu Rolf«, sagte Esther ernst. »Du hast ihm doch hoffentlich nicht erzählt ...?«

»Bist du verrückt? Das geht nur mich etwas an.«

»Wisst ihr, was mich irritiert?« Sie sah die beiden an. »Marion traue ich ja noch zu, dass sie ihrem Sohn aus übersteigerter Mutterliebe Asyl bietet und vielleicht sogar glücklich ist, dass eure Ehe auf der Kippe steht. Sie mochte dich ja nie. Aber dein Schwiegervater ist doch eigentlich ein ganz Netter. Ein sachlicher, gerechter, ruhiger Charakter mit viel Einfühlungsvermögen.«

Ihre Kusine lachte hart auf. »Gerd hat doch nichts zu sagen. Der hat nie was zu sagen gehabt. Marion lässt ihn am langen Arm verhungern, wenn der nicht so funktioniert, wie er soll. Mein Schwiegervater ist ein ganz armes Würstchen. Der würde sich niemals einmischen. Und das Schlimmste ist, dass Rolf und sein Vater ein ziemlich distanziertes Verhältnis zueinander haben, weil Marion ihren Sohn vom Tag der Geburt an völlig auf ihre Seite gezogen hat. Rolf hat leider in seiner Familie ein ziemlich bescheuertes Männerbild vermittelt bekommen. Gott sei Dank hatte er schon immer ein gutes Verhältnis zu seinem Onkel, ein gestandener Mann, sonst wäre er wahrscheinlich ein totales Weichei geworden.«

»Lassen wir mal alle soziologischen Betrachtungen und Spekulationen außen vor«, sagte Lena energisch. »Fakt ist, dass du die Sache schleunigst klären musst, sonst fahrt ihr beide eure Ehe gegen die Wand und die Leidtragenden sind dabei eure Kinder.«

»Wie denn, wenn der Kerl nicht redet?«, rief Anna den Tränen nahe aus.

»Soll ich mal mit Rolf sprechen?«, bot Lena an.

»Ich weiß nicht.« Anna seufzte und schnäuzte sich. Dann wandte sie sich an Esther. »Themenwechsel. Was ist eigentlich mit dir?«

Esther blickte von einer zur anderen. »Ich fliege übermorgen nach Florenz. Heute habe ich mir die Tickets gekauft.«

Da waren die beiden erst einmal sprachlos.

»Echt?« Lena sah sie mit großen Augen an.

Esther erzählte, wie es dazu gekommen war. »Robertos Tickets habe ich zurückgeschickt. Ich lasse mich doch nicht bezahlen. Aber vor allem will ich wissen, was das zwischen ihm und mir ist oder werden könnte. Und um das rauszufinden, muss ich noch einmal in die Toskana. Er scheint mich ja auch wiedersehen zu wollen, sonst hätte er mich nicht eingeladen.«

»Oh Mann«, sagte ihre Kusine nur leise, stand auf, schenkte sich einen Whisky ein und nippte kurz daran. »Mach bloß keinen Fehler.«

»Es wäre vielmehr ein Fehler, nicht zu fahren«, erwiderte Esther mit fester Stimme. »Ich bekomme Roberto nicht aus dem Kopf. Nachdem ich ihn wiedergesehen habe, weiß ich, ich muss da durch. So oder so. Das wird sich zeigen.« Sie begann zu lächeln. »Herr Aschenbach meinte, dass wir durch Höhen und Tiefen gehen müssen, um unsere Seelen reifen zu lassen. Und diesen Tief- oder Höhenflug trete ich am Sonntag an.«

Roberto hatte nicht nur Silvia an dem Abend weggeschickt, sondern in den nachfolgenden Tagen auch andere Freundinnen vor den Kopf gestoßen. Er wollte seine Ruhe haben. Bald ging in der High Society von Florenz das Gerücht herum, der Conte befände sich in einer Lebenskrise.

Tatsächlich war eine Wandlung in Roberto vorgegangen. Seit Esthers Abreise beherrschte die professoressa nicht nur seine sexuellen Fantasien, sondern auch seine Gedanken. Selbst während er arbeitete, sah er sie vor sich: ihre zarte weiße Haut, diese ungemein grünen Augen, dieses herrliche dunkelrote Haar und ihren Körper, den sie unter ihrer grauen Uniform verbarg. Er hörte auch ihre Worte immer wieder im Ohr, erinnerte sich an ihre kurzen verbalen Schlagabtausche, die ihn selbst im Nachhinein noch erheiterten. Sie hatten ihn innerlich locker werden lassen und ihn geistig angeregt. Sie war eine der wenigen Frauen, über die er mehr erfahren wollte, die seinen Intellekt kitzelte. Er bekam sie einfach nicht aus dem Kopf. Und der Sex mit ihr ... Sie zu küssen war so prickelnd gewesen wie die Morgenluft im Frühling. Allein ihre Zunge zu spüren kam ihm erotischer vor als manche Nacht mit irgendeiner seiner Freundinnen. Dass sie einerseits so unerfahren und andererseits so neugierig und darüber hinaus auch sehr gelehrig war, reizte ihn besonders. Ihre Freude am Sex forderte ihn heraus und in stillen Stunden stellte er sich die verruchtesten Dinge mit ihr vor. Ihre vergangenen Abenteuer gingen ihm nicht aus dem Kopf. Vielleicht, weil er wusste, dass all dies für sie das erste Mal gewesen war. Nach ihrer Abreise hatte sie sich nicht mehr gemeldet. Er hatte es sich gewünscht, aber nicht daran geglaubt. Langsam war er dann zu der Erkenntnis gekommen, dass er den ersten Schritt machen musste, wenn er sie wiedersehen wollte. Auf seiner Rückreise von Frankfurt am Main war er bereits an München vorbeigefahren und hatte seinen ursprünglichen Plan, sie in der Galerie zu besuchen, eigentlich schon beiseitegeschoben. Bei einer Kaffeepause an einer Raststelle kurz hinter München hatte er sich dann doch spontan entschlossen umzukehren. Es war wie ein innerer Zwang gewesen. Und jetzt, während er hier in der Ankunftshalle des Flughafens unter all den anderen Menschen stand, die auf die Maschine aus München warteten, freute er sich darauf, sie wiederzusehen. Nein, er brannte darauf. Er hatte noch keinen Plan, wie es mit ihnen in den kommenden Tagen weitergehen sollte. Er wollte ihr auf jeden Fall sein Land zeigen. Dass sie guten Sex haben würden, dessen war er sich jetzt schon sicher. Er hatte sich vorgenommen, ihr die Welt der Lust mit all ihren Facetten zu zeigen, sofern sie das wollte. Eine Beziehung mit ihr lag jedoch völlig außerhalb seines Vorstellungsvermögens. Er konnte sein Herz nicht mehr aus dem eisernen Panzer befreien, in den er es einst verbannt hatte. Und er wollte es auch nicht. Selbst nicht für eine Frau wie Esther.

Als die scheppernde Computerstimme aus den Lautsprechern die Landung der Linienmaschine aus München ankündigte, ergriff ihn eine eigenartige Erregung. Seine Nerven begannen zu flattern, die Ader an seinem Hals, dicht neben der Narbe, begann zu pochen und sein Herz gegen seine Brust zu hämmern. Er kam sich vor wie ein Siebzehnjähriger vor dem ersten Rendezvous mit seiner Angebeteten.

Einen Augenblick lang überlegte er, ob er mit der Einladung einen Fehler gemacht haben könnte, der sein bisheriges Leben aus der Bahn warf. Dann entdeckte er auch schon den langen leuchtenden Schopf unter den Passagieren, die in die Ankunftshalle strömten. In einer cremefarbenen, schlank geschnittenen Hose, die ihre endlos langen Beine betonte, gleichfarbigem schlichten Twinset und einem geheimnisvollen Lächeln auf den Lippen, das ihm durch und durch ging, kam Esther auf ihn zu. Er deutete es als Versprechen an ein paar wundervolle leichte Tage voller Lust, Leidenschaft und Sonnenschein.

Während des Fluges schwankte Esther zwischen freudiger Erwartung sowie Zweifeln und Reue.

Sechs Tage Florenz, sechs Tage in Robertos Palazzo, in Robertos Nähe. Sie freute sich auf Maria und Paolo wie auf liebe Verwandte. Sie freute sich auf die Toskana, die sie kennenlernen würde, aber sie fürchtete sich vor Roberto, vor seiner Anziehung auf sie, vor ihren eigenen Wünschen und Bedürfnissen, ihm körperlich nahe zu sein. Bei der Erinnerung an seine Hände, an seinen Körper, an sein steifes heißes Geschlecht stieg ihr ja jetzt schon die Hitze in die Wangen, breitete sich aus, wanderte durch ihren Körper hinab in ihren Bauch und schließlich in ihren Schoß.

Esther schluckte, schaute aus dem Kabinenfenster und legte die Hand auf die Stelle ihres Halses, unter der ihr Blut pochte. Sie hätte nicht anders entscheiden können. Sie musste Roberto wiedersehen. Sie wollte wieder von ihm berührt werden und ihn berühren. Sie wollte, dass er den gleichen Gipfel erklomm wie sie, ausgelöst durch ihre Hände, durch ihren Mund. Wie mochte er schmecken? Wie mochte es sein, ihn in den Mund zu nehmen? So etwas hatte sie noch nie bei einem Mann getan.

Als das Flugzeug in eine dunkle Wolke hineinflog, wachte sie aus ihren Tagträumen auf. Jäh wurde ihr bewusst, dass sie nach den Tagen in der Toskana wieder nach Hause zurückfliegen musste. Davor fürchtete sie sich am meisten. Wie würde es dann um ihr Herz, um ihre Seele bestellt sein?

Als der Kapitän den Landeanflug ankündigte, beschleunigte sich ihr Herzschlag. In ihrem Magen bildete sich ein Kloß, der immer größer wurde.

Ob Roberto sie überhaupt abholen würde? Oder ob er wieder seinen Chauffeur oder Paolo schicken würde? Sie konnte ihn nicht einschätzen. Wie auch? Sie kannten sich ja kaum. Sie besuchte einen Mann, der ihr völlig fremd war. Hätte ihr das jemand vor einiger Zeit vorausgesagt, hätte sie denjenigen als verrückt bezeichnet.

Als sie nach der Passkontrolle in die Ankunftshalle trat, stellte sie fest, dass all ihre Ängste umsonst gewesen waren.

Sie entdeckte Roberto in der Menge der Wartenden. Er winkte ihr zu. Sie bahnten sich den Weg durch die Menge, standen sich endlich gegenüber und sahen sich an. Sein Blick glitt über ihr Gesicht und versank so tief in ihren Augen, dass sie ihn körperlich zu spüren glaubte. Dann legte er ihr die Hände auf die Schultern und küsste sie sanft auf die Lippen.

»Ich wollte mich nur davon überzeugen, dass du wirklich da bist«, sagte er mit einem warmen Lächeln. »Komm.«

Er nahm ihr das Gepäck ab, hakte sie mit der anderen Hand unter und schleuste sie zwischen den Menschen hindurch nach draußen, wo sie gegen einen Hitzewall lief.

Die Sonne stand im Zenit, an einem wolkenlosen Himmel, und tauchte die Landschaft in ein flirrendes Licht. Roberto war mit seinem Cabrio gekommen, hielt ihr galant die Tür auf und sie stieg ein. Als er sie schloss, sah sie zu ihm hoch und verlor sich für einen Moment in der unergründlichen Tiefe seiner schwarzen Augen. Ihre Blicke hielten einander fest. Sie spürte die Schwingungen zwischen ihnen, die nicht nur einseitig sein konnten.

Wie gern hätte sie Roberto in diesem Moment berührt, nur um sich zu vergewissern, ob seine Haut wirklich so warm, so seidenweich, und sein Körper so muskulös war, wie sie es in Erinnerung hatte.

»Hier, nimm den Hut.« Er reichte ihr einen wunderschönen sandfarbenen Florentinerhut, der gut zu ihrem Outfit passte. »Gegen die Sonne.«

Sie setzte ihn auf, zog die Twinsetjacke aus und betrachtete sich im Spiegel der Sonnenblende.

»Professoressa, Sie sind wunderschön.«

Sie sah ihn an, sie lächelten sich an. Dann fuhr er los. Als sie das Flughafengelände verließen, erzählte er ihr, wie er sich die nächsten Tage vorstellte. Er klang wie ein Reiseführer, der seine Programmpunkte herunterspulte. Lucca, Pisa, Carrara, die Terme Tettuccio in Montecatini, die Crete ... Die vielen Namen rauschten zwar an ihrem Ohr vorbei, aber sie war ihm dankbar dafür, dass er kein Schweigen zwischen ihnen aufkommen ließ. Ihr war vor Aufregung der Hals immer noch eng. Ihr Herz hämmerte so laut, dass sie schon befürchtete, er könnte es zwischen all den Verkehrsgeräuschen hören.

Endlich hatten sie den Lärm und Staub von Florenz hinter sich gelassen. Sonnenblumenfelder, Zypressen, Olivenbäume und Weinstöcke glitten zu beiden Seiten der Landstraße vorüber. Vor ihnen stellten sich die Hügel der toskanischen Landschaft auf. Ein Hauch von Ewigkeit schien über diesem Land zu liegen, der sich zwischen den dunstigen Schleier in der endlosen Weite des Horizontes verlor. Das luce diafana der Toskana, dachte Esther mit versonnenem Lächeln.

»Ich hoffe, es ist dir recht, wenn du wieder im gleichen Gästezimmer wohnst wie beim ersten Mal.«

Ja, das war ihr sogar mehr als recht. Die Vorstellung, in seinem Schlafzimmer zu übernachten, lag bis jetzt noch völlig außerhalb ihres Vorstellungsvermögens.

Ob im Badezimmer wieder die Dildos bereitliegen?, fragte sie sich belustigt.

Er musste ihr Lächeln aus dem Augenwinkel bemerkt haben. »Warum lächelst du?«

Sie lachte glucksend. »Darf ich ehrlich sein?«

»Ich bitte darum.«

»Als ich zum ersten Mal bei dir war, hattest du das Zimmer doch ursprünglich für meinen Chef vorgesehen, oder?«

Sie sah ihm an, dass er mit ihrer Frage nichts anzufangen wusste.

»Ja«, antwortete er nur, den Blick auf die lange Landstraße gerichtet.

»Gibt es in all deinen Gästezimmern Dildos im Badezimmer oder nur in diesem?«

Da begann er aus vollem Herzen zu lachen.

»Eigentlich darf ich dir diese Frage aus Diskretion meinen Gästen gegenüber gar nicht beantworten. Dazu nur so viel: Maria hatte nur vergessen, sie wieder aus dem Badezimmerschrank herauszunehmen. Herr Aschenbach ist ein besonderer Gast. Ein sehr, sehr liebenswerter. Ich mag ihn unheimlich gern, aber er hat so seine speziellen Vorlieben und empfängt manchmal abends Besuch, was mich nicht stört. Meine Gäste sollen sich bei mir wohlfühlen.«

Esther vermutete, dass dieser Besuch jung und männlich war, sagte jedoch nichts weiter dazu.

»Wir sind übrigens heute Abend bei Maria zum Essen eingeladen«, fuhr Roberto fort. »Ich hoffe, du hast nichts dagegen. Sie freut sich so sehr auf dich. Sie hat dich schon ganz fest in ihr großes Herz geschlossen.«

»Nein, im Gegenteil«, erwiderte sie glücklich darüber, mit Roberto zusammen als ganz normales Paar aufzutreten. Das machte die ganze Sache natürlicher, selbstverständlicher.

Noch konnte sie sich nicht vorstellen, in den nächsten Minuten über ihn herzufallen, obwohl allein sein Anblick und seine Stimme sie wieder in seinen Bann zogen. Sie fühlte sich gefangen zwischen Himmel und Hölle. Wie sollte sie ihn einschätzen? Warum hatte er sie eingeladen? Er behandelte sie wie eine sehr gute Freundin. Keine aufreizende Berührung, kein zweideutiges Wort. Gentleman von Kopf bis Fuß. Gehörte auch diese Art zu seinem Verführungsprogramm? Zurückhaltung üben, bis die Frauen sich vor unerfülltem Begehren
auf ihn stürzten? Wer war dieser Mann? Wie war dieser Mann? Sie kannte bisher nur seine Art zu sprechen, zu lächeln, zu lachen, sich zu bewegen, aber all das reichte schon, um Hitzewellen durch ihren Körper zu schicken. Dennoch, sie war nicht nur hier, um ihren sexuellen Hunger nach dem Conte zu stillen. Sie war gekommen, um zu erfahren, wer Roberto d'Albertis wirklich war. Oder mit den Worten ihres Chefs gefragt: Würde er sie auf ihrem Lebensweg begleiten oder sich als Hindernis herausstellen?

Zweiter Teil

Das Wiedersehen mit Maria und Paolo verlief so herzlich, als wäre Esther nach langer Zeit in der Ferne endlich wieder in den Schoß der Familie zurückgekehrt. Robertos Haushälterin hatte ein Festessen zubereitet. Sie sprachen Italienisch, aus dem Lautsprecher über der Veranda schmetterte Caruso und im lauen Abendwind schaukelten bunte Lampions. Über den schwarzen Zypressen ging ein silberner Mond auf und Esther glaubte, den Mann im Mond wohlwollend auf sie niederlächeln zu sehen.

Sie bemerkte, wie Marias schwarze Augen immer wieder zwischen ihr und Roberto hin und her flitzten. Ihnen entging nichts. Auch nicht die Blicke, die sie im Laufe des Abends mit Roberto tauschte, die immer länger, immer tiefer, immer hungriger wurden. Die magische Anziehung zwischen ihnen war ungebrochen. Esther empfand sie sogar noch stärker als je zuvor, was jedoch auch an der Sehnsucht nach dem Conte liegen mochte, die sie umgetrieben hatte.

»Die dottoressa muss müde sein von der Reise«, sagte Maria zu Roberto, als Paolo die Grappaflasche herumgehen ließ. »Geht schlafen. Du willst ihr doch bestimmt morgen etwas von unserer Gegend zeigen.«

Esther wusste nur zu gut, dass Maria ihnen Gelegenheit geben wollte, endlich allein zu sein. Ja, und genau danach sehnte sie sich. Andererseits hatte sie auch Angst davor.

»Wie wäre es mit einem kurzen Spaziergang vor dem Schlafengehen?«, erkundigte sich Roberto mit arglosem Blick.

Sie nickte, nach außen hin gelassen, obwohl ihr Blut bereits in den Adern brannte.

Esther und Roberto gingen von Marias Haus aus über einen gewundenen Weg zwischen Maulbeerbäumen, Oleandersträuchern und wilden Rosenbüschen ein Stück hügelaufwärts, bis sie zu dem Wald kamen, der Robertos Besitz zum Westen hin begrenzte. Vielfältige wohlriechende Düfte begleiteten dabei ihren Weg, die Esthers Sinne noch mehr anregten.

Es war eine sternenklare Nacht, so schön, dass es fast wehtat. Der Mond ließ die toskanische Landschaft in seinem gleißenden Licht erstrahlen. Mit jedem Schritt steigerte sich Esthers Nervosität. Ihr Herz hämmerte gegen die Rippen. Ihre Finger fühlten sich klamm an, sodass sie froh darüber war, dass Roberto nicht nach ihrer Hand griff. Mit einem Meter Abstand zwischen sich gingen sie nebeneinander her. Hin und wieder kreuzte ein Kaninchen ihren Weg, ansonsten glaubte sie sich mit Roberto allein auf diesem Stückchen Erde, das ihm gehörte. Ihre Knie begannen zu zittern, aus innerer Anspannung. Was würde in dieser Nacht passieren?, fragte sie sich. Sie vermied es, den Conte anzusehen. Zwischen ihnen herrschte Schweigen – ein Schweigen, das sie mit jedem Schritt spannungsvoller empfand.

Am Ende des Olivenhains blieb Roberto stehen und drehte sich zu ihr um.

»Esther«, sagte er. Nur dieses eine Wort.

Sie stand dicht vor ihm, sah in seine dunklen Augen, stellte sich vor, wie sie seinen sinnlichen Mund küsste, das markante

Kinn und die lange Narbe an seinem Hals streichelte, die ein Geheimnis barg, das sie so gern erfahren hätte. Sie wusste so wenig über ihn. Eigentlich wusste sie nur, wie sie körperlich auf ihn reagierte. Auch jetzt spürte sie, dass sie schon wieder feucht wurde, wie ihre Scham vor Lust zu pochen begann, ohne dass er sie bis jetzt überhaupt berührt hatte.

Im Nachhinein hätte sie nicht mehr sagen können, wer von ihnen den ersten Schritt gemacht hatte.

War es die so besondere Art gewesen, wie Roberto ihren Namen ausgesprochen hatte? Sein Blick, mit dem er sie dort festnagelte, wo sie stand? Oder war es ihre Hand, die sich ganz von selbst hob und sich auf seine Wange legte? Als Roberto sie nun an der Hand in den Schutz des Olivenhains zog und auf das Gras hinunterdrückte, spielte dies keinerlei Rolle mehr. Ab jetzt zählten nur noch die Hitze seines Mundes, die Berührung seiner Hände und das Brennen in ihrem Blut. Knopf für Knopf öffnete sie mit fahrigen Fingern sein Hemd. Ihre Hände glitten unter den glatten Stoff, streiften ihn über seine Schultern. Sie seufzte, als sie seine seidige Haut streichelte. Ihr Kopf rutschte tiefer, ihre Lippen fanden seinen Hals, die Stelle, wo seine Narbe verlief. Sie spürte, wie er die Luft anhielt, und war schon darauf gefasst, dass er sich aus Abwehr gegen diese Berührung aufrichten würde. Doch er blieb über sie gebeugt und ließ sie weiter den Duft seiner Haut einatmen. Dabei glitten seine Hände so langsam unter ihr Sommerkleid, als wollten sie jeden Millimeter Haut von ihr ertasten. Er schob es höher und höher. Sie half ihm dabei, es ihr über den Kopf zu streifen. Nun lag sie wieder unter ihm, ohne BH, nur noch mit einem winzigen String bekleidet, von dem er sie mit einer einzigen Bewegung befreite. Dann kniete er sich vor sie und betrachtete sie. Sein Blick glitt über ihre Nacktheit, eine Situation, die sie sich, bevor sie Roberto begegnet war, niemals hätte vorstellen können. Doch bei ihm kannte sie keine Scham mehr. Viel zu viel hatte sie ihm schon über ihre Bedürfnisse offenbart. Ohne es vielleicht zu wissen, hatte er ihr geholfen, ihre Hemmungen über Bord zu werfen, und ihr dadurch die Möglichkeit geschenkt, den Sex so viel intensiver genießen zu können.

Sie empfand seinen eindeutig bewundernden Blick sogar als elektrisierend. Er schickte Schauer über ihren ganzen Körper. Sie bog den Rücken durch, schob ihr Becken dem Conte entgegen. Eine aufreizende Geste, für die sie bis vor Kurzem niemals den Mut aufgebracht hätte. Nur zu deutlich spürte sie jetzt durch die dünne Leinenhose seinen harten Schwanz. Sie seufzte genüsslich auf, musste sich zügeln, um nicht den Verschluss seiner Hose aufzuzerren und sich zu nehmen, was sie in diesem Moment mehr begehrte als alles andere auf der Welt.

Roberto schluckte hörbar.

»Du bist wunderschön«, sagte er mit belegter Stimme.

Dann beugte er sich zu ihr hinunter und küsste ihren Bauch. Seine Lippen waren weich und suchend. Sanft glitten sie höher. Seine Zunge erreichte die Kuhle zwischen ihren Brüsten, deren Nippel bereits als rosige Perlen hervorstanden. Sie drängten sich Robertos Mund entgegen. Als er anfing, mit seinen Lippen an ihrem rechten zu spielen, rann ein wohliger Schauer durch ihren Körper bis ins Zentrum ihrer Lust. Roberto begann, an ihren Brustwarzen zu saugen, und schickte so zuckende Blitze durch ihren Unterleib. Sie hob ihr Becken, rieb ihren Schamhügel an seiner steifen Rute. Wie von selbst spreizten sich ihre Beine, legten sich um seine Hüften, aber er ignorierte ihre stumme Aufforderung. Er schien sie weiter quälen zu wollen, indem er ihre rechte Brust mit Zunge und Lippen reizte und ihre linke liebevoll massierte.

»Bitte«, flehte sie mit geschlossenen Augen, während sie an dem Verschluss seiner Hose fingerte.

Sie konnte kaum erwarten, seinen harten Schwanz in sich zu spüren.

Nur für wenige Sekunden löste Roberto sich von ihr, um Hose und Shorts abzustreifen, dann beugte er sich wieder über sie. Seine Lippen verabschiedeten sich von ihren Brüsten, wanderten weiter nach unten zu ihrer nassen Spalte. Sie hielt den Atem an. Mit geschlossenen Augen spürte sie, wie sich Robertos Zunge zwischen ihre Schamlippen drängte und begann, den Eingang ihrer Vagina zu lecken. Sie ließ sie gleichzeitig Höllenqualen und himmlische Gefühle erleben. Ihr Körper fing immer mehr Feuer, stand förmlich in Flammen. Sie keuchte, bettelte, flehte, schrie leise. Ihre Finger gruben sich ins Gras, während Robertos Zunge sie auf immer neue Höhen katapultierte.

»Nein.« Sie hielt seinen Kopf fest. »Nicht so«, sagte sie mit heiser klingender Stimme.

Sie rutschte weiter nach unten. Roberto schien überrascht zu sein. Er verharrte in seinen Bewegungen, wartete ab. Ohne etwas zu sagen, umfasste sie seine Hüften und nahm die pralle purpurfarbene Eichel in den Mund, die dicht vor ihrem Gesicht war. Zuerst liebkoste sie sie mit ihrer Zunge, verteilte ihren Speichel auf ihr, verteilte feuchte Küsse auf der seidig glänzenden Haut, dann begann sie an ihr zu saugen.

Mit einem tiefen Seufzer legte Roberto den Kopf in den Nacken. Seine Hände zogen ihren Kopf ganz vorsichtig und behutsam näher an sich heran. Sie verstand seine Geste. Während sie mit einer Hand seinen Schwanz festhielt, ließ sie ihre nassen Lippen an dessen Schaft rhythmisch auf und ab gleiten. Dabei neckte sie mit der Zungenspitze die Spalte seiner Eichel. Immer tiefer nahm sie seine Männlichkeit in ihren

Mund auf, saugte immer fester an der fleischigen Härte. Roberto geriet in Rage. Sein Keuchen wurde lauter, schneller, sein Schwanz zwischen ihren Lippen noch praller.

Es war das erste Mal, dass sie einem Mann einen blies. Doch sie schien alles richtig zu machen. Sie merkte Roberto an, dass er kurz davor war zu explodieren. Und er schien es auch zu spüren. Denn plötzlich zog er sich aus ihrem Mund zurück, um sich zwischen ihre gespreizten Schenkel zu legen und in einer einzigen Bewegung in sie einzudringen. Sie war so feucht, so offen, dass er mühelos in sie hineinglitt. Dort verharrte er in der Bewegung. Ganz ruhig blieb er in ihr. Sie spürte nur seinen Schwanz tief in ihrem Schoß pochen. Dieses Pochen steigerte ihre Erregung noch mehr. Sie schob ihr Becken nach vorne und begann, ihre Klitoris an seinem Schamhügel zu reiben. Roberto nahm ihren Rhythmus auf, als hätte er nur darauf gewartet, dass sie ihm das Tempo vorgeben würde. Seine kraftvollen, wohl dosierten Stöße lockten sie. Jeder neue führte sie näher an die Schwelle der Explosion heran.

Und dann war es so weit. Sie schrie auf. Ihre Welt löste sich auf in der berauschenden Lust, die ihren Körper schüttelte. Sie klammerte sich an Roberto, wimmerte und keuchte bei jeder neuen Welle, die über ihr zusammenschlug. Während ihr Körper wie im Fieber zuckte, presste Roberto sie noch enger an sich und stieß sie noch kraftvoller. Sein Schwanz füllte sie aus, wurde praller und praller, schneller und schneller, drang tiefer und tiefer und bescherte ihr immer neue Wogen, die sie davontrugen, bis sie irgendwann wieder in ruhigere Gewässer segelte. Während ihr Höhepunkt langsam verebbte und sie auf den Boden der Wirklichkeit zurückkam, wurde ihr bewusst, dass sich Roberto bisher für ihre Lust zurückgehalten hatte. Jetzt wollte sie ihn erleben, wie er die Kontrolle über sich verlor.

Sie hob die Beine an, schlang sie um seine Taille, umfasste mit der rechten Hand seine Hoden und grub die Finger ihrer linken in seinen Hintern. Er schrie zuerst leise auf, stieß dann noch zweimal in sie hinein und hielt in der Bewegung inne. Sie spürte das Pumpen seines Schwanzes in ihrer Vagina, die noch empfindlich war von ihrem eigenen Orgasmus, und während sie seine Hoden fest umschlossen hielt, verströmte er seinen heißen Samen in ihr. Für ein paar rasende Herzschläge lang fühlte sie sich Roberto innerlich so nah, als würden sie ganz eng zusammengehören, als wären sie ein richtiges Liebespaar, miteinander innig vertraut, zueinandergehörend.

Sie schluckte. In ihrem Hals machte sich ein verdächtiges Kribbeln bemerkbar. Wollten ihr etwa vor Glück die Tränen kommen? Sie biss sich auf die Lippe.

Idiotin.

Roberto blieb in ihr, vergrub sein Gesicht in ihrer Halsbeuge und nahm sie so fest in die Arme, dass sie fast keine Luft mehr bekam. Trotzdem löste sie sich nicht von ihm, sondern schmiegte sich an ihn, mit dem irrsinnigen Wunsch im Herzen, mit ihm verschmelzen zu können. Sie wollte ihm nah sein, wenigstens körperlich.

»Grazie, professoressa«, sagte Roberto in der Eingangshalle seines Palazzos, wo der mannshohe Bronzepenis-Brunnen stand, an dem leise das Wasser herunterrann. »Wir sehen uns morgen. Nach dem Frühstück. Ist dir zehn Uhr recht?«

Esthers Mund fühlte sich trocken an, was nicht nur daran lag, dass sie auf dem Rückweg vom Olivenhain bis hierher kein Wort miteinander gesprochen hatten. Arm in Arm, eng umschlungen, waren sie zurückgegangen. Und jetzt sagte er mit feinem, ja fast distanziertem Lächeln »grazie, professoressa«.

Danke für Ihre Dienste, Frau Professor.

Sie schluckte. Obwohl sich alles in ihr versteifte, zwang sie sich zu einem lockeren Lächeln. »Zehn Uhr passt.«

»Ciao, cara.« Er deutete eine Verbeugung an, nahm ihre Hand und hauchte einen Kuss darauf. »Gute Nacht.« Mit diesen Worten verschwand er in dem Gang, der zu seinen Privaträumen führte.

Sie drehte sich um und entfernte sich in die andere Richtung in den Gästetrakt. Ihr schwindelte. Ernüchterung breitete sich in ihr aus.

Ja, der Conte hatte ihr höflich, aber bestimmt gezeigt, dass er diese Nacht ohne sie verbringen wollte. Und sie dumme Kuh wäre dagegen am liebsten in ihn hineingekrochen, um ihm nah zu sein.

Ich muss verrückt sein, schalt sie sich, als sie die Tür zu ihrem Zimmer öffnete. Sie war nicht als Robertos Freundin hier, sondern als eines seiner Sex-Abenteuer. Das war doch von Anfang an klar gewesen. Sie bedeutete ihm nicht mehr als alle Silvias, Sophias, Silvanas oder wie auch immer sie alle hießen.

Innerlich zitternd setzte sie sich langsam auf den Bettrand. Erst jetzt spürte sie, dass in ihrem Körper Muskeln schmerzten, von deren Existenz sie bislang nicht gewusst hatte. Ihr Schritt brannte und Robertos Duft haftete noch an ihr. Er mischte sich mit dem ihrer Lust, eine Mischung, die ihr plötzlich unangenehm war.

Hastig stieg sie aus Kleid und Slip und ging ins Bad. Als sie unter der warmen Dusche stand, zitterten ihre Beine. Sie fror, trotz der Wärme im Zimmer. Eingehüllt in den weißen Bademantel legte sie sich wenige Minuten später aufs Bett.

Obwohl sie hundemüde war, konnte sie nicht einschlafen. Noch einmal liefen die vergangenen Stunden vor ihrem geistigen Auge ab. Sie bebte am ganzen Körper, als sie in Gedanken aufs Neue Robertos Berührungen durchlebte.

Ja, er hatte es geschafft, dass sie süchtig nach ihm war. Das wurde ihr jetzt endgültig bewusst, während sie den Mond betrachtete, der im Zeitlupentempo über die Hügel wanderte. Diese Erkenntnis erschreckte sie zutiefst. Sie wusste zwar, dass ihr Körper nach jedem neuen Zusammensein mit dem Conte wieder zur Ruhe kommen, ihre Muskeln sich entspannen und das wunde Gefühl zwischen ihren Beinen vergehen würde. Aber was war mit ihrem Herzen?

Die Täler waren noch in dichten Nebel getaucht. Nur die Spitzen der schwarzgrünen Zypressen, die an den Hängen wuchsen, ragten aus dem Grau heraus und zeichneten sich wie Schablonen gegen den rosafarbenen Morgenhimmel ab. Irgendwo läuteten Glocken.

Esther stand auf, schlüpfte in den Bademantel und trat auf die Terrasse hinaus. Hier blieb sie stehen und tat ein paar tiefe Atemzüge. Sie beobachtete, wie sich die Sonne hinter den Hügeln emporschob und den Himmel in ein Flamingorot tauchte. Mit dem prächtigen Farbenspiel vor Augen dachte sie an den vergangenen Abend zurück. Sie hatte nicht geahnt, dass sie zu einer solchen Leidenschaft fähig sein würde. Und sie hatte sich getäuscht, wenn sie geglaubt hatte, Roberto d'Albertis aus ihrem Herzen verbannt zu haben. Noch eine Weile in seinen Armen zu liegen, nachdem sie miteinander geschlafen hatten, hatte ihr ein Gefühl von Geborgenheit und Sicherheit gegeben, wie sie es niemals zuvor erlebt hatte. In einem Punkt jedoch konnte sie sich sicher sein: Dem Conte ging es nur um Sex. Sonst hätte er doch auch den Rest der Nacht mit ihr verbringen wollen, Arm in Arm aneinandergeschmiegt, die Nähe des anderen genießend. Oder?

Sie schüttelte den Kopf.

Sie musste endlich lernen, wie eine moderne junge Frau zu denken. Man ging miteinander ins Bett, genoss den Moment, danach ging jeder seiner Wege, ohne sich mit dem Analysieren der Situation herumzuschlagen. Basta. Punkt. Verdammt, warum konnte sie das Leben nicht so leicht nehmen wie Lena zum Beispiel oder andere Frauen in ihrem Alter? Warum war sie gestern Nacht mit dem quälenden Gefühl ungestillter Sehnsucht eingeschlafen und vor ein paar Minuten wieder damit aufgewacht? So sehr sie auch die gerade neu entdeckte sexuelle Seite an sich genoss, so gut wusste sie, dass sie keine Frau war, die Sex ohne Liebe haben wollte. Sie wollte mehr. Sie brauchte mehr. Aus dieser Sicht war es ein großer Fehler gewesen, hierhinzukommen. Die rein körperliche Anziehung besaß Roberto zweifelsohne auf sie. Darüber hinaus jedoch hatte er vom ersten Augenblick ihr Herz berührt. Und das machte die Sache für sie so schwierig.

»Esther.« Roberto blieb in der Eingangshalle stehen und breitete die Arme aus. »Du bist eine wunderschöne Frau, weißt du das?«

Für die Besichtigung von Florenz trug Esther an diesem Morgen ein schlichtes dunkelblaues Etuikleid mit farblich passenden Ballerinas. Ihr einziger Schmuck waren ihre roten Locken, die ihr bis tief in den Rücken fielen.

Robertos Kompliment und sein bewundernder Blick taten ihr gut. Er gab ihr für einen Moment das Gefühl, die faszinierendste Frau der Welt zu sein, etwas ganz Besonderes. Dieses

Gefühl mochte der Conte jeder Frau geben, aber in diesem Augenblick galten seine Blicke nur ihr.

»Du bist ja auch ein ansehnlicher Typ«, konterte sie zwinkernd.

Sie hatte sich vorgenommen, an diesem Tag ganz locker mit Roberto umzugehen. Ja, harmonisch, freundschaftlich, wie mit einem Gastgeber. Er sollte nicht merken, wie sehr sie ihm bereits verfallen war.

Jetzt lachte Roberto so herrlich natürlich, so unbeschwert und jungenhaft, dass es sie wieder mitten ins Herz traf.

Er kam auf sie zu und küsste sie zur Begrüßung auf beide Wangen. »Bist du bereit?«

Sie lächelte ihn an. »Aber ja doch, ich freue mich schon.«

Ganz selbstverständlich, wie eine gute Freundin, hakte sie sich bei ihm ein und sie gingen zusammen nach draußen, wo das Cabrio schon auf sie wartete. Wohlig seufzend lehnte sie sich in dem Ledersitz zurück, mit dem festen Vorsatz im Kopf, in den nächsten Stunden an nichts anderes zu denken als daran, diesen Tag zu genießen.

Inzwischen strahlte die Sonne kraftvoll von einem azurblauen Himmel auf sie herab. Das Licht über den Chiantihügeln besaß die für die Toskana so legendäre Schärfe, das luce diafana. Dazu verlieh die Sonne der steinigen Straße einen sanften Ockerton, vertiefte den silbrigen Glanz der Olivenhaine und das Grün der mit Weinreben bewachsenen Hänge.

Während der Fahrt nach Florenz plauderten und lachten sie über alles Mögliche. Roberto verkörperte nicht mehr den reichen Erben, den lässigen Casanova oder den coolen Geschäftstypen, sondern einen sympathischen, natürlichen und warmherzigen Mann. Als sie durch die mittelalterliche Altstadt bummelten, genoss Esther von ganzem Herzen den leichten zwangslosen Ton, zu dem sie gefunden hatten. In diesem Ton teilte sie Roberto auch ihr kunsthistorisches Wissen über die großartige Architektur der Stadt und die antiken Gotteshäuser mit. So manches Mal brachte sie ihn dabei zu einem herzhaften Lachen. Wie zur Belohnung nahm er sie dann in die Arme und drückte sie an sich. Zwischendurch aßen sie in einer Trattoria zu Mittag, wo sie danach noch bei einem Glas Wein sitzen blieben und die Leute beobachteten, was ihnen wieder manch einen Anlass zum Scherzen gab. Anschließend stöberten sie durch die kleinen Läden auf dem Ponte Veccio. Esther gefiel es, dass ihr Begleiter sie in Ruhe alles betrachten ließ, ja, dass er sich sogar interessiert zeigte und mit ihr überlegte, welches Mitbringsel für ihre Freundinnen und ihre beiden Neffen geeignet wäre.

Als sie wieder im Auto saßen, sah Roberto sie an. Er streckte die Hand aus und strich ihr sanft mit einem Finger über die Wange.

»Dich einzuladen war wirklich eine meine Glanzideen.«

Sie lachte.

»Das finde ich auch.«

Und während ihre Blicke sich trafen, machte ihr dummes Herz wieder einen Freudensprung.

Still, befahl sie ihrem Herz sofort. Der Conte versteht es nur, seine Lust auf sexuelle Abenteuer galant zu verpacken.

Für den Abend lud Roberto sie zum Essen ein.

»Was hältst du davon, in einen Dinnerclub zu fahren?«, bot er Esther an, als sie nach ihrer Stadtbesichtigung vor dem Eingang des Palazzos aus dem Cabrio ausstiegen. »Sagen wir um sieben Uhr? Wir werden ungefähr eine halbe Stunde brauchen.«

»Ich freue mich«, erwiderte sie, bereit, in diesen Tagen so viel wie möglich zu sehen und zu erleben.

»Hast du ein Abendkleid dabei?«

Verdutzt sah sie ihn an.

Dass sie gar keines besaß, verschwieg sie ihm tunlichst.

»Nein«, brachte sie zögernd hervor.

Mit seinem Blick nahm er Maß. »Okay, ich lass dir eines bringen. In dem Club ist Abendkleidung vorgeschrieben.«

Unwillig zog sie die Stirn in Falten.

Sie hatte nicht vor, in einem Kleid von einer seiner Geliebten den Abend zu verbringen. In einer fremden Haut. Oder besaß er eine Kollektion, die er nach Belieben an seine Begleiterinnen verlieh?

Alles in ihr bäumte sich auf. Sie war doch keine Anziehpuppe. Und überhaupt. Wie viel lieber wäre sie mit ihm in eine der heimeligen Trattorias im nahegelegenen Dorf gegangen oder hätte mit ihm in seiner Küche gekocht und gegessen. Ein Abendessen in einem vornehmen Dinnerclub traf überhaupt nicht ihren Geschmack.

»Sei offen für alles«, hörte sie da ihre Freundin Lena sagen. »Nimm alles mit. Wer weiß, wann du noch einmal in die Situation kommst, bei einem Conte eingeladen zu werden.«

Lenas cooler Ratschlag versetzte ihr im Nachhinein einen Stich. Würden die Tage hier ihre letzten mit Roberto sein?

Schluss jetzt, befahl sie sich.

»Ist alles in Ordnung?« Der Conte sah sie prüfend an.

»Ja, klar.« Betont munter lächelte sie ihn an. »Nur eines noch: Ich ziehe keine Kleider an, in denen Silvia oder andere deiner Freundinnen schon ausgegangen sind. Ich trage meine eigenen Sachen. Und wenn die zu wenig elegant sind, dann muss ich eben draußen bleiben.« Um ihre Entscheidung zu unterstreichen, streckte sie ihre Brust raus, um aufrechter zu stehen.

Ihre Blicke trafen aufeinander wie Lanzen. Den Unwillen, den sie empfand, las sie auch in Robertos schwarzen Augen. Sie hielt seinem Blick stand, mit einem freundlichen, und vielleicht ein klein wenig herausfordernden Lächeln auf den Lippen. Das wollen wir doch mal sehen, dachte sie dabei.

Roberto drehte als Erster den Kopf weg. Er blickte hinüber zu den Hügelketten am Horizont, mit einem wehmütigen Zug um die sinnlichen Lippen.

»Das Kleid, an das ich denke und das dir passen könnte, gehörte meiner Schwester«, erwiderte er. Dann ging er um das Cabrio herum, setzte sich und schaltete den Motor wieder an. »Bis heute Abend um Sieben.« Er sah sie nicht mehr an, bevor er mit quietschenden Reifen wegfuhr.

Verwundert und bestürzt zugleich blieb sie stehen und starrte in die Staubwolke, die sein Wagen hinterlassen hatte. Sie war genauso undurchsichtig wie der Conte.

Roberto hatte eine Schwester?

Der Chauffeur, der sie bei ihrem ersten Besuch vom Flughafen abgeholt hatte, brachte ihr am Abend das Kleid.

»Ist die Schwester des Conte damit auch einverstanden?«, erkundigte sich Esther arglos in fließendem Italienisch.

Der Mann zuckte nur mit den Schultern, lächelte höflich, verbeugte sich und entschwand.

Merkwürdig.

Verständnislos sah sie ihm nach. Hatte er sie nicht verstanden oder nur nicht verstehen wollen?

Vorsichtig ließ sie den edlen, schwerelosen Stoff durch ihre

Finger gleiten. Das Kleid war cremeweiß und schulterfrei. Ohne Zweifel hielt sie ein teures Designerstück in den Händen.

Mit aller Vorsicht, ja sogar Ehrfurcht, schlüpfte sie hinein.

Das Bustier bestand aus kleinen Falten, unter ihm floss der knöchellange Rock wie Wasser an ihren Beinen herunter. Bei jedem Schritt modellierte er ihren Körper, dezent und aufregend zugleich. Sie drehte sich vor dem Spiegel. Ein Traum. Die Schlichtheit und kühle Eleganz brachten ihre roten Locken besonders gut zur Geltung.

Esther nahm sich vor, Roberto an diesem Abend nach seiner Schwester zu fragen. Als er sie dann jedoch abholte, vergaß sie alle Fragen.

Roberto trug einen Smoking. Er sah umwerfend gut aus. Das schwarze lange Haar hatte er wie meistens glatt zurückgebunden. Die Seidenfliege trug er lässig geöffnet um den Hemdkragen. Zu diesem strahlenden Auftritt hätte auch ein genauso strahlendes Lächeln gehört. Das jedoch ließ er vermissen. Sein Blick lag starr auf ihr. Seine Wangenmuskeln zuckten. Sie bekam den Eindruck, dass er sie gar nicht richtig wahrnahm. Sah er etwa seine Schwester vor sich? Oder doch eine andere Frau?

Ein Schatten legte sich über ihr Inneres. Sie straffte sich, als könnte sie so der Enttäuschung, die sich in ihr ausbreitete, entgegenwirken.

»Wen siehst du jetzt vor dir?«, fragte sie ihn geradeheraus. Dabei zwang sie ihn mit ihrem direkten Blick, sie anzusehen.

Seine Brauen zuckten hoch. Er schüttelte den Kopf, als würde er gerade aus einem Traum gerissen. Dann lachte er kurz auf und antwortete: »Dich, cara.«

Sie glaubte ihm nicht. Krampfhaft schluckte sie eine Bemerkung dazu hinunter.

»Ich bin nicht cara, sondern Esther«, verbesserte sie ihn.

Cara … Sie hasste diesen italienischen Kosenamen, der auf alle Frauen zutraf.

Von jetzt auf gleich änderte sich sein Gesichtsausdruck. Ein Lächeln zeigte sich auf seinen Lippen. Ein Lächeln, das sie bei jedem anderen Mann als zärtlich und innig bezeichnet hätte. Doch bei ihm wusste sie nie, was zu seiner Rolle als Casanova gehörte und was echt war.

»Ja, du bist Esther«, sagte er mit dieser Stimme, von der sie immer wieder eine Gänsehaut bekam. »Und gerade weil du Esther bist, habe ich dich auch eingeladen. Ich möchte mit dir heute Abend in den Club gehen und mit keiner anderen.«

Seine Worte verfehlten die versöhnende Wirkung auf sie nicht. Sie musste ebenfalls lächeln und beschloss, erst einmal nicht von seiner Schwester anzufangen. Der Abend war ja noch lang.

»Die Limousine steht am Eingangstor«, sagte Roberto, als sie nebeneinander durch die Eingangshalle gingen. »Macht es dir etwas aus, bis dahin zu Fuß zu gehen, oder soll Paolo den Wagen bringen?«

Sie lachte ihn von der Seite an. »Ich gehe gern ein paar Schritte.«

»In deinen hohen Schuhen?«

Sie trug die Riemchensandaletten, die sie sich bei ihrem ersten Besuch in Florenz gekauft hatte.

»Nein, ohne sie.« Sie bückte sich und streifte sie ab. Dann richtete sie sich wieder auf und meinte: »So, es kann weitergehen.«

Seine Augen funkelten sie belustigt an. Er nahm ihre Hand

in seine und sie gingen zum Tor hinunter, wo die Limousine auf sie wartete.

»Esther!« Wie ein kleiner Kobold kam Maria den Weg von ihrem Haus heruntergeflitzt. Atemlos blieb die Italienerin vor ihr stehen, mit fassungsloser Miene, die sie sich nicht erklären konnte.

Plötzlich fühlte sie sich unwohl. Marias Reaktion musste mit dem Kleid zu tun haben, das sie trug.

»Das ist ja ...«

»Maria.« Roberto sagte nur dieses eine Wort, aber das in so schneidendem Ton, dass die ältere Frau zusammenzuckte. Sie schaute zu dem Conte hoch, hilflos und verwirrt. Robertos Miene wirkte wie aus Stein gemeißelt. Esther sah, wie Maria schluckte und sich dann sichtlich zu einem Lächeln zwang.

»Wunderschön siehst du aus, Esther«, sagte sie. »Wohin wollt ihr denn?« Ihr Lachen klang gekünstelt.

»In den Dinnerclub«, antwortete Roberto. »Wir werden erst spät zurück sein. Paolo soll bitte die Laternen brennen lassen.«

Maria nickte. »Dann wünsche ich euch viel Spaß. Bis morgen.«

Roberto fuhr die gleiche Straße hinunter wie am Vormittag nach Florenz. Unten im Dorf schlug er jedoch eine andere Richtung ein. Wenige Minuten später befanden sie sich auf der Autostrada in Richtung Siena.

Sie schwiegen. Esther fühlte sich unwohl, nicht nur in dem Kleid, das sie trug, sondern auch in dieser angespannten Atmosphäre, die etwas mit diesem Traum in Weiß zu tun haben musste.

Mehrmals war sie kurz davor, Roberto auf seine Schwester anzusprechen. Doch irgendetwas hielt sie immer davon ab. Vielleicht die Befürchtung, sie könnte dadurch den Abend verderben.

Als Roberto von der Autobahn abfuhr, wurde ihre Aufmerksamkeit wieder mehr auf die Landschaft gelenkt.

Klare Linien und schimmernde Helligkeit bestimmten das Bild. Scheinbar endlos erstreckten sich die Hügel bis zum Horizont. In der Ebene wogten goldfarbene Weizenfelder im Sommerwind. Die tiefstehende Sonne rötete die Dächer der Dörfer, die terrassenförmig an den Hängen hingen. Bald wurde die Landstraße immer schmaler, wand sich aus dem Tal heraus und in engen Serpentinen einen ziemlich steilen Berg hinauf. Lange Reihen schnurgerader Zypressen, die vor ihnen buchstäblich Spalier standen, malten sich gegen den gläsernen Abendhimmel ab. Und dazu dieses besondere Licht ... Toskana-Feeling pur.

Nach ein paar Metern lenkte Roberto die Limousine in einen Kiesweg, der zu einem flachen Plateau führte. Sie fuhren durch ein von steinernen Säulen flankiertes Tor und hielten vor einer herrschaftlichen Villa aus Sandstein, die inmitten eines gepflegten Parks ruhte. Der Conte hielt vor dem Rondell an, stieg aus und öffnete mit Schwung und – zu ihrer Erleichterung – einem charmanten Lächeln die Beifahrertür.

»Da wären wir.«

Sie stieg aus und sah sich um.

»Hier soll das Restaurant sein?«, fragte sie ungläubig.

Ihre Stimme klang belegt durch das lange Schweigen.

Er sah sie mit einem geheimnisvollen Lächeln an.

»Der Dinnerclub und noch mehr, falls man will«, lautete seine geheimnisvolle Antwort.

»Noch mehr?«

Was meinte er denn damit?

Plötzliches Unbehagen beschlich sie, ein noch größeres als das, welches sie schon während der Autofahrt verspürt hatte.

Da legte Roberto seine Hand an ihre Wange und schaute sie eindringlich an. »Vertraust du mir?«

Wie bitte? Sie sollte ihm vertrauen? Einem Mann, der voller Geheimnisse war, voller Ungereimtheiten, voller Widersprüche?

Doch dann sah sie auf die lange Narbe an seinem Hals und wieder berührte dieser Anblick ihr Herz. Diese Narbe zeugte von etwas, das wahrscheinlich der Schlüssel für Robertos heutige Persönlichkeit war. Sie war sich fast sicher, dass auch seine Schwester etwas mit dieser Narbe zu tun hatte. In diesem Augenblick wurde ihr ganz deutlich bewusst: Sie musste Geduld haben, wenn sie von dem Conte mehr als nur Sex bekommen wollte. Sie musste es schaffen, dass er ihr sein Vertrauen schenkte. Dafür wollte sie nur allzu gern in Vorleistung gehen und ihm ihres erweisen.

Voller Entschlossenheit und mit einem neuen Lichtblick im Herzen nickte sie entschlossen.

»Ja, ich vertraue dir«, sagte sie mit fester Stimme.

Da lächelte er sie mit seinem typischen Lächeln an, das sie so sehr in seinen Bann zog.

»Dann gehen wir jetzt hinein«, meinte er wieder bester Laune.

Schon die Lobby mit der Rezeption gab einen Vorgeschmack auf die luxuriöse Atmosphäre des Restaurants, in das sie ein Oberkellner führte.

Funkelndes Kristall, glänzendes Silber, weißer Damast, antikes Mobiliar, gedämpfte Geräusche und elegant gekleidete Gäste: Diese Kombination machte Esther für ein paar Augenblicke unsicher. Da spürte sie aber auch schon Robertos Hand an ihrem Ellbogen, die sie sicher zu dem für sie reservierten Tisch führte.

»Lässt du mich auswählen?«, fragte er, nachdem er die Speisekarte aufgeschlagen hatte.

Sie nickte, dankbar für diesen Vorschlag. Noch nie hatte sie so vornehm gespeist. Außerdem war sie des Französischen nicht so mächtig, als dass sie alles auf der Karte hätte verstehen können.

Roberto stellte das Menü zusammen und besprach mit dem Sommelier die dazu passenden Weine. Sie hatte ihre Freude daran zu beobachten, wie viel Spaß ihm diese Aufgabe machte. Das Essen war dann auch erlesen, die Weine ebenso, wie er ihr mit zufriedener Miene bestätigte. Roberto kam ins Schwärmen, er sprach gern übers Essen. Und genauso gern hörte sie ihm zu, warf die eine oder andere Bemerkung in die Unterhaltung ein und konnte sich nicht sattsehen an seinen lebhaften Gesten, seinen funkelnden Augen und seinem Lächeln. Langsam gewöhnte sie sich an die Umgebung und ließ sich von dem Zauber, den sie in Robertos Gegenwart verspürte, aufs Neue gefangen nehmen. Sie bemerkte, wie ihr von den Herren an den Nebentischen bewundernde Blicke zugeworfen wurden, welche deren Begleiterinnen mit pikierten Mienen quittierten.

»Siehst du, wie die Männer dich anschauen?«, fragte Roberto mit vernehmbarem Stolz in der Stimme.

Er griff über den Tisch hinweg und legte besitzergreifend seine Hand auf ihre. Dabei schickte allein schon seine Berührung einen sinnlichen Schauer durch ihren Körper.

Ganz zu schweigen von dem tiefen Blick aus seinen schwarzen Augen.

»Möchtest du etwas Süßes oder lieber Käse oder beides zum Dessert?«, unterbrach Roberto ihre Gedanken. Dabei streichelte er ihr zärtlich die Hand, eine vertrauliche, ja innige Geste, die ihr Herz öffnete.

»Lieber nur Käse«, antwortete sie. »Ich mag's gern herzhaft.«

Er lachte und machte dem Kellner ein Zeichen, der daraufhin sogleich lautlos herbeigeeilt kam und die Bestellung aufnahm.

»Sag mal, deine Schwester ...«, begann sie dann doch durch die vertraute Atmosphäre zwischen ihnen verführt.

Weiter kam sie nicht. Als sie bemerkte, wie Roberto abrupt versteinerte, hielt sie mitten im Satz inne. Mist. Sie hatte nicht nur vermintes Gebiet betreten, sondern, wenn sie Pech hatte, auch die Stimmung zwischen ihnen vollkommen zerstört.

»Du möchtest nicht darüber reden, nicht wahr? Entschuldige.«

»Die Vergangenheit hat nichts in der Gegenwart zu suchen«, lautete seine Antwort, während er mit erstarrter Miene die anderen Gäste betrachtete.

Die Gegenwart setzt sich aus der Vergangenheit und der Zukunft zusammen, hätte sie in einer anderen Situation erwidert. Doch eine Grundsatzdiskussion wäre jetzt völlig fehl am Platz gewesen. Nicht an diesem Abend, an dem sie sich vor ein paar Minuten noch vorgenommen hatte, das Zusammensein mit Roberto mit allen Sinnen zu genießen. Sie würde ja noch ein paar Tage in seinem Palazzo bleiben. Vielleicht gelang es ihr in dieser Zeit, dem Geheimnis, das ihn zu umgeben schien, auf die Spur zu kommen.

So wechselte sie das Thema. »Du hast eben gesagt, der Dinnerclub würde noch mehr bieten, falls man will. Was hast du damit gemeint?«

Roberto sah sie an, so lange, dass ihr unwohl unter seinem Blick wurde. Sie konnte ihn nicht deuten. Doch dann spielte wieder ein Lächeln um seine Lippen.

»Und ich habe dich gefragt, ob du mir vertraust«, antwortete er dennoch kühl.

Gänzlich versöhnt schien er noch nicht zu sein.

Aufmunternd zwinkerte sie ihm zu. »Woraufhin ich dir bestätigt habe, dass ich es tue.«

Er lehnte sich zurück. Dabei schaute er sie herausfordernd an. »Gut, dann lass dich überraschen. Bis nach dem Dessert musst du dich aber noch gedulden.«

Unmut machte sich in ihr breit. Roberto, der italienische Macho, der alles bestimmte. Das gefiel ihr überhaupt nicht. Auch sie gehörte zu den Menschen, die die Fäden nur ungern aus der Hand gaben. Auf sexuellem Gebiet hatte sie sich bis jetzt von ihm dominieren, hatte sich von ihm auf ein ihr fremdes Terrain entführen lassen. Nicht ohne Grund. Sie war die Unerfahrene von ihnen und er hatte ihre Neugier geweckt. Nein, sie hatte es nicht bereut, sondern vielmehr alles, was er mit ihr getan hatte, in vollen Zügen genossen. Doch jetzt keimte etwas in ihr auf, was es ihr schwer machte, weiterhin in der Rolle des unerfahrenen Weibchens zu verharren und ihn den großen Macher spielen zu lassen. Und das hatte er sich selbst zuzuschreiben. Er hatte ihr Selbstwertgefühl, ihr Selbstbewusstsein genährt, das sie in beruflicher Hinsicht schon lange besaß. Inzwischen wusste sie jedoch auch, dass sie nicht mehr die graue Maus von früher war.

»Was geht da in deinem Kopf vor?« Robertos Blick schien ihre Seele erforschen zu wollen.

Sie musste lachen. Es klang unbeschwert in ihren Ohren.

»Ein wenig musst du dich schon noch gedulden. Lass dich überraschen«, ahmte sie ihn mit einem Augenzwinkern nach

Da wurde sein Lächeln breiter. Er hatte sie also genau verstanden.

»Du bist stark. Das gefällt mir. Stark und unbeugsam.« Sein Blick wurde ernster. »Ja, du gefällst mir«, wiederholte er, jedes Wort betonend.

»Und trotzdem verschließt du dich mir.«

Viel zu schnell sprang ihr dieser Satz wieder über die Lippen. Wie gern hätte sie ihn in der nächsten Sekunde ungeschehen gemacht. Nicht nur, weil er wie ein Vorwurf klang, ein völlig unberechtigter Vorwurf in Anbetracht ihres rein sexuellen Verhältnisses, sondern weil er wieder das Thema »Vergangenheit« aufnahm, das sie an diesem Abend nicht mehr hatte berühren wollen.

Rasch hob sie beide Hände, als würde er eine Waffe auf sie richten, wobei seine Augen in diesem Moment auch tatsächlich Pfeile auf sie abschossen.

»Ich ergebe mich und bitte um Verzeihung«, sagte sie gespielt demütig.

Ihre Blicke trafen aufeinander. In Robertos Augen leuchtete eine fiebrige und zugleich zornige Intensität. Je länger sie sich ansahen, wie zwei Kämpfer im Ring, desto mehr verlor sich dieser Ausdruck und machte dem von Geilheit, ja Lüsternheit, Platz. Mit einem verwegenen Lächeln sagte er schließlich zu ihrer Verblüffung: »Vielleicht ergebe ich mich *dir* ja gleich.«

Noch konnte Esther mit dieser Antwort nichts anfangen. Erst etwas später an diesem Abend sollte sie deren tieferen Sinn erkennen.

Nachdem Roberto ein paar leise Worte mit der Frau hinter der Rezeption gewechselt hatte, ging er auf Esther zu und führte sie zum Aufzug.

»Hast du hier ein Zimmer für uns reserviert?«, fragte sie erstaunt.

»Könnte man so sagen«, lautete seine knappe Antwort.

Sie schüttelte nur stumm den Kopf.

Dieser Mann hatte ein Faible für Geheimniskrämereien. Nun gut. Sie wollte sich darauf einlassen. Sie hatte sich vorgenommen, ihm zu vertrauen.

Mit dem Lift ging es in die Tiefe und als sie ausstiegen, fand sich Esther in einem Gewölbe wieder, dem Keller des Gebäudes. Erstaunt blieb sie stehen.

Ein Flair von Mittelalter und Kerker umwehte sie. An den Steinwänden leuchteten ihnen Fackeln den Weg. Roberto gab ihr einen Kuss auf die Lippen, nahm sie an die Hand. Ihm schien es Spaß zu machen, dass sie absolut keine Ahnung hatte, was sie hier zu erwarten hatte. Sie folgte ihm mit einem mulmigen Gefühl im Bauch. Wo mochte er sie hinführen?

Denk dran, du willst ihm vertrauen, erinnerte eine innere Stimme sie.

Diesen Vorsatz rief sie sich erneut in Erinnerung, als sie an einer stählernen Tür am Ende des Ganges ankamen. Ihr Herz schlug ihr bis zum Hals. Gespannt sah sie zu, wie Roberto den Eisenkasten an der Wand öffnete, einen Schlüsselbund herausnahm und aufschloss. Die Tür öffnete sich mit einem leisen Ächzen.

Der Anblick des Raumes versetzte ihr zunächst einen Schock. Sie befand sich auf der Schwelle zu einem Lustkerker. Mit angehaltenem Atem starrte sie auf die verschiedenen Instrumente, die zugleich Folter als auch Lust verschaffen konnten, den Menschen, die auf solche Sexpraktiken standen. Wie etwa auch Roberto?

»Wir müssen da nicht hineingehen«, hörte sie ihn neben sich sagen.

Seine Stimme klang samtig, vertrauensvoll. Sie spürte seinen Arm auf ihren Schultern. Seine große Hand fühlte sich warm auf ihrer nackten Haut an, vermittelte ihr das Gefühl von Zuverlässigkeit, Sicherheit und Geborgenheit.

Sie sah zu ihm hoch. »Stehst du darauf?«

Sie hörte selbst die Ungläubigkeit in ihrer Stimme.

Er lächelte belustigt. »Sagen wir mal so: Ich bin immer offen für Neues.«

Seine Finger strichen wie unabsichtlich über ihre Schulter, schenkten ihr einen wohligen Schauer. Sie schluckte, schwieg verwirrt.

»Möchtest du dich einmal umsehen? Danach können wir ja wieder gehen.«

»Hast du diesen Raum für uns reservieren lassen?« Sie dachte an das kurze Gespräch zwischen ihm und der Frau hinter der Rezeption.

»Ja.«

Sie trat über die Schwelle, wie von einer fremden Macht gesteuert, und hörte, wie Roberto die Tür hinter ihnen schloss.

Zuerst fiel ihr das Andreaskreuz an der Wand ins Auge. Ein solches hatte sie schon einmal auf Fotos gesehen. Dann entdeckte sie Ketten, einen Pranger, Fesseln aller Art, Dildos in allen Größen und Formen und einen Folterstuhl.

Sie legte ihre Hand auf die Stelle ihres Halses, unter der ihr Puls pochte.

Wahrscheinlich hätte sie die Beine in beide Hände genommen und fluchtartig diesen Ort verlassen, wenn sich diese Requisiten nicht in einer luxuriösen Umgebung befunden hätten. In dem Raum gab es gemütliche Sitzecken, viele Kristallspiegel, edle Teppiche, überall brannten Kerzen, überall standen frische Blumen. Eine gut sortierte Bar und leise Musik luden zum Verweilen ein. Rosenduft lag in der Luft, weiche Farben wirkten entspannend. Die Atmosphäre war durchaus angenehm, trotz der Folterinstrumente. Ihr Blick wanderte zu dem Andreaskreuz zurück. Zu ihren Sexfantasien gehörte auch eine Szene, in der sie an ein solches Kreuz gebunden war, nackt, mit gespreizten Beinen und zwischen den Beinen ein schwarzhaariger Kopf mit Zopf …

Sie schluckte krampfhaft. Doch die plötzlich aufsteigende Erregung ließ sich nicht so einfach hinunterschlucken, zumal sie nun Robertos Hand im Nacken spürte. Sanft streichelte sein Daumen ihren Haaransatz, zog dann eine Spur in der Mitte ihres Rückens hinunter bis zum Kleid.

Sie machte einen Schritt zur Seite und stellte sich dicht vor Roberto, mit dem Rücken zu ihm. In Höhe ihres Po spürte sie ganz deutlich seine Erregung, die sie wiederum erregte. Nun griffen seine Hände von hinten um ihre Taille, wanderten höher zu ihren Brüsten und schälten sie aus dem Bustier. Sie passten genau in seine großen warmen Hände, deren Daumen nun ihre bereits hervorstehenden Nippel streichelten. Die leichten spielerischen Berührungen schickten die süßesten Gefühle in ihren Schoß und weckten in ihr die Sehnsucht nach mehr. Sie wollte schon die Augen schließen, sich Robertos Händen überlassen, als dieser wieder ihre Taille umfasste und sie vor sich her schob auf die gegenüberliegende Wand zu, in Richtung des Andreaskreuzes.

Ja, dachte sie, alle Bedenken über Bord werfend. Sie hatte sich vorgenommen, Roberto zu vertrauen. Er hatte schon einmal ihre Fantasie Wirklichkeit werden lassen. Sie war sich sicher, sie wollte es ein zweites Mal erleben.

Roberto stellte sich mit dem Rücken vor das Kreuz. Er wusste noch nicht, ob Esther diese Aufforderung verstehen würde. Sie wirkte überrascht, sah ihn unsicher an.

»Zieh mich aus«, sagte er leise.

Ihrem Gesichtsausdruck nach zu urteilen, hatte sie verstanden. Ohne ein Wort zu sagen, zog sie ihm Smokingjacke und Hemd aus und warf alles auf den Boden. Mit seiner Hose ließ sie sich Zeit. Aufreizend langsam knöpfte sie sie auf. Sie stellte sich geschickt an. Ihr Lächeln zeigte ihm, dass sie Freude an dem hatte, was sie da gerade tat.

Dann stand er nackt vor ihr. Ihr Blick fiel auf seine starke Erektion, und er bemerkte, wie sich ihre Augen durch ihre eigene Erregung leicht verschleierten.

Sie schluckte sichtbar, als hätte sie einen Entschluss gefasst. Dann zog sie den Reißverschluss ihres Kleides auf und ließ es mit einer anmutigen Bewegung zu Boden gleiten. Nur mit String, High Heels und den roten Locken, die wie Flammen über ihren Busen züngelten, stand sie nun vor ihm. Den Kopf hoch erhoben, stolz wie eine Königin. Sie sah so prächtig aus, dass ihm allein bei ihrem Anblick das Blut in die Lenden schoss.

Ohne etwas zu sagen, nahm sie seine Arme, breitete sie aus und band sie mit Lederriemen am Andreaskreuz fest. Dann hob sie ihr Knie und schob es ihm behutsam zwischen den Schritt. Als es ganz leicht und trotzdem intensiv seine Hoden massierte, floss eine heiße Welle durch seinen Körper. Ihre grünen Augen sahen ihn an, glitzerten herausfordernd. In ihnen las er den Befehl, was er als Nächstes zu tun hatte. Er folgte dieser Aufforderung und stellte sich so breitbeinig hin, dass sie auch seine Füße festbinden konnte. All ihre Handgriffe wirkten so sicher, als ob sie in ihrem Leben nichts anderes gemacht hätte, als Männer zu fesseln. Ja, sie war ein

Naturtalent, seine professoressa. Das hatte er auf den ersten Blick erkannt. Sie hatte eindeutig Spaß daran, ihn hier anzubinden, ihn für sich dingfest zu machen. Ihre Nippel waren hart, ihr Gesichtsausdruck voller Strenge und Sinnlichkeit.

Welch eine Frau, ging ihm durch den Sinn, obwohl seine Geilheit bereits seinen Verstand blockierte. Er hatte lange suchen müssen, bis er eine solche gefunden hatte, die Lust verspürte, einen Mann zu unterwerfen. Und der er vertraute.

Nun trat sie einen Schritt zurück und betrachtete ihn, vom Kopf bis zu den Füßen und wieder zurück.

»Du bist schön«, sagte sie mit einem Lächeln, das so viel Zärtlichkeit und eine natürliche Offenheit verströmte.

Für einen kurzen Moment, den sein Restverstand noch zuließ, kam er sich mies vor. Nein, er hatte sie nicht verdient. Er konnte ihr nicht geben, was sie sich im Grunde ihres Herzens wünschte. Nicht, weil er nicht wollte, sondern aus Unfähigkeit. Sollte er diese Aktion hier abbrechen?

Da begann sie, seine Brustmuskeln zu streicheln und damit auch alle seine Skrupel wegzustreicheln. Sie zwickte ihn in seine Brustwarzen, was ihm ein Stöhnen entlockte. Mit wissendem Lächeln zeichnete sie aufreizend langsam die Erhebungen seiner Muskeln nach, ließ ihre Hände aufreizend langsam tiefer wandern, so tief, bis ihre Finger seinen Schwanz berührten. Scheinbar versehentlich strich ihre Hand seinen Schaft entlang, um ihn darauf gleich wieder loszulassen. Dieser Reiz löste ein Zittern in seinem Unterleib aus. Er konnte ein Keuchen nicht unterdrücken. Sie stellte sich so dicht vor ihn, dass die Spitze seiner Erektion ihre Haut berührte.

»So dringend?« Mit amüsiertem Blick und hoch erhobenem Kinn sah sie ihn an.

Da er sich kaum bewegen konnte, stieß er ins Leere, was

seine Erregung nur noch mehr steigerte. Sein Schwanz pochte. Sein Mund war staubtrocken. Er roch ihren sinnlichen Duft, der ihre Erregung verriet.

Nun positionierte sie sich breitbeinig vor ihm, schob ihr Becken nach vorn, bot ihm ihre geschwollenen Schamlippen dar. Ein starker Schauer durchfuhr seinen Körper. Sie ließ ihre rechte Hand zwischen ihre Schenkel gleiten. Er sah zu, wie sie ihren Saft in der dunkelrot glänzenden Spalte verteilte, wie ihr Mittelfinger den kleinen Knoten am Scheitelpunkt ihrer Falten massierte. Dabei umspielte sie mit Daumen und Zeigefinger ihrer Linken die rechte Brustwarze. Sie begann leise zu stöhnen, ihr Becken rhythmisch zu kreisen. Er starrte auf ihren nassen Schoß und wünschte sich nichts sehnlicher, als in ihn einzudringen. Doch er konnte nicht, die Fesseln hielten ihn zurück. Und genau das stachelte seine Erregung noch mehr an.

Als hätte sie seinen Wunsch geahnt, trat sie an ihn heran. Aufreizend drehte sie sich um, sodass sie mit dem Rücken zu ihm stand, beugte sich leicht nach vorne und rieb ihre klitschnasse Scham an seinem Schaft, was den ersten Schub seiner Lust auslöste, die wie eine Welle durch seinen Unterleib brandete. Er konnte sich gerade noch zurückhalten, sonst hätte er wahrscheinlich jetzt schon abgespritzt. Aber er wollte diesem Spiel noch kein Ende machen.

Esther lachte kehlig.

»Nein, noch nicht«, sagte sie streng, bevor sie sich wieder umdrehte und ihm wieder in seine Brustwarzen zwickte. Dieses Mal fester als zuvor. Er stöhnte auf, aus Lust, nicht aus Schmerz. Auf seinem Schwanz traten die Adern dick hervor. Er begann zu pulsieren, lechzte nach einer Berührung, einer festen Berührung. Doch Esther neckte ihn nur, indem sie sich mit verführerischen Bewegungen an ihm rieb. Dann schien sie Einsicht mit ihm zu haben, drehte sich um und stellte sich breitbeinig vor ihn.

Wie schön sie war. Ihre sanft geschwungenen Hüften, ihr herzförmiges Hinterteil, ihre helle Haut, die wie Perlmutt schimmerte. Jetzt bückte sie sich mit durchgestreckten Beinen und bot ihm ihre Vagina dar. Bei ihrem Anblick biss er sich auf die Lippen. Sie war vor Erregung prall und gerötet und glänzte feucht.

»Bitte ...«, entfuhr ihm rau. Er wand sich an dem Kreuz, hätte am liebsten die Lederriemen zerrissen, um in die nasse Ritze zu stoßen, die so nah und doch so unerreichbar für ihn war. »Bitte ...«, presste er hervor.

Mit leichten rotierenden Bewegungen ihres Beckens fing Esther die Spitze seines Schwanzes ein. In dem Moment, als ihr nasses Fleisch seine Eichel umschloss, fühlte er, wie sich ihre Finger um seine Hoden schlossen. Natürlich hätte er den Höhepunkt am liebsten noch weiter hinausgezögert, aber er verlor mehr und mehr die Kontrolle über sich. Esther stöhnte nun auch vor Wollust auf, während sie seinen Schwanz umschloss, seine Hoden knetete und auf den schmalen Grad bis zu seinem Anus mit einem Finger Druck ausübte. Er spürte ihre Enge, ihre Hitze und wünschte sich, noch weiter in sie hineinstoßen zu können. Seine Erektion drohte zu explodieren.

»Jetzt komm!«, befahl sie. »Ich will, dass du jetzt kommst.«

Die Muskeln ihrer Vagina begannen zu pumpen, trieben ihn unausweichlich auf den Orgasmus zu, den er sich bis jetzt verboten hatte. Doch jetzt konnte er nicht mehr, verlor gänzlich die Kontrolle über sich. Seine Hüften zuckten ekstatisch auf dem engen Raum, den die Lederriemen ihm ließen. Sein Schwanz schien zu platzen und sein Bewusstsein löste sich in einem Rausch leuchtender Farben auf, als sein Samen in Esther hineinspritzte und sich mit ihrem Saft verband.

Niemals zuvor hatte Esther eine solche Erregung verspürt. Robertos praller Schwanz füllte sie aus, erzeugte ein Spannungsgefühl in ihrer Vagina, das fast an ihre Schmerzgrenze stieß und ihr gleichzeitig ein bisher nie gekanntes Lustgefühl schenkte. Robertos Stöhnen, lauter und enthemmter als bei ihren bisherigen sexuellen Begegnungen, seine weichen Hoden, die sie in ihrer nach vorn gebeugten Haltung an ihre Spalte drückte, ihr Finger, der ihre Perle nach ihrem eigenen Rhythmus reizte, ihre andere Hand, die ihre Brust knetete ... Dieses Zusammenspiel verschaffte ihr eine Erregung, der sie kaum mehr Herr wurde. Zu alledem kam noch das Bewusstsein, dass sie ganz Herr, oder vielmehr ganz Frau, der Lage war. Sie steuerte nicht nur ihre eigene Lust, sondern auch die von Roberto. Sie ließ ihn keuchen, sich winden, sie bestimmte das Tempo, das ihn und auch sie auf schwindelnde Höhen brachte. Sie befriedigte sich mit Robertos Schwanz und hatte gleichzeitig die Macht über seine Befriedigung. Er war ganz in ihren Händen. Zum ersten Mal gehörte er ihr, nur ihr allein, zumindest sein Körper. Diese Vorstellung schenkte ihr neben all den Lustgefühlen eine innere Genugtuung. Ja, ein Machtgefühl, das sie sexuell erregte.

Als sie das Pochen in Robertos Schwanz verspürte, bemerkte, wie er sich an dem Kreuz hinter ihr wand, überlegte sie ganz kurz, ob sie seine Rute freigeben sollte, um ihn noch ein wenig länger zu quälen. Doch ihre Finger, die ihre Klitoris reizten und Blitze durch ihren Unterleib schickten, ließen sich nicht mehr beherrschen. Ihre rotierenden Bewegungen wurden kraftvoller, schneller, ganz von selbst. Sie begann, mit ihren Vaginamuskeln Robertos Schwanz zu massieren, drückte seine Hoden fest an ihre nasse Spalte. Dann spürte sie das Pulsieren in sich, hörte Roberto heiser aufschreien und wusste, dass er gerade kam.

Sie stieß ihn tiefer in sich hinein; einmal, zweimal, dreimal und merkte, wie er sich in ihr ergoss. Nun griff sie mit einer Hand in ihren Schritt, spreizte die Schamlippen auseinander. Die Finger ihrer anderen Hand nahmen Tempo auf, rieben intensiv über ihre Klitoris. Die erste Welle baute sich in ihr auf, kam näher und schlug über ihr zusammen. Ihre Schreie mischten sich in die von Roberto. Es folgten weitere Wellen, dicht hintereinander, eine höher als die nächste. Sie rissen sie mit sich in einen Strudel unbändiger Lust. Sie hörte sich schreien, keuchen, wimmern. Und dann gaben ihre Beine nach, die sie die ganze Zeit in dieser fast akrobatischen Stellung gehalten hatten. Nachdem die letzte Woge verebbt war, sank sie auf die Knie. Dabei glitt Robertos erschlaffter Schwanz aus ihr heraus. Erschöpft blieb sie vor dem Kreuz knien, am ganzen Körper zitternd. Das Blut in ihrem Kopf pulsierte, ihr Atem ging immer noch schwer, wenn auch jetzt leiser. Die melodische Loungemusik drang langsam wieder in ihre Ohren, der angenehm riechende Rosenduft in ihre Nase. Die Wirklichkeit hatte sie wieder.

»Esther?« Es war Robertos samtige Stimme.

Mein Gott, er war immer noch gefesselt.

Sie versuchte aufzustehen und sich umzudrehen, fiel dabei vor lauter Kraftlosigkeit aber wieder hin. Verwirrt sah sie zu ihm hoch.

In seinem Gesicht lag ein Ausdruck von Zärtlichkeit, den sie bei ihm bisher noch nicht gesehen hatte.

»Geht es dir gut?« Seine Frage klang so besorgt, dass sie sie im Innersten berührte.

Sie lächelte ihn an. »Es geht mir sogar sehr gut.«

Er lächelte zurück, so, wie er sie noch nie angelächelt hatte. »Dann bin ich beruhigt.«

Sie schluckte und hielt den Atem an, in der irrigen Hoffnung, diesen einzigartigen Moment zwischen ihnen so lange wie möglich hinauszögern zu können. Es war verrückt, aber da wollten ihr doch tatsächlich Tränen die Kehle zuschnüren.

Entschlossen räusperte sie sich. Ein wenig ungelenk stand sie auf und trat vor das Kreuz. Robertos Anblick, wie er so schutzlos der Welt ausgeliefert war, machte sie plötzlich verlegen. Ihre eigene Nacktheit auch. Und wenn sie erst an das dachte, was gerade zwischen ihnen gewesen war ...

»Ich binde dich los«, sagte sie mit belegt klingender Stimme.

Ihre Hände zitterten genauso wie ihre Knie, als sie an den Riemen herumfingerte. Nachdem Roberto seine Arme wieder bewegen konnte, löste er selbst die Fesseln an seinen Füßen. Er streckte sich ein paar Mal und dann tat er etwas, was ihr erneut ein verdächtiges Kribbeln im Hals bescherte.

»Komm mal her«, sagte er leise und nahm sie in die Arme. Er drückte sie sanft an sich, strich ihr übers Haar, über den Rücken, küsste sie behutsam auf den Scheitel und auf die Stirn. Dabei hielt er ihr Gesicht in den Händen, als würde er kostbares Porzellan umfassen.

»Danke«, hörte sie ihn auf Deutsch flüstern. »Ich danke dir, Esther.«

Nun konnte sie die Tränen nicht mehr zurückhalten. Sie schluchzte leise auf. Erschrocken hielt Roberto sie ein Stück von sich weg. Sein Blick drückte tiefste Betroffenheit aus.

»War es schlimm für dich? Tut dir etwas weh?«

Er hielt ihr Gesicht in beiden Händen, suchte mit so verstörter Miene ihren Blick, dass sie wieder lächeln musste.

»Nein«, beruhigte sie ihn. »Das war nur so neu.«

Sein Lachen kam von Herzen und klang unbeschwert. »Soll ich dir etwas verraten? Für mich auch.«

Nun war die Verwirrung auf ihrer Seite. »Wirklich?«

»Ich wollte es immer schon mal ausprobieren. Und ich dachte, dass du ein Naturtalent sein könntest.«.

»Enttäuscht?«, fragte sie mit neu gewonnener Kraft.

»Im Gegenteil. Mehr als positiv überrascht.« Er schlang die Arme um sie und zog sie an sich. Er bettete ihren Kopf auf seine Brust, schob die Hand unter ihr Haar und hielt ihn fest. So standen sie eng umschlungen eine Weile nur stumm da und hörten der Musik zu. Irgendwann begann sie zu frösteln. Roberto bemerkte es. Er drückte sie noch einmal fest an sich und ließ sie dann los.

»Wollen wir nach Hause fahren?«

Nach Hause? Das klang doch nach mehr als nur Sex, oder?

»Ja, gern.« Mehr brachte sie nicht über die Lippen.

Auf der Rückfahrt schwiegen sie, wie bisher immer, nachdem sie miteinander geschlafen hatten. Esther wusste, dass Roberto sich ihr wieder verschloss. Sie hätte alles darum gegeben, in seinen Kopf schauen zu können. Aber so gab sie sich damit zufrieden, dass seine Hand auf ihrem Knie lag, bis sie vor dem Palazzo ankamen.

Die samtblaue Nacht war sternenklar. Am Himmel stand ein strahlender Mond, der die Hügelketten versilberte. Der süße Duft der Rosenbüsche auf seinem Grundstück hing in der Luft. Er mischte sich mit dem bitteren von Salbei und

Thymian. Aus dem Wald klang der wehmütig klingende Ruf eines Vogels zu ihnen hinunter. Es war eine Nacht wie aus einem Bilderbuch.

»Gute Nacht, professoressa«, sagte Roberto zu ihr.

Er lächelte sie an. Sein Lächeln jedoch hatte jede Zärtlichkeit verloren.

Wie konnte ein Mensch nur so sein, dachte sie mit aufsteigender Bitterkeit. Was sollte sie von ihm halten? In diesem Moment hätte sie ihm durchaus zugetraut, nach ihrer Verabschiedung eine seiner anderen Liebhaberinnen anzurufen, um mit ihr noch eine schnelle Nummer zu schieben. Roberto d'Albertis war genauso widersprüchlich wie die toskanische Landschaft mit ihren fruchtbaren blühenden Ebenen und ihren kraterähnlich erodierten Gegenden, karg und unfruchtbar wie ein Mondgebirge.

Frust und Wut schnürten ihr den Hals zu. Sie sah zu ihm hoch, fassungslos über seine kühle Art.

»Wir sehen uns morgen«, fuhr er fort, freundlich und distanziert wie ein Reiseleiter, der keine Lust mehr hatte. »Ich möchte dir mein Weingut zeigen und vielleicht auch mehr.«

Der Conte hatte also wieder die Führung übernommen.

Macho, schimpfte sie stumm. Um ihm nicht zu zeigen, wie sehr sie sein Verhalten traf, setzte sie ein strahlendes Lächeln auf, das ihren Wangen wehtat, und erwiderte betont heiter: »Ich freue mich. Das wird bestimmt interessant.«

Sie drehte sich um und ging durch die Eingangshalle in den Gästetrakt. In ihrem Zimmer zog sie das Kleid aus und wusch sich. Die für sie so aufwühlenden Eindrücke dieser Nacht ließen sich jedoch nicht so einfach wegwaschen. Sie wusste, dass sie sich immer an sie erinnern würde.

Als sie schließlich im Bett lag, dachte sie an ihre Freundin Lena, die Männerexpertin. Würde sie ihr das widersprüchliche Verhalten des Conte erklären können? Nein, Lena war mehr auf sexuelle Praktiken spezialisiert. Und die gefühlvolle verheiratete Anna? Vielleicht eher. Aber ihre Kusine befand sich gerade in einer Phase, in der sie alle Männer für Betrüger hielt.

Vielleicht sollte ich morgen abreisen, dachte Esther, während sie, die Arme unterm Kopf verschränkt, aus dem Fenster in die helle Nacht hinaussah. Verzweifelt wünschte sie sich, es gäbe eine Möglichkeit, die Ereignisse der vergangenen Stunden zu vergessen. Andererseits ...

Sie seufzte.

Aufgeben war noch nie ihre Sache gewesen. Auch wenn sie nicht wirklich damit rechnete, Robertos Herz für sich gewinnen zu können, und am Ende ihres Aufenthalts feststellen musste, dass die Begegnung mit ihm nur ein kurzes Intermezzo in ihrem Leben war, wollte sie die Zeit mit ihm genießen. Aus sexueller Sicht würde es mit Sicherheit die beste Zeit in ihrem Leben bleiben. Und vielleicht, vielleicht ...

Robertos Blick wanderte durch sein Schlafzimmerfenster hinaus und verlor sich in dem Sternenhimmel, der sich über der toskanischen Landschaft spannte. Sein Inneres befand sich in Aufruhr, dem er nur Herr wurde, indem er sich nach außen verschlossen gab. Die Situation, in der er sich befand, in die er sich gebracht hatte, fühlte sich für ihn falsch und doch irgendwie richtig an.

Vor langer Zeit hatte er aufgehört zu zählen, wie viele Frauen er in den vergangenen Jahren gehabt hatte. Stets hatte er versucht, jeder das Gefühl zu geben, etwas Besonderes zu sein. Aber Dr. Esther Winkler *war* etwas Besonderes. Diese Erkenntnis bereitete ihm Unbehagen. Vergeblich versuchte er zu begreifen, was sie für ihn war. Sie entzog sich allen Kategorien, die ihm einfielen. Fest stand nur, dass sie sein Leben auf den Kopf stellte, ohne sich dabei übermäßig anzustrengen. Und dass sie eines erreichte, was bisher nur Janina vorbehalten gewesen war: Er vertraute der professoressa. Er hatte sich ihr an diesem Abend körperlich ausgeliefert, zum ersten Mal in seinem Leben.

Ich hätte sie nicht einladen dürfen, sagte er sich, während er sich von einer Seite auf die andere wälzte. Zum ersten Mal wieder nach langer Zeit dachte er daran, dass es das Glück, von dem er damals voller Naivität geträumt hatte und das er auch für kurze Zeit hatte genießen können, vielleicht doch noch einmal für ihn geben könnte. Dann verbot er sich diesen Gedanken schnell wieder. Nein, sein Herz war gestorben. Noch einmal leiden, wenn auch aus anderen Gründen? Das wollte er nicht. Die Kraft zu überleben würde er kein zweites Mal mehr aufbringen können. Für wen auch? Er hatte keine Kinder, keine Verwandte. Er war allein. Außer Maria und Paolo gab es keine Menschen auf der Welt, denen er nahe stand. Bisher hatte er gut gelebt. Warum sollte er das ändern? Lieben bedeutete leiden. Früher oder später.

Er war alles andere als ein Feigling. Oder ein Schwächling. Nach dem Tod seines Vaters hatte er das Weingut übernommen, hatte sich einen Ruf als Winzer erarbeitet, ohne vorherige Kenntnisse. Er hatte sich auf dem Kunstmarkt einen Namen gemacht, verwaltete seine Liegenschaften und sein Vermögen ohne Berater. Und das sehr gut. Beim Tod seines Vaters, eines Patriarchen, der sich nicht hatte in die Karten schauen lassen, war er noch ein unbedarfter Einundzwanzigjähriger gewesen. Dennoch war es ihm bisher gelungen, das Familienvermögen zu sichern und sogar zu vermehren. Sein Ruf, ein solider Geschäftsmann zu sein, ging weit über die

Toskana hinaus. Und der des Frauenhelden sowieso. Sein Leben war doch schön, oder? Aber warum hatte er Esther das Kleid von Janina geliehen? Warum hatte er die professoressa darin sehen wollen? Der erste Anblick vor ihrer Zimmertür hatte ihm wehgetan und ihn seine Idee zutiefst bereuen lassen. Sie war ihm wie ein Verrat an Janina vorgekommen. Im Laufe des Abends jedoch hatte Esther ihn wieder in ihren Bann gezogen und er hatte festgestellt, dass sie des Kleides würdig war. Wenn überhaupt eine Frau, dann sie. War es nicht endlich an der Zeit, in seinem Leben aufzuräumen? Mit der Vergangenheit abzuschließen statt sich weiterhin in ein sexuelles Abenteuer nach dem nächsten zu stürzen?

Nach einer unruhigen Nacht wachte Esther am nächsten Morgen verschwitzt und gerädert auf. Im klaren Licht des neuen Tages wurde ihr erneut bewusst, dass Roberto d'Albertis Gift in ihrem Blut war. Sie musste nach München zurück, in ihr Leben, das zwar weit weniger aufregend und bunt war, ihr aber Stabilität gab.

Mit diesem Entschluss im Kopf ging sie unter die Dusche. Sie ließ das kühle Wasser an sich hinunterlaufen. Das Gesicht dem prasselnden Strahl entgegengerichtet, glitt sie mit beiden Händen über ihre Oberarme und Brüste. Ohne es verhindern zu können, stellte sie sich vor, es wären Robertos Hände – und hasste sich gleich darauf wegen ihrer Wankelmütigkeit.

Sie presste die Stirn gegen die nasse Fliesenwand, die Augen fest geschlossen, eine Hand zwischen ihre Schenkel geschoben. Das Erlebnis mit dem Conte in dem Lustkerker hatte in ihr etwas ausgelöst, das immer noch nachwirkte. Sie konnte sich nicht dagegen wehren. Ihr war zumute, als hätte sie sich mit einem Virus infiziert, der die Kontrolle über sie gewonnen hatte.

Ihre Finger betasteten fiebrig ihre Scham, fanden ihre Perle, massierten sie. Es war fast so, als würde eine geheimnisvolle Macht sie zwingen, ihre natürlichen Triebe auszuleben. Ein Geräusch ließ sie zusammenzucken. Die Tür zur Duschkabine öffnete sich und Roberto trat unter den Wasserstrahl. Nackt. Sein Schwanz ragte ihr prall entgegen. Als er sie ohne ein Wort an sich zog, war sein Griff hart und bestimmend, als wollte er jeden Widerspruch ihrerseits im Keim ersticken. Doch sie hatte nicht vor, sich zu wehren. Sie hätte es gar nicht gekonnt. Er kam vielmehr im richtigen Moment. Ihr Verstand hatte sich längst ausgeschaltet. Dafür hatten ihre Finger im Schritt bereits gesorgt. Voller Leidenschaft drückte sie sich an ihn und genoss das Gefühl seiner heißen Erektion an ihrem Bauch. Sie küsste seinen Mund, verschlang seine eindringende Zunge. Niemals zuvor in ihrem Leben war sie so gierig auf Sex gewesen wie jetzt. Zwischen ihren Schenkeln pochte die unerfüllte Lust, ein Gefühl, das sie versengte. Und da er nichts dafür tat, ihr Abhilfe zu verschaffen, nahm sie seinen Schenkel zwischen ihre Beine und begann, sich rhythmisch an ihm auf und ab zu bewegen.

»Warte«, hörte sie ihn in das Plätschern des Wassers sagen. Er ließ sie los. »Schließ die Augen.«

Sie tat es.

»Was hast du vor?«, fragte sie atemlos.

Er drehte das Wasser ab und schob dabei seine Hand in ihren Schritt. Sie spürte etwas Kühles in ihrem Schritt. Sie zuckte zusammen.

»Pscht ...«, beruhigte Roberto sie. »Es wird dir gefallen.«

Sie hielt den Atem an, ließ die Augen geschlossen und konzentrierte sich ganz darauf, was nun passieren würde.

Das Kühle, Glatte, zweifelsohne ein Gegenstand, drang sacht in sie ein, weitete ganz behutsam ihre Vagina.

»Was ist . . . ?«

»Pscht.« Roberto streichelte beruhigend über ihren Venushügel, ihre Hüften, küsste ihre Lider. »Ich tue nichts, was dir wehtun würde. Hab Vertrauen.«

Sie nickte.

Ganz sanft massierte er ihre Klitoris. Sie spürte, wie sie sich entkrampfte, wie sie sich weitete. Währenddessen schob er das kühle Etwas langsam in sie hinein. Es begann zu vibrieren. Süße Wellen der Erregung brandeten durch ihren Unterleib.

»Eine Liebeskugel?«, fragte sie heiser.

Sie hatte schon einmal davon gelesen.

»Zwei«, flüsterte er.

Sie riss die Lider auf. »Zwei? Das geht doch nicht.«

Er legte ihr den Finger auf die Lippen.

»Das geht«, beruhigte er sie.

Und gleich darauf spürte sie auch schon die zweite, kühle Metallkugel, die er in ihre feuchte Enge schob. Sie hörte das schmatzende Geräusch ihrer Lust. Die Vibration verstärkte sich, als die beiden Kugeln in ihrem Innern aneinanderklackten. Sie bewegte ihre Hüften, spürte die Bewegung in sich. Die gerade noch so kalten Kugeln begannen zu glühen, sandten Impulse aus, trieben ihre Lust ins fast Unerträgliche.

»Berühr mich«, sagte sie, während sie sich an seinen Schultern festhielt. »Tu etwas, ich werde sonst verrückt.«

Da kniete er sich zwischen ihre gespreizten Beine. Seine Hand massierte ihre glühende Scham, schob ihre pochende Lippen auseinander und legte ihre Klitoris frei. Sie hätte nicht sagen können, was erregender war: das Vibrieren in ihrer Vagina oder Robertos Lippen, die an ihrer Perle saugten, bis sie noch empfindlicher wurde, als sie sowieso schon war. Jede noch so leichte Berührung seines Mundes löste ein Feuer in ihr aus.

»Leck mich fester«, bettelte sie ihn an. »Bitte ...«

Die Kugeln in ihr massierten sie, halfen ihr jedoch nicht, die Schwelle zum Orgasmus zu überschreiten. Sie brauchte mehr.

Da tippte er mit seiner Zungenspitze gegen ihren Kitzler, in schnellen Zügen, energisch und fest, immer wieder, bis sich ihre Lust endlich entlud. Hohe Wellen rissen sie mit sich und erst nachdem die letzte über sie hinweggeschwappt war, öffnete sie die Augen.

Roberto stand auf, hielt sie fest, drückte sie an seinen Körper.

»Ich möchte, dass du die Kugeln heute in dir behältst«, flüsterte er ihr ins Ohr, sodass ihr ein erneuter Schauer über den Rücken lief.

Immer noch leicht in Trance löste sie sich von ihm und blinzelte ihn verwirrt an. »Geht das denn?«

Er lächelte zurück. Dabei strich er ihr eine nasse Locke aus der Stirn.

»Wir werden sehen. Ich bin bei dir.«

Die Liebeskugeln hielten Esther gefangen in einem Zustand der Dauererregung, die durch jede Bewegung noch verstärkt wurde. Beim Anziehen, Gehen, Einsteigen in Robertos Cabrio und selbst, wenn sie sich im Sitzen bewegte, fingen die Kugeln an zu vibrieren und bescherten ihrem Unterleib eine süße Welle nach der anderen.

War das Robertos Absicht? Möglicherweise, um an diesem Tag ein normales, zwischenmenschliches Zusammensein mit ihr unmöglich zu machen? Dass sie gar nicht erst auf den Gedanken kam, ihm persönliche Fragen zu stellen? Sollte das sein Ziel sein, konnte sie ihn zu seinem Erfolg nur beglückwünschen. Die höchst erregenden und auch verstörenden Gefühle zwischen ihren Schenkeln machten sie tatsächlich für alles andere unzugänglich. Außerdem musste sie ihre Erregung ja auch noch nach außen hin verbergen, was sie allein schon ungeheure Kraft kostete.

So hörte sie Roberto auf der Fahrt zu seinem Weingut nur wie in Trance zu.

»Im Norden ist das Gebiet des Chianti-Anbaus begrenzt von den Vororten von Florenz, im Osten von den Chianti-Bergen, im Süden von Siena und im Westen von den Tälern der Flüsse Pesa und Elsa«, dozierte er. »Eine siebzig Kilometer lange Weinstraße, die Via Chiantigiana, verbindet Florenz und Siena. Sie führt durch eine großartige Kulturlandschaft. Siehst du das Schild dort mit dem schwarzen Hahn?«, fragte er von der Seite.

Sie nickte pflichtgemäß. Keinesfalls wollte sie sich anmerken lassen, was in ihr vorging. Die Genugtuung, dass er ihr mit den Kugeln so große Lust verschaffte, wollte sie ihm nicht eingestehen. Noch nicht.

»Der Gallo Nero markiert die Anbaugrenzen des Chianti Classico. Du findest das Zeichen auch auf den Flaschen der Chianti Classico Weine.«

Er sprach weiter, als wenn alles ganz normal wäre. Als wenn es das Geheimnis zwischen ihren Schenkeln überhaupt nicht geben würde. Und dabei vernebelte es geradezu ihr Gehirn.

Roberto stellte sie seinem Kellermeister vor, zeigte ihr die Örtlichkeiten, erklärte ihr den Vorgang des Kelterns und bei jedem Schritt glaubte sie sich einem Orgasmus nah.

Das sollte sie den ganzen Tag aushalten? Unmöglich.

Vom Weingut aus brachen sie zu einer kleinen Rundreise auf.

»Heute zeige ich dir ein Stück von meiner Heimat«, sagte er voller Unternehmungslust.

Silberfarbene Olivenhaine und sattgrüne Weinberge, so weit das Auge reichte, bestimmten das Landschaftsbild, dazwischen immer wieder gelbe Sonnenblumenfelder und Steineichen. Und natürlich Zypressen, die wie Pilger über die Hügelkämme wanderten.

Roberto war in seinem Element. Er unterhielt sie mit seinen Geschichten und Erklärungen aufs Beste. Schade nur, dass sie sich kaum etwas merken konnte. Viel zu sehr zogen die Kugeln ihre Aufmerksamkeit auf sich.

Ihre erste Station war Lucca.

»Möchtest du Lucca zu Fuß erkunden oder im Auto sitzend?«, erkundigte er sich mit einem teuflischen Blitzen in den Augen. Zumindest bildete sie sich das ein.

»Lieber sitzend«, erwiderte sie möglichst gelassen.

Er lachte zufrieden und sie wusste warum.

Sie hielten vor der Villa, in der Puccini gelebt hatte.

»Ich liebe Puccinis Opern«, schwärmte ihr Reiseführer. »Er verstand es wie kaum ein anderer, sein Publikum emotional zu packen. Die tiefen Charaktere, die er geschaffen hat und die er immer wieder in schicksalhaften Situationen zusammenführt. Die Handlungen seiner Personen sind eine unerbittliche Folge ihrer brennenden Leidenschaft. Ja, das kann schon erschüttern. Und im Mittelpunkt steht immer eine liebende, konfliktüberladene Heldin wie Tosca oder Butterfly.«

Robertos tragisch klingende Stimme ließ sie schaudern, was die Kugeln in ihr erneut zum Vibrieren brachte. In diesem Moment fühlte auch sie sich als konfliktüberladene Frau. Einerseits wurde sie den anregenden Gefühlen in sich kaum mehr Herr, andererseits hätte sie nicht auf sie verzichten wollen. Selbst in ihren heißen Fantasien hatte sie sich so etwas nicht vorgestellt.

»Roberto ...« Sie klang heiser.

Mit hochgezogenen Brauen sah er sie von der Seite an.

»Sie geben doch etwa noch nicht auf, professoressa?« Sein Blick war zärtlich. »Halt noch ein bisschen durch. Ich will dich später explodieren sehen.«

»Wenn das so weitergeht, wirst du das gleich schon erleben«, erwiderte sie trocken, woraufhin er schallend lachte.

»Zu wissen, dass es dich erregt, macht auch mich ziemlich heiß«, sagte er, nahm ihre Hand und legte sie in seinen Schritt.

Als sie seinen harten, prallen Schwanz spürte, stöhnte sie unwillkürlich auf.

»Ich habe solch eine Lust auf dich«, flüsterte sie mit belegt klingender Stimme.

Er strich ihr über die Wange, ganz innig, ganz liebevoll. »Hab noch Geduld. Umso schöner wird es.«

»Hast du das schon einmal mit einer Frau gemacht?«

Die Frage kam ihr ganz spontan über die Lippen. Und obwohl sie wusste, dass er so persönliche Fragen nicht mochte, bereute sie sie nicht.

Er lächelte, dabei hielt er den Blick auf die Straße gerichtet.

»Nein«, lautete seine Antwort.

»Wirklich nicht?«

»Wirklich nicht, du Quälgeist.« Dann wechselte er das Thema.

In Pisa hielten sie an, aßen in einem kleinen Straßenlokal

mit karierten Tischtüchern deftige toskanische Kost. Währenddessen plauderte Roberto zwanglos daher. Dabei drängte sich irgendwann sein nackter Fuß zwischen ihre Schenkel und begann, vorsichtig ihre Klitoris zu reizen.

Nach dem gemeinsamen Duschen am Morgen hatte er sie gebeten, einen Rock ohne Slip anzuziehen. Jetzt wusste sie warum. Er verschaffte ihr fast unerträgliche Wonnen unter dem kleinen Tisch, inmitten all der Gäste, die nichts davon mitbekamen. Es gelang ihr nur knapp, sich kurz vor ihrer sexuellen Entladung zurückzuziehen, was Roberto stets ein wissendes Lächeln entlockte.

Derart in Dauererregung behielt sie von seinem Vortrag über Pisa auch nur den Grund für die Schieflage des berühmten Turms in Erinnerung: Beim Bau war der unfertige Stumpf in Schräglage geraten. Trotzdem hatte man weitergebaut.

Die ganze Rundreise, die etwa vier Stunden dauerte, wurde für sie zur süßen Qual. Immer wieder jagte ihr ein Schauer über den Rücken, der überall an ihrem Körper eine Gänsehaut hinterließ. Doch es gelang ihr, sich zu beherrschen, Roberto nicht um Erlösung anzubetteln, obwohl sie inzwischen so weit war, mit ihm auf einem öffentlichen Rastplatz vor aller Augen zu vögeln. Schließlich kamen sie wieder vor dem Palazzo an. Sie war mittlerweile ziemlich feucht zwischen den Beinen und vor Erregung ganz erschöpft.

Sie blieb sitzen, sah ihn nur an. »Und jetzt?«

Die Sonne war inzwischen hinter den Hügelketten im Westen verschwunden und hatte einen rosafarbenen Schein am gläsernen Himmel hinterlassen. In der seidigen Luft hingen die Düfte der Rosen und Hibiskussträucher, die vor dem Palazzo in Kübeln standen. Zikaden sangen. Robertos tiefer Blick brachte den Rest an Selbstbeherrschung in ihr zum Schmelzen.

»Bitte, fick mich«, flehte sie leise. »Ich halte es nicht mehr aus.

Da nahm er ihr Gesicht in die Hände und küsste sie zart auf die Lippen. »Ja, ich fick dich. Ich fick dich so, dass du explodieren wirst.«

Kurze Zeit später fand sich Esther in Robertos Schlafzimmer wieder. Zum ersten Mal. Von der Lust derart davongetragen, fragte sie sich nicht, wie viele Frauen schon vor ihr in diesem riesigen Bett gelegen haben mochten. Sie konzentrierte sich nur darauf, wie Roberto sie langsam auszog. Er war bereits nackt und hockte über ihr. »Spreiz die Beine«, sagte er rau.

Sie tat es, hielt die Luft an, wartete darauf, dass er die Kugeln herausziehen würde. Dabei würden sie bestimmt noch einmal leise aneinanderklacken, in ihr vibrieren.

Doch er schien etwas anderes vorzuhaben. In der Tiefe seines Blickes war ein Feuer, das hinaufzüngelte, als wollte er sie jeden Augenblick verschlingen. Ihr Herz begann noch heftiger zu schlagen. Sie begann zu zittern. Da packte Roberto sie beim Nacken und zog sie so eng an sich, dass sie die Hitze spürte, die von seinem Körper ausging. Gierig verschlossen seine Lippen ihren Mund, seine Zunge drängte sich in ihn. Zügellos erwiderte sie den Kuss. Dabei krallten sich ihre Finger besitzergreifend in seinen Rücken. Sein Schwanz drängte sich an ihren Bauch, sie spürte ihn pulsieren. Und als sie ihre Hände fest um Robertos Pobacken legte, stöhnte er auf. Plötzlich ließ er sie los und drückte ihren Oberkörper auf die Matratze.

»Schieb deine Arme nach oben.«

Sie gehorchte, spürte, wie er ihre Handgelenke über ihrem

Kopf verschränkte, wie sich etwas Weiches um sie legte, das sie zusammenband.

»Vertrau mir. Ich würde dir niemals etwas Böses zufügen«, hörte sie ihn flüstern.

Und sie vertraute ihm. Es machte sie sogar noch mehr an, ihm hilflos ausgeliefert zu sein.

Roberto legte seine Hände auf ihre Brüste und massierte sie lustvoll. Ihre Brustwarzen wurden fester und heißer. Sie spürte ein sinnliches Stechen in ihnen. Als seine Lippen an ihnen zwickten, verstärkte sich dieses süße Gefühl. Sie stöhnte auf, wand ihren Körper, was die Liebeskugeln umgehend mit einem lustvollen Vibrieren belohnten.

»Ich kann nicht mehr«, sagte sie gequält. »Fick mich jetzt. Sofort.«

Roberto lachte nur leise. Seine Lippen beendeten die lustvolle Qual an ihren Nippeln. Sie wanderten weiter ihren Körper hinunter. Unten angekommen verschmolzen sie mit ihren Schamlippen, zogen und lutschten an ihnen und ihr war zumute, als würde er ihr einen geilen Zungenkuss zwischen die Schenkel geben. Dabei bewegten sich die Kugeln im Rhythmus seiner Zunge und massierten ihren G-Punkt.

»Nein!«, rief sie aus.

Doch da kam schon die erste Welle auf sie zugerollt. Im nächsten Moment zog Roberto an der Schnur. Die Kugeln glitten aus ihr heraus und mit einer einzigen Bewegung stieß er seinen prallen Schaft in sie hinein. Da schwappte die Welle in ihr über. Roberto stieß ein zweites Mal, dieses Mal kräftiger und tiefer, und ein drittes, viertes, fünftes Mal, immer schneller und löste damit immer neue Wellen in ihr aus. Ein gewaltiger Orgasmus überrollte sie, rauschte wie süßes Gift durch ihre Adern. Ihr Körper wurde durchgeschüttelt. Sie verlor jeden Bezug zur Wirklichkeit und schrie ihre Lust heraus.

Als Esther wieder einen klaren Kopf bekam, lag sie in Robertos Armen, nass geschwitzt, völlig fertig und herrlich zufrieden. Wie nach einem Orkan war alles wieder ruhig um sie herum, genauso wie in ihrem Innern. Ihr Herzschlag hatte zu seinem normalen Takt zurückgefunden. Sie fühlte sich satt und rundum glücklich.

Roberto streichelte sie, nicht aufreizend, sondern zärtlich. Er spielte mit ihrem Haar, strich ihr über die Arme, verschlang seine Finger mit ihren, folgte mit dem Zeigefinger der Linie ihres Nasenrückens, der ihrer Oberlippe. Dabei verteilte er immer wieder Küsse auf ihrem Scheitel. Sie schmiegte sich an ihn, spürte dabei seinen immer noch steifen Schwanz.

»Bist du gar nicht gekommen?«, murmelte sie gleichermaßen müde wie erstaunt.

»Sonst hätte ich dich nicht so intensiv erleben können«, antwortete er leise an ihrem Ohr.

»Aber …« Sie wollte sich aufrichten, doch er hielt sie in ihrer bisherigen Haltung an sich gedrückt.

»Später, wenn du magst«, sagte er, und sie hörte seiner Stimme an, dass er lächelte.

»Selbstverständlich. Das weißt du doch.« Wohlig räkelte sie sich in seinen Armen.

»Schön. Das gefällt mir.«

»Weil du damit Macht über mich hast.«

Aha, ihr Verstand schaltete sich jetzt also wieder ein. Solche Antworten gehörten nicht zu denen, die Roberto gefielen.

»Nein, weil ich dich gern so erlebe«, widersprach er ihr zu ihrer Verwunderung. »Dann bist du nicht die strenge und nüchtern denkende professoressa. Dann bist du die Frau …«

Sie glaubte, dass er noch etwas hinzufügen wollte, doch er schwieg und sie fragte nicht weiter nach.

»Ich bin beides«, sagte sie. »Du hast die andere Seite an mir entdeckt. Dafür danke ich dir.«

Sie musste das einfach sagen. Diesen Tag würde sie niemals vergessen. Er hatte ihr mit den Liebeskugeln ein Erlebnis geschenkt, das seinesgleichen suchte.

Da küsste Roberto sie so zärtlich, dass ihr das Herz überlief. Und wieder fragte sie sich, ob der Kuss für ihn keine tiefere Bedeutung hatte? Sie erwiderte den innigen Kuss, bis ihr Herz erneut schneller schlug und sich in ihrem Körper ein neues Kribbeln bemerkbar machte. Das konnte doch nicht wahr sein. Würde sie von diesem Mann denn niemals genug bekommen können?

Dann schob Roberto sie sanft von sich weg.

»Nicht jetzt«, sagte er ernst. »Du musst dich erst ein bisschen erholen. Lass uns duschen und dann etwas kochen. Was hältst du davon?«

Ihr Herz schlug einen Purzelbaum.

»Klingt gut.« Sie zögerte. »Ich würde gern in meinem Zimmer duschen. Da habe ich alle meine Sachen.«

»Kein Problem. Danach treffen wir uns in Bademänteln hier bei mir und kochen. Einverstanden?«

Und wie Esther einverstanden war. Robertos Vorschlag klang so herrlich normal. In Bademänteln kochen, auf seiner Terrasse essen, danach etwas trinken, Musik hören ... und vielleicht noch mehr.

So normal sollte dieser Abend dann auch werden. Sie aßen auf Robertos Terrasse mit Blick auf die Poollandschaft und den Blumentempel. Sie hatten Spaß miteinander, sprachen über ihr Liebeskugelerlebnis, neckten sich gegenseitig, unterhielten sich über sein Weingut, Pisa und Lucca und planten eine neue Rundreise für den nächsten Tag. Ganz normal wie ein verliebtes Pärchen. Danach räumten sie gemeinsam den Tisch ab, Roberto öffnete eine Flasche Chianti und schenkte ein.

Esther war schon wieder draußen auf der Terrasse, als sie die ihr so wohl bekannten Töne hörte, leise wie aus der Ferne. Sie drehte sich um.

Roberto stand neben der Stereoanlage. Sein Blick hielt ihren eindringlich fest – genauso eindringlich wie die ersten Klänge von Ravels Bolero.

»Kennst du das Stück? Der Komponist ...«

»Heißt Ravel«, unterbrach sie ihn. Ihre Stimme klang belegt. »Der Bolero von Ravel. Es ist eines meines Lieblingsstücke.«

Bisher hatte Roberto noch keine Frau kennengelernt, die das Stück gekannt hatte. Bis auf Janina. Jetzt stand seine »professoressa« vor ihm. Ganz selbstverständlich war ihr die Antwort über die Lippen gekommen. Wie viel lieber hätte er eine andere erhalten, dass sie den Bolero nicht kannte. Zwei, drei Sekunden lang, in denen sie sich schweigend ansahen, überlegte er, ob er die Musik abstellen und Esther zu ihrem Zimmer begleiten sollte.

Die Töne schwollen an, wurden lauter, der Bolero nahm Bewegung auf.

»Ich brauche eine Abkühlung«, murmelte er, ging an Esther vorbei, lief die Treppen hinunter zum Pool und stürzte sich in das kalte Wasser.

Nicht etwa, um seinen Körper abzukühlen, sondern sein Herz.

Esther blickte Roberto irritiert nach. Inzwischen wusste sie ja, dass er sich, nachdem sie miteinander geschlafen hatten, immer sofort zurückzog, aber dieser Abend war doch bis jetzt ganz anders verlaufen. Was trieb ihn denn nun wieder von ihr weg?

Der melancholische Ausdruck in seinen Augen, nachdem er die CD mit dem Bolero eingelegt hatte ... Ja, sie hatte ihn entdeckt. Hatte seine Reaktion etwas mit dieser Musik zu tun? Verband er etwas besonders Schmerzliches mit ihr? Roberto d'Albertis, der Mann mit den vielen Geheimnissen ...

Sein Verhalten verletzte sie – wieder einmal. Die offensichtliche Flucht vor ihrer Nähe zerstörte die gerade entstandene Harmonie, diese angenehme Normalität zwischen ihnen, die sie eben noch so sehr genossen hatte. Völlig ernüchtert stand sie nun hier und beobachtete, wie er mit kraftvollen Stößen durch das Becken schwamm. Sie spürte, wie sich langsam Verbitterung in ihrem Herzen breitmachte.

Nein, sie wollte nicht mehr zulassen, dass Roberto immer alles zwischen ihnen zerstörte, dass er alles bestimmte. Er mochte gute Gründe dafür haben, aber dann sollte er sie auch über diese aufklären. Sie wollte nicht länger die Spielpuppe für ihn sein, der er nach Belieben schöne Stunden zuteil werden ließ, die er aber auch ganz nach seinen Launen verhungern lassen konnte.

Entschlossen ging sie die Stufen zum Pool hinunter.

Ob es ihm nun passte oder nicht, sie würde ihn jetzt zur Rede stellen.

Sie wartete, bis er zu ihr an den Rand geschwommen kam. Der Bolero war hier genauso gut zu hören wie oben auf der Terrasse. Es musste auch hier irgendwo Lautsprecher geben. Kraftvoll drangen jetzt die Rhythmen aus der Anlage, mischten sich mit dem Plätschern des Poolwassers. Die Musik wurde leidenschaftlicher. Esthers Herz schlug mit dem Rhythmus im gleichen Takt, ihr Atem ging schwerer. In ihrem Innern ballten sich die widersprüchlichsten Gefühle zu einer explosiven Mischung zusammen.

Jetzt hatte Roberto sie erreicht. Er stellte sich hin, strich sich das lange Haar aus der Stirn und sah zu ihr hoch. Sein Lächeln, verlegen und unsicher, überraschte sie nicht nur, sondern verwirrte sie auch zutiefst.

»Was um alles in der Welt geht in dir vor, Roberto?« Sie sah ihm in die Augen und war sich sicher, dass er ihre Hilflosigkeit spürte. »Ich will es wissen. Möchtest du, dass ich gehe? Soll ich nach Hause fahren?«

Da streckte er die Hand nach ihr aus.

»Komm zu mir ins Wasser«, sagte er sanft.

»Nein.«

Er hob die Brauen. Das Mondlicht ließ die Konturen seines Gesichts noch markanter hervortreten und die Narbe an seinem Hals silbern glänzen.

»Nein«, wiederholte sie bestimmt, aber ruhig. »Ich kann mit deinem widersprüchlichen Verhalten nicht umgehen.«

Er lächelte. »Das glaube ich gern, aber komm trotzdem zu mir.«

Sie blieb stehen. »Nein«, wiederholte sie immer noch ruhig. »Deine Art eben empfinde ich wie eine kalte Dusche. Ich lasse mich nicht derart von dir zurückweisen. Das muss ich mir nicht antun.« Mit diesen Worten drehte sie sich um.

Nach wenigen Schritten hörte sie das Wasser plätschern und einen Herzschlag später spürte sie zwei starke Arme, die sie festhielten. Roberto drehte sie zu sich um.

Ernst und offen sah er ihr in die Augen. »Es ist viele Jahre her, dass ich mit einer Frau geschlafen habe, während der

Bolero lief. Heute Nacht möchte ich es mit dir tun – wenn du willst.«

Moment einmal, schoss ihr durch den Kopf.

»Noch kürzlich mit Silvia!«, stellte sie umgehend richtig. »Bei meinem ersten Aufenthalt hier, an dem Abend, nachdem ich dich mittags mit dieser Verena in Florenz in der Altstadt gesehen habe.«

Er schüttelte den Kopf. »An diesem Abend habe ich allein Musik gehört. Silvia war nicht bei mir.«

Sie schluckte.

Ja, sie glaubte ihm

»Hast du diese Frau damals geliebt?«

Sie bemerkte das Zucken, das über sein Gesicht lief.

»Ja«, antwortete er rau. »Ich habe sie sehr geliebt.«

Seine Antwort traf sie mitten ins Herz. Er hatte einmal eine Frau geliebt. Eifersucht klopfte in ihr an Gleichzeitig jedoch wurde sie sich auch der besonderen Bedeutung seiner Bitte bewusst, mit ihr bei dieser Musik zu schlafen.

»Esther ...« Robertos Stimme klang leise, zärtlich und bittend.

Da glitt sie in seine Arme. Er drückte sie an sich, hielt sie fest, umfasste ihr Gesicht und hob es hoch. Sein Blick verriet ihr, dass er jetzt nicht nur mit ihr Sex haben wollte, weil er Spaß daran hatte.

Esther sollte sich diesbezüglich nicht täuschen. Nie zuvor hatte Roberto sie auf diese zärtliche, innige und völlig verschmelzende Weise geliebt wie jetzt im Wasser zur Musik von Ravel. Zum ersten Mal empfand sie ein Gefühl tiefster Verbundenheit und Nähe. Ihre Leidenschaft brandete immer stärker auf und schließlich erreichten sie punktgenau mit dem Schlussakkord des Musikstückes gleichzeitig ihren Höhepunkt. Sie stöhnten, drängten sich aneinander und küssten sich, während sie diesen besonderen Augenblick genossen und sich von den Wellen davontragen ließen.

In dieser Nacht bat Roberto d'Albertis seine professoressa, bei ihm zu übernachten.

Die beiden folgenden Tage verhielten sich Esther und Roberto wie ein ganz normales Liebespaar. Sie schliefen aus, liebten sich leidenschaftlich, bevor sie duschten, und fuhren danach nach Florenz hinunter, wo sie in einem Café frühstückten und Zeitung lasen. Sie besichtigten Siena, spazierten herum und beobachteten im Schatten des Rathausturms Torre del Mangia auf einem der schönsten Plätze der Welt, dem Piazza del Campo, die vorbeiziehenden Leute. Sie fuhren zu einem der dreihundert Steinbrüche rund um Carrara im Norden der Toskana, wo der weißeste und begehrteste Marmor der Welt, der Statuario, abgebaut wurde. Sie besuchten eine der berühmten Steinmetzwerkstätten in Pietrasanta, wo monumentale schneeweiße Skulpturen entstanden, und badeten in dem heilsamen Wasser der Montecatini-Thermen. Am Abend, nachdem die toskanische Sonne untergegangen und die Hitze des Tages einer angenehmen Wärme gewichen war, liebten sie sich wieder. Ohne Spielzeug, ohne seidene Bänder. Bei der Musik von Ravel verloren sie sich in ihrer Leidenschaft und kamen gleichzeitig zum Höhepunkt. All diese gemeinsam verbrachten Stunden, die wie im Flug vergingen, veränderten ihre Beziehung. In einem ihrer vielen Gespräche, die immer mehr Tiefgang bekamen und in denen sie nicht nur über Kunst, Literatur und Geschichte diskutierten, sondern auch über das Leben allgemein, sagte Roberto zu Esthers Überraschung: »Man muss sich mit seiner Vergangenheit aussöhnen und in der Gegenwart leben.«

Sie biss sich auf die Lippe und fragte dann entschlossen: »Willst du mir von deiner Vergangenheit erzählen? Von der Frau, die du geliebt hast?«

Roberto strich ihr übers Haar und bettete ihren Kopf an seine Brust. Er schwieg eine Weile, während er sie im Arm hielt und sie dem Gesang der Zikaden lauschten.

»Ich werde dir von ihr erzählen, und von dieser schrecklichen Phase in meinem Leben, aber gib mir noch etwas Zeit«, bat er sie.

Sie schluckte und schwieg.

Solange sie nichts von ihm forderte, bewegte er sich freiwillig auf sie zu, öffnete sich Stückchen für Stückchen, so wie in den vergangenen Tagen. Er hatte ihr von seinem Vater erzählt, von seiner Mutter, seinen Vorfahren, nur das große Geheimnis, das ihn umgab, hatte er noch nicht gelüftet. Doch sie hatte begriffen, wie schwer es ihm fiel, darüber zu reden, und akzeptierte sein Verhalten. Noch. Seine zurückhaltende Art sollte sie jedoch nicht länger davon abhalten, ihm ihre Gefühle zu gestehen. Sie wollte keine Spielchen spielen. Das passte nicht zu ihrem Charakter. Er sollte wissen, dass sie sich in ihn verliebt hatte. Morgen, nahm sie sich vor, an ihrem letzten Tag hier in der Toskana. Morgen früh, nachdem sie miteinander geschlafen hatten und sie in seinen Armen lag. Dann bestand eine ganz besondere Nähe zwischen ihnen. Vielleicht würde sich dann auch Roberto ihr gegenüber offenbaren. Ihren Körper kannte er ja mittlerweile sehr gut, besser als sie selbst, und wusste, was er tun musste, um das Feuer in ihr zu entfachen. Vielleicht hatte er inzwischen ja auch gelernt, die Dinge auszudrücken, die ihr Herz hören wollte. Und falls nicht, würde sie stark genug sein, auch das zu verkraften. Keinesfalls jedoch wollte sie noch länger so viel Unausgesprochenes zwischen ihnen ertragen.

Bisher hatten die beiden mit keinem Wort erwähnt, dass dieser wunderbare Tag, der sich langsam über den Hügeln erhob, Esthers letzter in Robertos Palazzo war. Am Nachmittag würde sie zurück nach München fliegen. In diesem Bewusstsein genoss Esther an diesem Morgen noch einmal besonders den leidenschaftlichen Sex mit Roberto. Als sie danach ineinander verschlungen liegen blieben, nahm sie allen Mut zusammen.

»Roberto, ich liebe dich. Ich hätte nie gedacht, dass ich jemals so stark für jemanden empfinden könnte. Und ich wünsche mir nichts mehr, als dass du mich auch ...«

Sie spürte, wie sich sein Körper versteifte. Oder bildete sie sich das nur ein? Roberto bewegte sich nicht, hielt sie aber weiterhin in seinen Armen, seine Wange an ihren Kopf geschmiegt.

Verunsichert fuhr sie fort. »Ich gehöre nicht zu den Frauen, die alles für einen Mann aufgeben würden. Ich liebe meinen Beruf, meine Selbstständigkeit, aber ich könnte mir schon vorstellen, dich öfter zu sehen, mehr Zeit mit dir zu verbringen. Ich sage dir das, weil ich meine, dass du es wissen solltest. Außerdem habe ich den Eindruck, dass ich dir auch nicht ganz gleichgültig bin.« Sie verstummte.

Roberto rührte sich immer noch nicht und schwieg. Sie zählte ihre Atemzüge, wartete auf ein Zeichen. Ihr Herz schlug immer schneller. Irgendwie musste er doch reagieren. Sie hielt die spannungsgeladene Situation kaum mehr aus. Sie wusste nicht, was sie noch sagen sollte. Jedoch ahnte sie bereits, dass sie mit ihrer Offenheit einen großen Fehler begangen hatte, der nicht mehr zu korrigieren war.

Und zu ihrer großen Enttäuschung ließ Roberto sie los und rollte sich auf die andere Seite des Bettes. Sie schluckte krampfhaft.

Hatte sie diesen Mann und die gesamte Situation völlig falsch eingeschätzt? Hatte ihr inniger Wunsch, Roberto inzwischen mehr zu bedeuten als seine anderen Affären, ihren Verstand vernebelt? Ja, wahrscheinlich war es so.

Sie räusperte sich und sagte nüchtern: »Ich glaube, mein naives Liebesgeständnis kam jetzt nicht so gut bei dir an, oder?«

Im Schlafzimmer war es so still, als hielte die Welt den Atem an. Dann setzte sich Roberto aufrecht hin und lehnte sich mit dem Rücken an das Polsterteil des Bettes. Sein Blick wanderte zu der offen stehenden Fenstertür hinaus, verlor sich im Morgendunst.

»Esther, ich kann dich nicht lieben. Ich kann niemanden lieben«, hörte sie ihn schließlich nach einer Ewigkeit sagen, in der sie zu frieren begonnen hatte. »Ich will es auch nicht«, fügte er entschlossen hinzu, ohne sie anzusehen.

Sie zog die Bettdecke über ihren nackten Körper und verschränkte die Arme vor der Brust. Sie schämte sich dafür, ihm gerade ihre tiefsten Gefühle gestanden zu haben, und bereute es. Aber auch ein Anflug von gesunder Wut über seine Reaktion stieg in ihr hoch.

»Ganz abgesehen von deiner Einstellung zu mir ...« Ihre Stimme bebte. »Jeder Mensch kann lieben, so wie auch jeder hassen kann. Diese Gefühle hat jeder von Natur aus in sich. Sie unterscheiden uns von anderen Kreaturen, gerade sie machen uns menschlich. Natürlich können diese Gefühle erschüttert werden. Das muss aber nicht heißen, dass du nie mehr in deinem Leben lieben kannst. Du musst es nur zulassen. Wenn du mir aber sagst, dass du nicht lieben willst, muss dies doch einen Grund haben. Hast du Angst, enttäuscht zu werden? Hat dich damals Janina so verletzt, dass du ...«

Erschrocken hielt sie inne. Robertos düsterer Blick traf sie wie ein Pfeil.

»Hör bitte auf, ständig in meiner Persönlichkeit herumzuangeln, um irgendetwas zu finden, das mein Verhalten dir gegenüber erklärt. Und Janina lass bitte aus dem Spiel«, sagte er kalt. Ein Tonfall, der sie innerlich frieren ließ. »Genau das, diese Art – die übrigens viele Frauen haben –, ist für mich der Grund, warum ich lieber allein lebe. Mich nicht an eine Frau binden will. Warum ich es vorziehe, mehrere Frauen zu haben. Und wenn es sich ergibt, gern auch zur gleichen Zeit.« Er lächelte halbseitig. »Das ist übrigens der einfachste Weg, aufkeimende Gefühle zu ersticken. Bei den Frauen und vielleicht auch bei mir. Natürlich verliere ich dadurch einige auch schnell wieder, aber diesen Preis zahle ich gern. Ich verschenke meinen Körper, aber nicht meine Seele. Ich brauche die Abwechslung, meine Freiheit und vertrage keine Einmischung in mein Leben. Ich lasse mich nicht von einer Frau an die Leine nehmen, die mich dazu auch noch liebt. Ich will diese ganze Gefühlsduselei nicht.«

Bei diesem letzten Satz sprang er aus dem Bett und sah sie zornig an. Wie eine perfekt geformte Statue stand er da in seiner Nacktheit, mit dem langen Haar, das ihm über die gebräunten muskulösen Schultern fiel, dem so sinnlichen Mund und der Narbe an seinem Hals.

Nach diesem Ausbruch konnte sie ihn nur sprachlos anstarren, unfähig, sich zu rühren. Jeder seiner Sätze hatte sie tief in der Seele getroffen.

Roberto hatte gesehen, wie Esthers Blick bei seinen Worten gebrochen war, und er hasste sich für seine Härte. Dennoch machte er unbarmherzig weiter.

»Du kennst mich nicht. Du liebst nur deine Vorstellung von mir. Du weißt gar nicht, wie ich wirklich bin.«

Ihre wunderschönen grünen Augen flackerten auf.

»Dann sag es mir doch«, forderte sie. »Sag mir, wie du bist, was du erlebt hast. Irgendetwas musst du erlebt haben, was dich zu dem Mann gemacht hat, der mir jetzt gegenübersteht. Hat es etwas mit deiner Narbe am Hals zu tun?«, fuhr sie nun genauso unbarmherzig wie er fort. »Hat es etwas mit dem Bolero zu tun? Mit deiner Schwester vielleicht?«

Ihre Stimme hatte sich höher geschraubt, ihre Augen sprühten jetzt Funken und ihre Wangen glühten wie im Fieber. Wie eine Rachegöttin kam sie ihm vor, die sich mit diesen Fragen, von denen sich jede wie ein Dolch in sein Herz bohrte, dafür rächen wollte, dass er ihr seine Liebe verweigerte.

»Warum erklärst du mir nicht den Grund für dein Verhalten?«

»Weil es dich nichts angeht.« Kalt schaute er sie an. »Weil ich auch mit all den anderen Frauen nicht darüber rede.«

Er sah, wie sie schluckte. Ihre Augen verschleierten sich, ein Zeichen für ihn, dass sie mit aufsteigenden Tränen kämpfte. Er schwieg, überlegte und kam zu dem Schluss, dass er ihre Gefühle für ihn vernichten musste. Er konnte ihr nicht geben, was sie von ihm erwartete. Er war nicht so weit und würde vielleicht auch niemals an den Punkt kommen, einer Frau sein Herz und seine Seele zu öffnen. Nein, das wollte er nicht. Dafür war er nicht geschaffen.

»Denk jetzt nicht, ich wäre zu bemitleiden«, sagte er. »Mir geht es prächtig. Ich genieße mein Leben. Ich liebe die Frauen.«

»Aber du liebst mich nicht«, erwiderte Esther mit einer Stimme, die ihm fremd war. Sie klang hölzern, zutiefst verbittert.

Nun holte er zum letzten Schlag aus, getrieben von etwas, das er nicht hätte benennen können. Er musste es einfach tun.

»Ich bin nicht für feste Beziehungen gemacht. Ich liebe alle Frauen nur mit meinem Körper – genau wie dich. Ich spreche von Lust, nicht von Liebe. Ich genieße es, euch zu erregen, euch schöne körperliche Gefühle zu schenken. Ich genieße das Gefühl der Macht, das ich dadurch ...«

»Es reicht!« Ihr Schrei ging durch den Raum. Sie atmete schwer. Esther presste das Betttuch gegen ihren Körper. Ihre Hände zitterten. »Es ist gut, Roberto«, fuhr sie etwas ruhiger fort. »Ich habe dich verstanden. Trotzdem glaube ich dir nicht alles. Irgendwas passt da nicht zusammen. Ich weiß nur nicht, was es ist.« Sie stand auf und sah ihn entschlossen an. »Ich schäme mich nicht für meine Gefühle und bin dankbar, dass ich sie kennengelernt habe. Nicht nur die körperlichen. Und ich würde mir wünschen, dass du das Vertrauen zu mir hättest, mir zu erzählen, was in deinem Leben passiert ist, damit ich dich verstehen kann. Aber ich kann dich ja nicht dazu zwingen.«

Er sah, wie sie auf der anderen Seite seines Bettes stand, in dem sie sich gerade noch geliebt hatten. Er wusste, dass sie gleich gehen würde. Und wie er sie einschätzte, würde sie sich ein Taxi kommen lassen und ohne ein Abschiedswort verschwinden. Um all das wusste er und es zerriss ihn innerlich. Das Blut rauschte in seinem Kopf, ließ ihn schwindeln. Sie hatte keine Angst gehabt, ihm ihre aufrichtigen Gefühle zu zeigen. Und was machte er? Für ihn war einfach alles zu schnell gegangen.

Esther wartete noch ein paar Augenblicke und griff dann mit der rechten Hand nach ihrem Bademantel, ohne ihn aus den Augen zu lassen. Da er nur stur schwieg, wandte sie sich schließlich ab und verließ das Zimmer.

Er blieb allein zurück.

Es gelang Esther nicht, Robertos Gesichtsausdruck zu deuten.

Würde er sie gehen lassen, ohne ihr irgendein Zeichen zu geben? Ein Wort von ihm hätte genügt und sie wäre ihm sofort um den Hals gefallen. Sie standen sich so nah gegenüber, nur das Bett war zwischen ihnen, dass sie sah, wie sich seine Brust mit jedem Atemzug hob und senkte. Und doch hatte sie das Gefühl, er wäre noch nie so fern von ihr gewesen. Tränen verschleierten ihren Blick. Dennoch erkannte sie die Kälte, die sich auf seinem Gesicht abmalte – dieses Gesicht, das sie so sehr liebte. Es war vorbei. Das war ihr nun endgültig klar.

Sie griff nach dem Bademantel, ganz langsam. Sie musste die Sekunden strecken, die Zeit anhalten. Alles lag nun bei Roberto. Sie war an ihre Grenzen gegangen. Weiter konnte und wollte sie nicht gehen. Langsam zog sie den Mantel an und ging zur Tür. Sie wunderte sich darüber, dass sie sich überhaupt noch bewegen konnte. Sie hatte das Gefühl, innerlich leblos zu sein. Aber es war Zeit, sie konnte nicht mehr länger bleiben.

Taxi bestellen, anziehen, einpacken, an Maria ein paar Abschiedsworte schreiben, vors Tor gehen und abfahren.

Mit diesem klar strukturierten Plan im Kopf ging sie zum Gästetrakt zurück. Ab dann funktionierte sie nur noch. Sie ließ keine weiteren Gedanken zu und konzentrierte sich auf die Ausführung jedes einzelnen Punktes.

Auf dem Weg zum Tor schob sie Maria den Brief unter die Tür. Im nächsten Moment kam auch schon das Taxi angefahren. Sie stieg ein, ohne noch einmal einen Blick zurückzuwerfen.

»Zum Flughafen«, wies sie den Fahrer auf Italienisch an.

Auf der Fahrt telefonierte sie mit der Airline wegen einer

Umbuchung. Sie hatte Glück. Auf einer früheren Maschine nach München war noch ein Platz frei.

Als sie in der bayrischen Landeshauptstadt aus dem Flieger stieg, herrschte dort dieses trübe Wetter, das so gut zu Niederlagen und traurigen Liebesgeschichten passte …

Dritter Teil

Als Esther ihre Wohnung betrat, hatte sie das Gefühl, als wäre sie jahrelang weg gewesen. An diesem Spätnachmittag war es bereits so dämmrig in der kleinen Dachgeschosswohnung, dass sie das Licht einschalten musste. Es funktionierte nicht, was ihr einen kurzen ironischen Lacher entlockte.

In ihrem Leben funktionierte gerade einfach nichts.

Ohne ihr Gepäck wegzuräumen, zog sie sich aus und nahm eine heiße Dusche. Dann legte sie sich aufs Sofa. Schon während des Fluges war es ihr so vorgekommen, als würde sie in einen Strudel gezogen, der sie Stück für Stück verschlang. Und sie hatte keine Kraft, sich gegen ihn zu wehren.

Roberto begehrte sie. Das war nicht die Frage. Aber sonst war da nichts zwischen ihnen. Zumindest nicht seinerseits. Er hatte sie gefickt. Nichts weiter. Sie hatte es genauso wie er gewollt und sie hatten es getan.

Sie biss sich auf die Lippe, sodass diese blutete. Doch der Schmerz konnte sie nicht von dem ablenken, der in ihrem Herzen tobte. Sie dachte an Roberto, an das Gefühl seiner samtigen Haut unter ihren Fingern, an seine Küsse, an den Ausdruck in seinen Augen, wenn er in sie eingedrungen war, an seinen Geruch, eine Mischung aus Männlichkeit und heißer Lust.

Von ihrem Schmerz überwältigt wälzte sie sich hin und her. Es tat so weh, dass sie hätte aufschreien können. Der Schmerz drohte sie innerlich zu zerreißen.

Er ließ auch in den folgenden Tagen nicht nach, die sie bei schlechtem Wetter in ihrer Wohnung verbrachte und die nur quälend langsam verstrichen. Nachts schlief sie schlecht. Oft schreckte sie hoch, weil sie sich einbildete, das Telefon oder ihr Handy klingeln zu hören. Und jedes Mal stellte sie zu ihrer grenzenlosen Enttäuschung fest, sich doch geirrt zu haben.

Zu ihrem Liebeskummer gesellte sich dann jedoch auch bald ein anderes Gefühl. Wut. Eine unsagbare Wut auf sich selbst. Wie hatte ihr Verstand sie nur derart verlassen können? Sie hatte doch genau gewusst, auf wen sie sich da einließ. Und trotzdem. Sie konnte und wollte einfach nicht glauben, sich so sehr in Roberto getäuscht zu haben. Warum nur ließ sie das Gefühl nicht los, in seinem Leben doch eine andere Bedeutung gehabt zu haben als Silvia oder seine vielen anderen Geliebten?

Weil du blöd bist und dieser Gedanke den Schmerz mildert, sagte sie sich. Du bist sogar so blöd, dass du jeden Tag glaubst, er würde anrufen, was er bis jetzt nicht getan hat und auch nie tun wird. Vergiss ihn.

»Vergiss ihn endlich«, sagte auch Anna. »Mir war von Anfang an klar, dass das nichts wird. Sieh es mal so: Du hast ein paar tolle Tage verlebt, mit gutem Sex in einer wunderschönen Gegend. Das ist doch schon mal was. Viele andere träumen ein ganzes Leben davon.«

Esther hatte mit ihrer Kusine vor ihrer Abreise ausgemacht, dass sie erst wieder nach ihrer Rückkehr telefonieren wollten. Nachdem sie jedoch mehrmals nicht ans Telefon gegangen war, tauchte Anna abends bei ihr auf, besorgt und zornig zugleich, dass sie ihre Anrufe nicht entgegengenommen hatte.

»Du kannst nicht zulassen, dass dieser Typ dein ganzes bisheriges Leben über den Haufen wirft«, donnerte die zweifache Mutter los. »Morgen musst du wieder arbeiten und dich konzentrieren. Ganz abgesehen davon, wie du ausschaust. Hast du mal in den Spiegel gesehen? Du siehst total fertig aus. Herr Aschenbach wird nicht gerade begeistert sein, wenn du morgen in diesem Zustand seine vornehme Galerie betrittst.«

Wie immer, wenn sich Anna Sorgen machte, war sie in ihrer Wortwahl wenig zimperlich. Stoisch ließ Esther die Tiraden über sich ergehen. Ihre Kusine sagte ihr ja nur das, was sie sowieso schon wusste. Aber ihre tiefe Enttäuschung über Roberto hatte all ihre Kraftreserven erschöpft. Niemals zuvor hatte sie sich derart leer und ausgebrannt gefühlt. Sie wusste einfach nicht mehr weiter.

»Gut, dass du ab morgen wieder eine Aufgabe hast«, fuhr Anna erbarmungslos fort, marschierte zur Bar und goss sich einen Martini ein. »Dann hat dein Tag eine Struktur und du hängst nicht länger hier herum«, fuhr sie nach dem ersten Schluck fort. »Ich erkenne dich ja gar nicht mehr wieder. Wie kannst du nur zulassen, dass ein Typ, oder vielmehr dessen Verhalten, dich so sehr verändert? Hallo? Du bist Esther, meine taffe Kusine, falls du es vergessen haben solltest. Die intelligente clevere Vernunftfrau, Frau Dr. Esther Winkler. Dir kann doch so ein italienischer Gigolo nichts anhaben. Das kann doch nicht sein.«

Annas Gesicht hatte sich gerötet, wie immer, wenn sie sich in Rage redete. In einem Zug kippte sie den Rest Martini hinunter und stellte das Glas mit Wucht auf den Couchtisch. »Also?«

Esther musste zum ersten Mal seit ihrer Rückkehr lachen. »Was also?«

»Ich will Taten sehen. Spring unter die Dusche, zieh dir was Ordentliches an und wir gehen essen.«

»Wo sind denn überhaupt deine Jungs?«

»Bei meinem Mann.«

Im Laufe des Tages war die Schlechtwetterfront, die tagelang über der bayerischen Landeshauptstadt gehangen hatte, weitergezogen. Zu dieser frühen Abendstunde spannte sich ein weißblauer Himmel über München, und die untergehende Sonne ließ den Friedensengel auf der Prinzregentenstraße golden aufleuchten. Überall herrschte abendliches Treiben. Scharen von Menschen pilgerten die Maximilianstraße entlang. In Trauben saßen sie an den Tischen vor Cafés, Bistros und Restaurants. Der Geruch von Benzin, warmem Asphalt, Parfüm und Gegrilltem vermischte sich zu dem einzigartigen Duft eines Sommerabends in der Großstadt. Nach den Regentagen hielt es niemanden mehr im Haus.

Esther und Anna steuerten den Augustinergarten an. Sie bestellten Backhendl und eine halbe Maß. Esther bekam kaum was herunter. Immer noch war ihr Magen wie zugeschnürt.

»Na ja, wenigstens hast du ein bisschen gegessen«, brummte Anna zufrieden vor sich hin, die inzwischen alle Diätversuche wieder aufgegeben hatte und sich genießerisch die von Fett glänzenden Lippen leckte.

»Wir haben noch gar nicht darüber gesprochen, wie es bei dir läuft«, sagte Esther.

Ihre Kusine seufzte, putzte sich den Mund mit der Serviette ab und lehnte sich zurück, was Esther als Zeichen dafür deutete, dass es Neuigkeiten geben musste.

»Also …«, begann Anna dann auch bedeutungsschwanger, »Rolf ist vor drei Tagen aus dem Haus seiner Eltern ausgezogen. In ein möbliertes Apartment erst einmal. Dort sind auch die Jungs heute Abend.«

»Und weiter?« Esther sah sie abwartend an, aber sie ahnte bereits, was jetzt kommen würde.

»Nun ja ...« Anna senkte den Kopf und spielte mit ihren Fingern. »Ich will mal so sagen: Wir nähern uns wieder ein bisschen an.«

»Du hast ihm also verziehen?«

»Nein, das auf keinen Fall. Es ist nur, dass Rolf immer noch behauptet, mir treu gewesen zu sein. Er bleibt dabei, dass das Damenhöschen nicht von ihm stammt. Er sagt, er könnte mir nicht sagen, wen er deckt. Er hätte demjenigen sein Wort gegeben.«

Esther schwieg.

Nun gut, sagte sie sich. Ein solches Verhalten würde sogar zu Rolf passen. Ihr angeheirateter Vetter besaß die typisch deutschen Eigenschaften: Zuverlässigkeit, Verantwortungsbewusstsein, Pflichtbewusstsein. Andererseits jedoch stellte man sich in diesem Fall aber auch die Frage: Welcher Mann war Rolf so wichtig, dass er seine Ehe für ihn aufs Spiel setzte? Da konnte man schon auf halbseidene Antworten kommen.

»Weißt du, ich würde Rolf ja gern glauben, aber eigentlich spricht alles gegen ihn«, fuhr Anna hörbar verzweifelt fort. »Wen deckt er? Wer bedeutet ihm so viel, dass er unsere Ehe in Gefahr bringt? Er hat doch gar keine richtig engen Freunde. Einen sogenannten besten Freund gibt und gab es in seinem Leben nicht. Er hat mir aber geschworen, dass er mir treu war. Er sagt, dass er mich und die Kinder liebt und uns nicht verlieren will. Ich spüre, dass er todunglücklich ist. Er leidet wie ein Hund. Und trotzdem will er den Namen desjenigen nicht herausrücken, den er angeblich deckt.« Sie griff sich in die rotblonden Locken und schüttelte mehrmals den Kopf. »Ich werde noch wahnsinnig. Das ist doch kein Dauerzustand. Für uns alle nicht. Zumal meine liebe Schwiegermutter triumphierend die Fahne schwingt. Sie hätte ja von Anfang an gewusst, ich sei die falsche Frau für ihren Sohnemann. Diese blöde Kuh. Gestern hat sie mich am Telefon angemacht, ich solle mich endlich aus Rolfs Leben heraushalten. Ich sei daran schuld, dass er aus ihrem schönen Haus in ein marodes Apartment gezogen ist. Und dabei wusste ich noch nicht einmal etwas von Rolfs Entscheidung.«

»Was sagt denn dein Schwiegervater zu alledem?«

»Gerd hat mich einmal angerufen, mit Sicherheit ohne Marions Wissen. Sein größter Wunsch ist, dass Rolf und ich uns wieder versöhnen. Er sagt, er legt die Hände für Rolfs Unschuld ins Feuer. Du kennst Gerd. Er ist stets friedfertig. In dem Gespräch erschien er mir fast noch unglücklicher und verzweifelter als mein Mann.« Anna winkte ab. »Mein Schwiegervater ist ein ganz armes Würstchen. Der würde sich niemals tatkräftig einmischen und seinem Sohn die Leviten lesen.«

»Sag mal ... Gehst du eigentlich noch mit Lena ins ›Alpen-Resort‹?«, wechselte Esther das Thema.

»Nein. Ich hatte zwar ein paar Mal meinen Spaß dort, aber ich bin eben doch anders als unsere Lena. Außerdem ...« Anna seufzte tief. »Nachdem meine erste Wut auf Rolf nun verraucht ist, merke ich ja auch, dass ich emotional noch unheimlich an ihm hänge. Ich möchte ihn eigentlich gar nicht verlieren. Er ist ein toller Vater. Nun gut, der Sex zwischen uns war nicht der beste, aber daran ließe sich ja zukünftig arbeiten.«

»Zumal du diesbezüglich ja Erfahrung gesammelt hast.« Esther zwinkerte Anna zu.

Zum ersten Mal seit Tagen fühlte sie sich wieder ein bisschen wohler. Es tat ihr gut, sich nicht nur über ihre Probleme zu unterhalten. Annas auch nicht gerade beneidenswerte Situation lenkte sie von ihrer eigenen ab.

»Übrigens, Lena hat ganz spontan eine Kreuzschifffahrt gebucht«, wechselte Anna das Thema. »Sie musste endlich ihren letzten Jahresurlaub nehmen.«

»Wohin?«

»Skandinavien. Ich soll dich ganz herzlich grüßen und dir alles Gute wünschen.«

»Ist sie schon weg?«

»Gestern Abend ist sie nach Oslo geflogen.«

»Warum hat sie sich denn nicht mehr bei mir gemeldet?«

»Hat sie, aber du bist in den vergangenen Tagen ja nicht ans Telefon gegangen. Schon vergessen? Du wolltest unbedingt die Leitung für jemand anderes frei halten.«

»Quatsch. Ich wollte nur mit niemandem reden. Ich war noch nicht so weit.«

»Und jetzt?«

Esther lächelte sie an. »Jetzt bin ich zumindest bereit, morgen in meinem grauen Kostüm, mit Knoten, in die Galerie zu gehen und mich in die Arbeit zu stürzen.«

Esther erkannte am Blick ihres Chefs, dass ihr schlechtes Aussehen ihn bestürzte. Doch Maximilian Aschenbach gehörte zu den Menschen, die Zurückhaltung und Anstand besaßen. Er stellte ihr keine Fragen. Dafür war sie ihm dankbar.

Er kennt Roberto gut genug, um zu wissen, was passiert ist. Und mich kennt er auch. Also wird er eins und eins zusammenzählen, sagte sie sich.

»Meine Liebe, stellen Sie sich vor, ich habe in den Tagen

Ihrer Abwesenheit den kleinen Renoir verkauft. Sogar zu einem Preis, von dem wir nur geträumt haben.«

Mit diesen Worten und einem väterlichen Lächeln empfing er sie und verwickelte sie sofort in ein Fachgespräch.

»In der Werkstatt wartet viel Arbeit auf Sie. Interessante Aufgaben. Wenn Sie wollen, könnten Sie Tag und Nacht durcharbeiten.«

Prima, genau das hatte sie auch vor.

An den nächsten Abenden verließ sie die Werkstatt nie vor zehn Uhr abends. Maximilian Aschenbach enthielt sich jeglichen Kommentars dazu. Er brachte ihr jedoch jeden Tag aus dem Feinschmeckergeschäft von gegenüber etwas zu essen, bevor er nach Hause ging. Ohne Worte, mit viel Herzenswärme zeigte er ihr sein Mitgefühl und dass auch er den unendlichen Schmerz bei Liebeskummer kannte.

Trotz der vielen Arbeit fühlte sich Esther immer noch wie betäubt. Dank ihrer eisernen Disziplin schaffte sie es aber, sich nicht anmerken zu lassen, wie es ihr wirklich ging. Eine starre Maske der Freundlichkeit lag auf ihrem schmal gewordenen Gesicht, das sie morgens minutenlang mit eiskaltem Wasser wusch, um die Spuren der Nacht unsichtbar zu machen.

Am Ende ihrer ersten Arbeitswoche kam es zwischen ihr und ihrem Chef zu einem kurzen Gespräch. Kurz deshalb, weil Maximilian Aschenbach es an dem Punkt abbrach, als es für Esther interessant zu werden versprach.

Die beiden begutachteten das Gemälde eines unbekannten Künstlers aus der Zeit des Naturalismus, das ein Liebespaar darstellte.

»Das Bild verdeutlicht das Glück, das die beiden empfinden«, analysierte Esther. »Für mich der erste Künstler, der versteht, Glück zu malen.«

Maximilian sah sie lange an, ohne dass sie seinen Blick deuten konnte.

Sie brach das Schweigen. »Sie haben vor meinem Urlaub in Florenz zu mir gesagt, dass es auf unserem Lebensweg immer Menschen gibt, die uns unserem Ziel entweder näher bringen oder dafür sorgen, dass wir uns ein Stück davon entfernen. Und dass wir meistens erst hinterher oder ganz zum Schluss merken, ob uns ein Mensch geholfen hat oder nur ein Hindernis war. Roberto ...« Die Worte waren ihr wie von selbst über die Lippen gekommen. Nun verstummte sie jäh. Nein, sie wollte nicht über den Conte reden. »Entschuldigung«, murmelte sie und wandte sich schnell ab.

»Roberto hat ein schweres Päckchen zu tragen«, sagte der Galerist in ihrem Rücken. »Und er gehört nicht gerade zu den Menschen, die gut über sich sprechen können.«

Was sollte denn das schon wieder heißen?

Sie drehte sich um. »Jeder erzählt mir, dass Roberto ein Geheimnis hat. Ich will es endlich wissen, dieses Geheimnis, verdammt noch mal. Ich ahne nur eines. Dieses Geheimnis muss den Namen Janina tragen, aber was hat es mit dieser Frau auf sich? Ich muss endlich verstehen können, warum er so ist, wie er ist. Warum er so mit mir umgegangen ist. Warum ...« Ihre Stimme brach und die Tränen stiegen ihr in die Augen.

Da nahm ihr Chef sie in die Arme.

»Ich kann es Ihnen nicht sagen, meine Liebe. Ich habe mein Wort gegeben. Haben Sie Maria gefragt?«

Sie nickte, den Kopf auf seiner Schulter, und genoss ein paar Atemzüge lang die väterliche Wärme, die Maximilian Aschenbach ihr in diesen Sekunden schenkte. Dann befreite sie sich plötzlich hastig aus seiner Umarmung, straffte sich und schluckte.

»Maria hat mir auch nichts erzählt. Und Roberto genauso wenig. Aber es ist ja auch egal. Es ist sowieso zu Ende. Und das ist auch gut so.« Mit beiden Händen wischte sie sich übers Gesicht, lachte hart auf und sagte dann: »Wie heißt es so schön? In jedem Ende steckt ein neuer Anfang. Ich war halt einfach so dumm und habe meine Träume mit der Wirklichkeit verwechselt. Aber aus Fehlern wird man ja bekanntlich klug.« Sie setzte ein betont lockeres Lächeln auf. »So, und jetzt gehe ich nach Hause. Am Wochenende muss ich endlich mal meine Wohnung putzen und ausmisten.«

Silvia legte die Arme um Robertos Hals und schmiegte sich an den Conte.

Sie waren essen gewesen und ganz selbstverständlich hatte er sie mit in den Palazzo genommen. Wie früher, zu der Zeit vor seiner professoressa.

Er küsste Silvias lockenden Mund mit der von ihr erwarteten Leidenschaft und blendete alles andere aus. Seine Hände glitten wie ferngesteuert über ihre nackten Arme, öffneten den Reißverschluss ihres engen Seidenkleides und streiften es ab. Danach ließ er sich von ihr willig entkleiden. Sein Körper presste sich gegen ihren; seine Hände umfassten ihre Pobacken, begannen sie zu massieren, so, wie sie es gern mochte. Alles Routine. Silvia stöhnte auf und zog ihn auf sein Bett. Dort kniete sie sich mit gespreizten Beinen hin. Von hinten genommen zu werden gehörte zu ihren Lieblingsstellungen. Besonders, wenn er dabei mit seiner Hand ihre Klitoris reizte.

Er beugte sich über sie, massierte ihren Rücken und wartete darauf, dass sein Schwanz hart wurde, während er ihre nasse Spalte rieb. Silvias lautes Stöhnen empfand er jedoch als absolut kontraproduktiv. Es störte ihn ja schon seit langem, aber jetzt nervte es ihn so sehr, dass er keinen hochbekam. Außerdem besaß ihr perfekt geformter Körper für ihn auch nicht mehr die Anziehungskraft wie einst.

Verdammt noch mal. Warum regte sich da nichts?

»Ich will deinen Schwanz«, bettelte sie nun ungeduldig. »Steck ihn endlich rein. Ich will dich spüren.«

»Noch bestimme ich. Ich mache es so, wie ich es will«, erwiderte er.

Dabei kam er sich unfair ihr gegenüber vor. Er kehrte den Macho heraus. In Wirklichkeit jedoch konnte er sie gar nicht auf die von ihr gewünschte Art befriedigen.

»Also, wo soll ich dich ficken? Hier?«, fragte er in herausforderndem Ton, um sie von ihrer Forderung abzulenken. Aufreizend langsam ließ er seinen Mittelfinger durch ihre Spalte wandern, teilte das feuchte Fleisch und drang in ihre Vagina ein. »Oder vielleicht hier?« Nun ließ er ihn um ihre zweite Öffnung kreisen.

»Ja, mach es da«, keuchte sie.

Während er ihre prall hervorstehende Perle weiter reizte, griff er mit der anderen Hand in die Nachttischschublade, holte einen Vibrator heraus und schaltet ihn ein. Silvias Stöhnen verstummte jäh.

»Machst du es nicht selbst?«

»Psst, still«, befahl er und hielt den vibrierenden Kunstpenis an ihre Rosette, was sie erneut aufstöhnen ließ.

Dann ließ er ihn durch ihre feuchte Spalte gleiten, hin und zurück, bis er ihren Saft angenommen hatte, um ihn darauf langsam und behutsam in ihren Anus einzuführen.

Silvia stöhnte auf und wand sich, streckte ihm ihren Po entgegen. »Tiefer, aber ganz vorsichtig.«

Er erfüllte ihr ihren Wunsch, ohne innere Beteiligung, ohne

Erregung, was sie entweder in ihrem Rausch nicht zu bemerken schien oder ihr gleichgültig war.

»Ich brauche beides«, forderte sie heiser. »Steck die Finger in meine Möse.«

Auch das tat er. Sie ließ ihr Becken kreisen, um beides tiefer aufzunehmen. »Oh ja, das ist gut. Ich brauche mehr. Fick mich mit der Faust ...« Ihre Worte erstarben in ihren Lustschreien.

Das war selbst für ihn neu.

Als würde seine Hand einem anderen gehören, verwöhnte sie Silvia wie von selbst. Sein dritter und vierter Finger drangen nun auch in sie ein, weiteten ihren Schoß, der nun seine komplette Hand in sich aufnahm. Roberto ballte sie vorsichtig zur Faust. Während er mit dem Vibrator immer noch ihren Anus stimulierte, brachte er Silva mit seiner Faust zur Ekstase und irgendwann spürte er das Zucken ihrer Vaginamuskeln. Sie schrie auf, stieß Roberto ihr Becken entgegen, bearbeitete selbst ihre Nippel, für die er keine Hand mehr frei hatte. Dann erschlaffte ihr Körper plötzlich und sackte auf das Laken. Dabei glitt das Spielgerät aus ihrem schönen Po und seine Hand mit schmatzendem Geräusch aus ihr heraus. Sie drehte sich auf die Seite, presste die Schenkel zusammen. Ihr Orgasmus wirkte noch nach. Mit verhangenem Blick lächelte sie ihn an, jedoch nur ein paar Lidschläge lang. Dann erstarb ihr Lächeln und der Schleier vor ihren Augen zerriss. Sie hatte seinen schlaffen Schwanz entdeckt. Auf ihrer Stirn erschien eine Falte.

»Sag mal ...«, begann sie. Dabei richtete sie sich mit pikiertem Blick auf.

Hitze schoss ihm in den Kopf. Er räusperte sich, konzentrierte sich, stöberte in Erinnerung nach einer geilen Szene, die ihn hart und einsatzbereit machen würde.

Diese erschien schneller vor seinem inneren Auge, als ihm lieb war. Geradezu ungelegen kam sie ihm.

Er sah Esther vor sich, ihren wunderschönen Mund, wie er sich um seine Eichel schloss, wie sie sie leckte, an ihr saugte und seinen Schwanz zum Platzen brachte. Er spürte, wie sich seine Rute sehnsuchtsvoll reckte und nahm auf Silvias Gesicht ein zufriedenes Lächeln wahr. Als Silvia triumphierend seinen Schwanz in die Hand nahm und ihre Faust auf und ab gleiten ließ, verlor dieser sofort wieder die gerade gewonnene Spannkraft und schrumpfte in sich zusammen.

Ungeachtet Silvias zornigen Blickes fluchte er stumm.

Verdammt, das war doch nicht er. Was hatte die Affäre mit Esther aus ihm gemacht? Einen Schlappschwanz.

Er sprang von der Matratze, ging ins Bad, um der Situation zu entfliehen, und seifte sich mehrmals die Hände ein. Als er zurück ins Schlafzimmer kam, stand Silvia bereits angezogen an der langen Fensterfront. Dann drehte sie sich zu ihm um.

»Roberto? Liegt es an diesem Feuerkopf aus Deutschland?«

Er schwieg. Nicht, weil er ihr nicht antworten wollte. Er konnte nicht. Er wusste die Antwort nicht. Vielleicht wollte er sie sich auch nur nicht eingestehen.

»Ich gehe jetzt«, fuhr sie ungewohnt ernst fort. »Für immer. Ciao.«

Als er ihre strammen Schritte auf dem Gang hörte, der in die Eingangshalle führte, fühlte er sich erleichtert. Er wusste, wie stolz Silvia war. Das würde wirklich das endgültige Ende ihrer Affäre sein. Und es war gut so. Sie hatte sowieso schon viel zu lange gedauert. Länger als seine anderen. Andererseits jedoch brauchte er diese Art unverbindlicher Sexbeziehungen. Gerade jetzt. Er wollte Esther vergessen, um jeden Preis.

Und er wusste warum: aus Angst, sie zu lieben. Alle Menschen, die er geliebt hatte, waren gestorben.

In jedem Ende steckt ein neuer Anfang ... Wir müssen durch Höhen und Tiefen, um unsere Seelen reifen zu lassen ... Die meisten Niederlagen, von denen wir meinen, wir würden sie nie überleben, reizen einen einige Jahre später nur noch zu einem Lächeln ...

Zum Teufel mit diesen Lebensweisheiten, sagte sich Esther, während sie die Dessous, die sie in Florenz gekauft hatte, in die Mülltüte stopfte. Solche Sprüche mochten sich im Rückblick bewahrheiten, aber als Medizin für akuten Seelenschmerz versagten sie völlig.

Sie ließ die Arme sinken, sackte aufs Sofa und begann zu weinen. Es war kein lautes Schluchzen, sondern ein lautloses Weinen, das ihr die Kehle zuschnürte. Ein paar Minuten konnte sie sich nicht gegen diese Schwäche wehren. Dann riss sie sich zusammen – bloß kein Selbstmitleid, befahl sie sich – und stand wieder auf.

Sie sah sich um.

Vergilbte Zeitungen, zerfledderte Zeitschriften, überfüllte Ordner, Klamotten, verblasste Betttücher, löchrige Küchenhandtücher, kitschige Erinnerungsstücke ...

Sie war gerade dabei, ihr bisheriges Leben auseinanderzunehmen, das zu tun, was Roberto mit ihrer Seele angestellt hatte. Die greifbaren Dinge ihres Alltags neu zu ordnen war wesentlich einfacher, als das Gleiche in ihrem Herzen zu tun. Vielmehr zerfraß sie der Schmerz von innen. Jeden Tag ein bisschen mehr. Jeden Moment empfand sie als Strafe. Nur nach dem Aufwachen hatte sie ein paar Sekunden Atempause, dann brach die Realität wieder über sie herein. Ihre

Nerven waren zum Zerreißen gespannt. Mit ungelenken Bewegungen riss sie hier einen Bücherstapel um, ließ dort eine Flasche Terpentin fallen, stolperte auf der Straße, lief gegen geschlossene Türen. Alles störte sie: die hilflose Miene Annas, genauso wie die mitleidsvolle ihres Chefs. Sie hasste sich dafür und bot ihre letzte Kraft auf, um sich ihre Gemütsverfassung nicht allzu sehr anmerken zu lassen. Vielleicht wäre sie mit diesem Liebeskummer besser fertig geworden, wenn sich nicht immer wieder in unregelmäßigen Abständen eine leise Stimme in ihr gemeldet hätte, die ihr zuflüsterte, dass sie sich in Roberto doch nicht getäuscht hatte. Es war diese Stimme, die ihr vage Hoffnung darauf machte, Roberto noch nicht ganz verloren zu haben. Sie wusste, dass sie sie besser ignorieren sollte. Und dennoch konnte sie sie nicht zum Schweigen bringen.

»Vielleicht macht dich das an?« Nana trug eine Maske aus schwarzem Leder, sonst nichts.

Roberto saß zurückgelehnt auf der Loungecouch und hatte die Beine übereinandergeschlagen. Die warme Nachtluft umfächelte seine Brust, die das geöffnete Hemd freigab. Nana hatte er auf einer Party kennengelernt – und mit nach Hause genommen. Wie für alle anderen Frauen, die er mitnahm, würde er auch ihr ein Taxi kommen lassen, wenn er genug von ihr hätte. Sie wusste, auf was sie sich eingelassen hatte.

»Ich bekomme keinen mehr hoch«, hatte er ihr unter Einfluss einiger Gläser Champagner gestanden. Natürlich hatte sie ihm nicht geglaubt. »Bei mir schon. Nimm mich mit.« Dass er nur einen Orgasmus haben konnte, wenn er sein Kopfkino einschaltete, verschwieg er ihr.

Jetzt begann Nana mit ihrer Therapie. Breitbeinig stellte sie sich vor ihn.

Hoffentlich will sie mir jetzt keinen blasen, dachte er. Er mochte die Lippen einer anderen Frau nicht mehr an seinem Schwanz. Ein unpersönlicher Fick nach klassischer Manier wäre okay gewesen. Rein, raus, fertig. Keine Liebkosungen, keine Küsse. Doch dafür fehlte es ihm zurzeit an Standkraft.

Nanas Finger glitten ihren flachen Bauch hinunter. Sie begann, an ihrem Kitzler zu spielen, so, dass er eine gute Sicht darauf hatte. Mit einer Hand zog sie ihre Schamlippen auseinander und zeigte ihm ihre dunkelrot glänzende Spalte. Ihr Zeigefinger glitt in ihre Möse, aus ihrem leicht geöffneten Mund entrann ihr dabei ein leises Stöhnen. Gott sei Dank nicht so laut wie das von Silvia, schoss ihm durch den Kopf, während er ihrer Show ohne irgendeine innere oder gar äußere Regung zusah. Sie wurde immer wagemutiger. Während sie mit dem Mittelfinger der rechten Hand ihre inzwischen prall hervorstehende Perle reizte, tastete sich ihre andere den Körper hinauf zu einer der großen Brüste. Dabei hinterließ sie eine feuchte Spur auf der gebräunten Haut. Mit genießerisch geschlossenen Augen spielten ihre Finger nun an ihrem Nippel. Ihre Bewegungen wurden schneller, Nanas Atem ebenfalls. Ihre rechte Hand bearbeitete den Kitzler wie von Sinnen, die linke ihre Brustwarze. Ihr Körper bewegte sich vor Roberto wie in Trance, ohne jedoch die von ihr erwünschte Wirkung bei ihm zu erzielen. Vielmehr ernüchterte ihn ihre gut gemeinte Vorstellung, von der er sich natürlich auch erhofft hatte, eine Regung in seiner Hose zu spüren. Stattdessen bewirkte sie nur ein Ziehen in der Herzgegend.

»Ich komme jetzt«, flüsterte Nana nun abgehackt zwischen Stöhnen und Ächzen. »Mach's dir doch auch!«, stöhnte sie.

Ihr Unterleib bewegte sich rhythmisch. Dann gab sie einen

kehligen, zufrieden klingenden Laut von sich. Ihr Körper beruhigte sich und ein Lächeln legte sich auf ihre Lippen. Sie öffnete die Augen. Ihr erster Blick richtete sich auf seinen Hosenstall.

»Nichts?«, fragte sie ungläubig.

Er lächelte ihr beruhigend zu. »Du warst gut. Es liegt nicht an dir.«

»Bist du krank?« Sie nahm die Maske ab, sah sich um und griff nach dem Badetuch, das er am Nachmittag über einen der Loungesessel zum Trocken gelegt hatte. Nachdem sie es um sich geschlungen hatte, sah sie ihn wieder an. Ernsthaft betroffen.

»Krank?« Er musste lachen und zuckte mit den Schultern. »Ja, vielleicht.«

»Dann musst du zum Arzt gehen. Zu einem Urologen vielleicht.«

»Eher zu einem Psychiater.«

»Echt?« Die ohnehin schon großen braunen Augen fielen ihr fast aus dem Kopf.

Sie ist nett, dachte er. Süß, sympathisch und nicht dumm. Und es tat ihm fast leid, dass er sie hatte benutzen wollen.

»Mach dir keinen Kopf«, meinte sie. »So Phasen gibt es. Ich zum Beispiel stehe zurzeit auf Selbstbefriedigung. Dass du mir dabei zugeschaut hast, hat mich besonders angeturnt. Vielleicht habe ich auch darauf gebaut, dass du dadurch keinen hochbekommen würdest. Weißt du, so tief im Unterbewusstsein. Ich hätte sowieso nicht mit dir geschlafen.«

Er musste lachen. »Das ist ja interessant. So eine Frau habe ich auch noch nicht kennengelernt.«

»Ich will meinen Verlobten nicht betrügen. Er arbeitet für drei Monate in Australien. Außerdem bekomme ich beim Sex nur einen Orgasmus, wenn ich denjenigen liebe. So richtig liebe, weißt du? Nur dann kann ich mich fallen lassen. Sonst brauche ich manuelle Hilfe. Du verstehst schon.« Sie lächelte flüchtig, schickte ihren Blick über die Hügel, die sich am Horizont schwarz gegen den Sternenhimmel abzeichneten. »Liebe gibt dem Sex Tiefe, dieses unnachahmliche Gefühl, mit dem anderen eins zu werden«, fügte sie träumerisch hinzu. »Alles andere ist Bumsen, Ficken. Das kann jeder mit jedem mehr oder weniger gut, aber lieben kannst du nur einen Menschen. Vorausgesetzt, du hast überhaupt das Glück und begegnest ihm.«

Lange Zeit sagte er nichts.

Wie recht sie hatte. Dieses unnachahmliche Gefühl, mit dem anderen eins zu werden ... Das hatte er bisher nur bei Janina und Esther empfunden. Bei seiner professoressa vielleicht sogar noch stärker, weil er heute älter und reifer war.

»Du bist ein kluges Mädchen.«

»Hast du keine Frau, die du liebst?«

Er schwieg, betrachtete die Zypressen, deren Spitzen sich sacht im Nachtwind bewegten.

»Wer liebt, kann viel mehr ertragen als andere, denn die Liebe macht stark«, sagte Nana überzeugt.

Er lächelte sie an. »Für dein Alter bist du schon ganz schön reif.«

Da hob sie den Kopf und sah ihn selbstbewusst an. »Wir sind fertig. Rufst du mir bitte ein Taxi?«

»Jetzt ist Schluss«, sagte Maria zu ihrem Mann.

Die beiden saßen auf der Terrasse ihres Häuschens. Über ihnen spannte sich der dunkle Nachthimmel. Gerade hatte ein Taxi das Gelände verlassen.

»Diese vielen Weiber, nachdem sich diese Silvia nicht mehr

sehen lässt. Jede Nacht eine andere. Das geht jetzt schon seit Wochen so. Ich werde mit Roberto reden.«

»Lass das bitte«, erwiderte Paolo müde. »Er muss wissen, was er tut. Wenn er Esther nur so vergessen kann, muss er diesen Weg gehen.«

»Er wird sie aber auf diese Weise nicht vergessen können. Im Gegenteil«, widersprach seine Frau ihm. »Jeder neue One-Night-Stand wird ihm vor Augen führen, was er an Esther hatte. Er soll sich endlich der Vergangenheit stellen. Das, was er zurzeit macht, hätte sein Vater nicht gewollt. Und auch Janina nicht.« Entschlossen stand sie auf.

»Was willst du?« Erstaunt sah Paolo zu ihr hoch.

»Zu ihm gehen.«

»So spät noch?«

»Es ist nie zu spät, einem todunglücklichen Menschen zu sagen, was er falsch macht.«

Nun sprang Paolo ebenfalls auf. »Misch dich da nicht ein. Das steht uns nicht zu.«

»Und wie mir das zusteht«, erwiderte Maria hitzig. »Hast du vergessen, dass ich Roberto als Baby gewickelt habe? Hast du vergessen, wie oft er nach dem Tod seines Vaters in meinen Armen geweint hat? Ich nicht. Und ich hoffe, er auch nicht.«

Mit diesen Worten drehte sich Maria um und lief flink die Treppe hinunter. Im Licht der Laternen, die die Auffahrt zum Palazzo beleuchteten, sah ihr Mann sie zu dieser späten Stunde zur Tat schreiten. Er wusste, sie würde durch nichts aufzuhalten sein. Und im tiefsten Herzen gab er seiner Maria sogar recht. Er sah doch auch, dass Roberto gerade dabei war, sich selbst zu zerstören.

»Was machst du gerade?«

Annas Stimme klang durch die Leitung gehetzt an ihr Ohr.

»Ich komme gerade aus der Dusche, nachdem ich den ganzen Sonntag ausgemistet habe.« Esther verstummte, in der Hoffnung, Anna würde weiterreden.

»Es ist etwas Unglaubliches passiert«, erfüllte diese dann auch ihre Erwartung. »Du wirst es nicht glauben. Ich kann es ja selbst kaum glauben. Ich habe auch gar keine Zeit. Rolf und die Jungs werden gleich zurück sein. Sie holen gerade Pizza.«

Esther zog die Brauen hoch.

»Das klingt ja fast wieder nach heimeliger Idylle.«

»Esther, ich bin völlig von der Rolle. Es gibt Dinge im Leben, die sind so verrückt, dass kein Autor sie erfinden könnte.«

»Jetzt erzähl mir endlich, was passiert ist«, erwiderte sie ungeduldig, während sie sich mit dem Handtuch das nasse Haar rubbelte. Sie hatte sich noch nicht einmal abgetrocknet, sondern war klatschnass zum Telefon gelaufen. In der Hoffnung ... So viel zur Hoffnung, die bekanntlich zuletzt stirbt, dachte sie, als sie Annas Nummer gesehen hatte.

»Jetzt stell dir vor, wer mich heute Nachmittag besucht hat«, fuhr Anna geheimnisvoll fort.

Esther hatte keine Ahnung, wen Anna meinen könnte. Sie seufzte über Annas Art, einen auf die Folter zu spannen, die ihr zurzeit besonders auf den Wecker ging.

»Sag schon«, erwiderte sie nicht gerade freundlich.

»Gerd.«

»Na und?«

»Mein Schwiegervater.«

Esther seufzte genervt. »Ich weiß, wer Gerd ist.«

»Das weißt du nicht. Genauso wenig wie ich es gewusst habe«, lautete Annas geheimnisvolle Antwort.

»Was soll das, Anna?«

Auf diese Spielchen hatte sie nun wirklich keine Lust.

»Es ist so. Mein Schwiegervater ist der Mann, den Rolf gedeckt hat. Gerd hat eine Geliebte. Sie muss wohl nach einem Treffen ihr Höschen in seinem Auto vergessen haben. Als Marion dann mit Rolf in die Stadt fahren wollte, hat Rolf den Slip entdeckt und ihn reflexartig in seine Jackentasche gesteckt, bevor seine Mutter ihn entdeckt. Als er seinen Vater darauf ansprach, hat dieser ihm die Situation erklärt und ihm das Versprechen abgenommen, mit niemandem darüber zu reden. Auch mit mir nicht. Gerd befürchtete, dass ich Marion die Wahrheit unterjubeln könnte, wenn sie und ich mal wieder im Clinch liegen würden. Nachdem Rolf zuerst geschockt darüber gewesen war, dass sein Vater eine Geliebte hat und es mit der auch noch in fortgeschrittenem Alter im Auto getrieben hat, hat er sich mit ihm solidarisch erklärt. Er kennt ja seine schreckliche Mutter. Außerdem war er glücklich, endlich einmal etwas Verbindendes zwischen sich und seinem Vater zu haben. Ich weiß ja, wie sehr er als Teenager darunter gelitten hat, dass Marion ihn stets von seinem Vater ferngehalten hat. Als Gerd dann aber merkte, dass unsere Ehe darüber zu Bruch gehen würde, hat er sich ein Herz gefasst und mir die Wahrheit gesagt. Heute Nachmittag. Und wenn ich ehrlich sein soll: Ich bin stolz auf Rolf. Er steht zu seinem Wort. Das kann man nicht von vielen Menschen behaupten. Wir haben uns also eben am Telefon wieder versöhnt. Ein paar Minuten später stand Rolf vor der Haustür und wir sind uns in die Arme gefallen. Ich bin total happy. Und die Jungs auch, obwohl die ja gar nicht richtig mitbekommen haben, was los war. Gleich kommen meine Männer zurück und dann wird erstmal gegessen. Danach bringen wir die Kleinen ins Bett und dann ...« Anna lachte vielsagend auf. »Ich muss dann jetzt auch mal wieder, aber vorher solltest du Bescheid wissen. Bei mir ist also alles wieder in Ordnung. Gleich werde ich mit Rolf nach Jahren wieder einmal eine Liebesnacht verbringen, die es in sich hat. Den Sekt habe ich gerade schon kaltgestellt.«

Esther lächelte noch, als die Leitung schon lange tot war.

Welch eine Geschichte. Gerd ... Wer hätte das gedacht. Wie mochte diese Story weitergehen? Das war das Leben. Nur ihres stagnierte in Schmerz und unerfüllter Sehnsucht.

Sie straffte sich, zwirbelte ihr Haar hoch und schlang das Badelaken um sich. Ungeachtet der Wasserlache auf dem alten Parkett ging sie zum Kühlschrank und schenkte sich ein Glas Rosé ein. Spanischen Rosé. Seit ihrer Rückkehr aus Italien hatte sie das Weinland gewechselt. In dem Moment, als sie den ersten Schluck trank, klingelte es an ihrer Wohnungstür. Den Bruchteil einer Sekunde später läutete ihr Telefon. Unentschlossen blieb sie stehen. Was zuerst? Ein Blick auf das Display verriet ihr, dass ihr Chef sie anrief. Nun gut, den konnte sie gleich zurückrufen. Ihre Nachbarin, die ihr eine Rolle Abfallsäcke bringen wollte, konnte sie nicht warten lassen.

Esther öffnete und ihr Herz rutschte ihr in die Hose.

Roberto d'Albertis stand vor ihr. Die feinen Linien in seinem Gesicht hatten sich vertieft. Sie sah ihm an, dass er unglücklich war. Einen winzigen Moment hörte sie ihre innere Stimme, die ihr befahl, kühl zu lächeln. Doch da war es schon zu spät. Ihre Beine machten zwei Schritte auf den Conte zu und das Nächste, an das sie sich später erinnern sollte, war Robertos Kuss. Sie küssten sich, als gäbe es kein Morgen mehr. Gegen alle Vernunft wollte sie diesen Mann noch einmal, und wenn es das letzte Mal sein würde, mit all ihren Sinnen spüren. Kein Preis erschien ihr dafür zu hoch, sogar die vergangenen Wochen höchster Verzweiflung nicht.

Sie presste sich an ihn, fühlte durch sein Hemd die ihr so vertraute Härte seiner Muskeln, die sich unter ihren Händen anspannten, seine wunderschönen Lippen, seine Zunge, die ihr höchste Wonnen verschafft hatte, und seinen steifen Schwanz, als sich seine Hände in ihre Pobacken gruben und sie noch enger an sich drückten.

»Roberto.« Sie seufzte lustvoll.

»Wir müssen reden«, murmelte er an ihrem Mund. »Wir müssen ...«

Nein, sie wollte nicht reden. Sie, die stets das Gespräch gesucht hatte, die Diskussionen, wollte nur noch fühlen. Nur einmal noch, bevor er wieder aus ihrem Leben verschwinden würde. Dass er dies tun würde, dessen war sie sich sicher.

»Bitte, Esther.« Roberto hielt ihre Arme fest, die sie um ihn schlingen wollte. »Sieh mich an.«

Der Ton seiner Stimme ernüchterte sie jäh. Ihr Verstand schaltete sich ein.

Warum war er gekommen?

Genau diese Frage stellte sie ihm, heiser und mit weichen Knien.

»Können wir uns setzen?« Da war wieder dieses unnachahmliche Lächeln, das sie so sehr in seinen Bann zog. Und natürlich nicht nur sie, sondern auch so viele andere Frauen.

Wie in Trance nickte sie, ging, nein, wankte, vor ihm her ins Wohnzimmer, lud ihn mit einer Geste ein, auf der Couch Platz zu nehmen und setze sich in ihren Sessel.

Sie verschränkte die Arme vor dem Handtuch und schluckte. »Warum bist du gekommen?«

Seine Lippen bewegten sich, aber er brachte keinen Ton

hervor. Schließlich sagte er: »Ich möchte mit dir reden. Über viele Dinge. Aber zuerst das Wichtigste: Ich liebe dich.«

Sie spürte das Verlangen, sich neben ihn zu setzen und sich an seine Brust zu schmiegen, aber sie blieb an ihrem Platz.

Roberto liebte sie. Hatte sie richtig gehört? Meinte er seine Worte ernst?

»Ich wusste es ziemlich schnell«, sagte er mit seiner samtigen und zugleich rau klingenden Stimme. »Aber ich habe versucht, dieses Gefühl zu unterdrücken. Ich tue mich schwer mit der Liebe, wollte ihr entfliehen, aber die Gefühle für dich waren stärker. Ich weiß nicht, wie du inzwischen denkst – nach unserem letzten gemeinsamen Abend. Ich war gemein und unfair zu dir. Aber mein innigster Wunsch wäre, dich zu mir zu holen, für immer.«

Seine Worte schickten einen Schauer durch ihren Körper. Gänsehaut breitete sich auf ihren nackten Armen und Beinen aus, obwohl es warm im Zimmer war. Immer noch sah sie ihn an. Nein, sie starrte ihn vielmehr an, ungläubig, forschend. Sie wusste, dass jetzt der Zeitpunkt gekommen war, an dem Roberto ihr sein Geheimnis lüften würde. Er musste es tun, wenn er sie wirklich liebte.

»Ich hatte der Liebe abgeschworen«, fuhr er fort. Er schien gar nicht erst darauf zu hoffen, dass sie etwas sagte. »Weil die Liebe mich fast umgebracht hat. Damals.« Er berührte die Narbe an seinem Hals.

Sie räusperte sich. »Hast du dir die Verletzung selbst zugefügt?«

Er nickte. »An dem Tag, als ich erfuhr, dass mein Vater und meine Schwester mit unserer Privatmaschine über der Schweiz abgestürzt sind.«

Sie sah ihn an, ahnte, dass sich hinter seinen Worten noch viel mehr Tragik versteckte, als sie sowieso schon offenbarten.

»Vater wollte meine Schwester in ein Schweizer Internat bringen. Dort sind sie niemals angekommen.«

Plötzlich sah sie wieder sein Gesicht vor sich, an dem Abend, als sie ihm im Kleid seiner Schwester gegenübergestanden hatte, seinen starren, nach innen gewandten Blick, das Zucken seiner Wangenmuskeln.

»Das weiße Abendkleid ... Es gehörte deiner Schwester?«, fragte sie nun mit belegter Stimme.

Jetzt war die Stunde der Wahrheit gekommen und ihr Verstand funktionierte wieder. Jetzt wollte sie alles wissen.

Er nickte. »Es gehörte Janina.«

»Janina?« Sie schluckte schwer, verschlang die Arme fester ineinander und zog die Schultern zusammen, als wollte sie sich vor etwas schützen, dem sie noch keinen Namen geben konnte.

Janina war die Frau gewesen, mit der er geschlafen hatte, während der Bolero lief.

Ihr schwindelte. Hatte sie richtig verstanden?

»Janina war meine Halbschwester«, fuhr er fort.

»Aber ...« Mehr brachte sie nicht hervor.

»Hör zu, Esther.« Er stand auf, setzte sich auf ihre Sessellehne und nahm ihre Hand in seine. Dann erzählte er ihr seine Geschichte. Eine kurze Geschichte. Roberto und Janina, die Tochter seiner Stiefmutter, der Frau, die sein Vater kurz nach dem Krebstod von Robertos Mutter geheiratet hatte, verliebten sich ineinander. Für beide war es die erste große Liebe. Als er seinem Vater seine Liebe zu Janina gestand, war dieser hoch erfreut darüber. Die neue Comtessa jedoch, seit Jahrzehnten die heimliche Geliebte seines Vaters, war zutiefst geschockt und brachte daraufhin die Wahrheit ans Licht: Janina war die leibliche Tochter des Conte. Angesichts der Verzweiflung der Verliebten beging sie Selbstmord. Sie fühlte sich wegen ihres jahrelangen Schweigens schuldig am Unglück der beiden. Robertos Vater wollte Janina daraufhin in die Schweiz bringen. Nach dem Absturz versuchte Roberto sich die Halsader aufzuschneiden. Es sollte nicht sein. Er traf sie nur ungenau. Maria und Paolo konnten ihn retten.

»So war es«, sagte Roberto abschließend leise, ohne sie anzusehen und stand auf. »Ich beschloss, nicht mehr zu lieben. Dann traf ich dich. So sehr ich mich gegen die Gefühle gewehrt habe, so genau weiß ich jetzt, dass ich mit dir ein neues Leben beginnen möchte.« Sein Blick kehrte zu ihr zurück mit seinem besonderen Lächeln. »Du würdest mich sehr glücklich machen.« Als er die Tränen in ihren Augen bemerkte, beugte er sich zu ihr herunter und nahm sie in die Arme. »Ich habe dich vermisst«, flüsterte er ihr ins Ohr. »Lieber Himmel, wie sehr ich dich vermisst habe.«

Sie legte die Arme um seinen Nacken, ließ sich von ihm aus dem Sessel hochziehen und schmiegte sich an ihn. Ihre Hand tastete sich unter sein Hemd, doch er hielt sie ein Stück von sich weg und sah sie noch einmal an. »Ich möchte es dir schön machen, aber es ist so lange her und ich möchte jetzt nicht länger warten.«

Sie sah ihn mit all ihrer Liebe, die sie für ihn empfand, an und sagte: »Ich auch nicht.«

Da zog er sie mit einem Arm wieder an sich, mit der anderen Hand löste er in einer einzigen Bewegung das Badetuch von ihrem Körper. Esther lachte, weinte und zitterte, während er sie an sich presste. Sie genoss das Kratzen seines Dreitagebartes an ihrer Wange, seinen Herzschlag an ihrer Brust, die harten Muskeln seiner Oberschenkel an ihrer Hüfte. Der Geschmack seines Mundes erregte sie binnen weniger Sekunden. Roberto erging es genauso. Sie kannte ihn so gut, dass sie das Zittern seines Körpers und den tiefen Seufzer richtig deutete. Mit einem Ruck zog sie ihm das Hemd über den Kopf, während er sich seiner Hose entledigte. Dann waren seine Hände überall auf ihrem Körper, und ihre auf seinem. Zu lange hatten sie sich nacheinander gesehnt, um sich jetzt noch Zeit lassen zu können. Sie legte sich auf den Boden, empfing ihn mit gespreizten Schenkeln, nass vor Verlangen, und mit einem kräftigen Stoß war er in ihr. Ihre Körper bebten vor ungestillter Sehnsucht, vor aufgestauter Lust. Sie bewegten sich im Takt, als hätten sie ihr Leben lang nichts anderes getan. Und dann kamen sie gleichzeitig. Nicht laut, nein, vielmehr leise, innig, voller Zärtlichkeit vermischten sich ihre Säfte, verschmolzen sie miteinander zu dem einen Schatten, den die Abendsonne durchs Fenster auf den Boden warf.

Epilog

Bald schon kündigte Esther in der Galerie und der Conte nahm seine professoressa als Ehefrau mit nach Italien, wo sie einen Job in den Uffizien fand.

Anna und ihr Mann erlebten die bislang beste Zeit ihrer Beziehung. Sie wurden Mitglieder in einem Swingerclub, wo sich Rolf den letzten Schliff zum perfekten Liebhaber holte.

Gerd, Annas Schwiegervater, verließ seine Frau und zog zu seiner jungen Geliebten, bei der er sichtlich aufblühte.

Auch Lenas Leben wandelte sich. Sie hatte auf dem Kreuzfahrtschiff einen Sportlehrer kennengelernt, einen Witwer mit drei Kindern. Die beiden heirateten, als Lena im vierten Monat schwanger war. Inzwischen stand auf der Visitenkarte der ehemaligen eingefleischten Junggesellin und Karrierefrau als Berufsbezeichnung »Familienmanagerin«. Hatte Lena vor ihrer Ehe all ihre Energie und ihren klaren Verstand in die Firma gesteckt, stellte sie ihn jetzt ihrer Familie zur Verfügung und war glücklich darüber, dass ihre drei adoptierten Teenager sowie das Nesthäkchen bestens gediehen. Natürlich kam ihr Mann dabei auch nicht zu kurz.

Esther erlebte nun ihren dritten Sommer in Italien. Auch diesmal schenkte er der Toskana wieder herrliche Nächte, in denen die Luft warm und der Duft der weißen Lilien in den Töpfen rings um den Swimmingpool zart und süß waren.

Sie stand am Beckenrand und trug noch das grüne Seidenkleid, das sie an diesem Abend zum Essen mit Maximilian Aschenbach und dessen neuen Freund angehabt hatte, die seit drei Tagen im Palazzo zu Gast waren. Im Kinderwagen neben ihr schlief Janina, ihr sechs Monate altes Töchterchen, das der stolze Vater überall mit hinnahm. Aus dem Lautsprecher drangen die leisen Klänge des Boleros. Sie mischten sich mit den plätschernden Wellen zu ihren Füßen.

Roberto schwamm auf sie zu. Immer noch faszinierte sie sein perfekt gebauter Körper. Seine schwarzen Augen glitzerten sie geheimnisvoll und herausfordernd zugleich an. Er stemmte sich am Rand hoch, dabei perlte das Wasser aus dem langen Haar über seine glatte gebräunte Haut.

»Ich habe den ganzen Abend lang gerätselt, ob du einen String unter dem Kleid trägst«, sagte er mit verwegenem Lächeln.

»Dann schau doch nach«, erwiderte sie. Sie spürte ein verlangendes Ziehen im Schoß.

Er hob den Arm und griff unter ihr Kleid. Seine Hand an ihrer heißen Spalte fühlte sich kalt an. Dennoch konnte sie die brennende Gier, die allein der Anblick seines Körpers in ihr auslöste, nicht kühlen.

»Setz dich auf den Rand«, bat er sie mit diesem Lächeln, das heute nur noch ihr gehörte.

Dass sie schon fast zwei Jahre verheiratet waren, konnte sie immer noch nicht glauben. Und dass er sie so erregte wie am ersten Tag, genauso wenig.

Sie erfüllte ihm den Wunsch. Zärtlich schob Roberto ihr das Kleid über die Schenkel und spreizte sie. Allein sein Blick kam ihr schon wie eine sexuelle, höchst erregende Berührung vor.

»Ich kann mich nicht sattsehen an meiner Frau«, sagte er mit rauer Stimme, die seine Erregung verriet. Er legte seine schönen Hände auf ihre Beine und sah ihr von unten in die Augen. »Es ist erstaunlich, Esther«, fuhr er ernst fort. »Jeder Tag mit dir ist anders. Jeden Morgen freue ich mich auf den Abend mit dir, um mit dir all die Dinge zu tun, die unsere Tochter nicht sehen darf. Niemals hätte ich gedacht, dass der Sex mit nur einer Frau so aufregend und immer wieder neu sein kann.«

Seine Worte drangen tief in ihr Herz, verstärkten den Wunsch, mit ihm zu schlafen, ihn ganz tief in sich zu spüren. Er machte ihr häufig Liebeserklärungen und vermittelte ihr das Gefühl, der Mittelpunkt seines Universums zu sein.

Sie rückte vor, sodass sie ihn mit den Beinen umfangen, seine nasse Brust fest an ihre Spalte drücken konnte. Mit weichen Bewegungen rieb er sich an ihr, dabei umfassten seine Hände ihre Pobacken. Er küsste ihr Dekolleté, so unendlich zärtlich, dass es ihr heiß-kalt den Rücken hinunterlief. Seine Lippen glitten über ihre Haut bis zum Brustansatz, den der Ausschnitt freigab. Dann schob er den Seidenstoff hinunter und befreite ihre Brüste. Im nächsten Moment schlossen sich seine heißen Lippen um ihren Nippel, liebkosten ihn, bis sich das süße Stechen in ein Prickeln verwandelte, das sich bis in ihren Schoß ausbreitete. Sie legte den Kopf in den Nacken, so weit, dass ihre Haarspitzen auf den Fliesen tanzten. Der Bolero hatte Tempo aufgenommen, die Töne klangen kraftvoller. Da spürte sie Robertos Zunge, die ihre Schamlippen teilte und dann an ihrer erregten Perle spielte, die sie ihm durch das Heben ihres Beckens anbot. Und dann fühlte sie etwas Kühles, Glattes am Eingang ihrer Vagina.

»Du hast doch nicht …?« Sie hob den Kopf, sah ihren Mann erstaunt an.

»Es hat dir damals doch gefallen, oder?«

Sie schloss die Augen, konzentrierte sich ganz auf das

Gefühl, wie er die erste Liebeskugel in sie schob und diese zu vibrieren begann.

»Ja«, flüsterte sie wie zu sich selbst. »Es hat mir gefallen. Ich habe es nicht vergessen.«

Sie löste die Hand, auf die sie sich gestützt hatte, und griff nach seiner Erektion, die so prall war, dass sie glaubte, Roberto würde gleich kommen. Sie wusste, wie sehr es ihn anheizte, sie zu erregen. Jetzt folgte die zweite Kugel. Sie drückte die erste noch etwas tiefer in sie. Robertos Schwanz schwoll noch mehr an, die Adern auf seinem Schaft wurden immer dicker. Das Blut pulsierte in ihm. Sie konnte nicht mehr ruhig sitzen bleiben, begann, sich sacht zu bewegen, was das Vibrieren in ihrer Vagina noch verstärkte. In auflodernder Leidenschaft massierte sie seinen Schwanz fester und in dem Moment, als die dritte Kugel in ihr verschwand, kam es ihnen beiden gleichzeitig. Robertos Sperma verteilte sich auf ihren Schenkeln, während sie den Wellen in ihrem Unterleib nachspürte, die sich in ihrem gesamten Körper ausbreiteten. Das Beben, diese einzigartige Explosion hielt dieses Mal länger an als sonst. Erst als sie gänzlich verklungen war, ließ sie Robertos Glied los. Kraftlos, wie sie jetzt war, rutschte sie ins Wasser, wo ihr Mann sie zärtlich auffing und festhielt. Sie atmeten noch schwer, leise, als hätten sie etwas Verbotenes getan.

»Jetzt könnte ich ein Glas Champagner vertragen«, flüsterte Roberto.

Erstaunt sah sie ihn an. »Hast du nicht etwas vergessen?«

Da griff seine Hand besitzergreifend zwischen ihre Schenkel. Allein diese Geste schon bescherte ihr einen neuen wohligen Schauer.

»Lass sie dort. Bitte. Diese Nacht oder morgen früh in der Dusche ...«

Nur zu gern erfüllte sie ihm diesen Wunsch.

Diese Nacht oder morgen früh in der Dusche ... Ihr Traum war Realität geworden. Jeden Morgen wachte sie neben dem Mann auf, den sie liebte und begehrte, neben ihrem Ehemann, ihrem Geliebten und dem Vater ihrer einzigartigen Tochter, die Robertos schönstes Geschenk an sie war. Ein Geschenk der Liebe.

Werde Teil der Bastei Lübbe Welt
You Tube
www.lesejury.de
Lesen, rezensieren, Bücher gewinnen
Lerne Autoren, Verlagsmitarbeiter und andere Leser kennen
BASTEI LÜBBE
www.luebbe.de